DENISE ARONICA
CRISALIDE SERIES

fino a perdermi nel tuo abbraccio

Prima edizione: luglio 2018 (Delrai Edizioni)
Seconda edizione: maggio 2020 (More Stories)
Terza edizione: settembre 2020 (Self-published)

© 2020 Aronica Denise

Progetto grafico a cura di <u>Catnip Design</u> © bigstockphoto.com

Questo romanzo è un'opera di fantasia. Ogni somiglianza o riferimento a persone reali, luoghi e fatti realmente accaduti è puramente casuale.

Da quando il suo mondo è stato stravolto, Olivia ha sviluppato una seria dipendenza per la lettura. Nascondersi tra le pagine di storie che non le appartengono è la soluzione migliore per smettere di pensare alla propria e per dimenticarsi di sé, anche se solo per qualche istante.

L'unica cosa che la tiene ancorata alla realtà è Max, il suo fratellino, che ha un disperato bisogno delle sue attenzioni e che è ancora troppo piccolo per comprendere quanto per lei sia difficile prendersene cura e affrontare una simile responsabilità.

Quando le viene proposto di passare qualche giorno fuori città da Veronica, amica di vecchia data di sua madre, Olivia viene messa con le spalle al muro. Se non sarà in grado di riprendere in mano le redini della sua vita, rischierà di perdere se stessa e di allontanare Max per sempre.

Grazie alla strana e immediata intesa che si viene a creare tra lei e Daniel, il figlio di Veronica, Olivia decide di reagire e di mettersi in gioco.

Daniel, nerd in fissa con i videogame e con la battuta sempre pronta, non potrebbe sembrare più diverso da lei eppure non potrebbero essere più simili, entrambi spinti dallo stesso disperato desiderio di sfuggire alla realtà.

Olivia e Daniel hanno bisogno di una vera e propria rinascita, ma non sanno che per potersi liberare delle proprie crisalidi e diventare splendide farfalle, devono prima perdersi l'uno nell'altra.

 Quello che il bruco chiama fine del mondo,
il resto del mondo chiama farfalla.
Lao Tze

A Margherita,
che ci ha creduto prima che lo facessi io
e che non ha mai smesso di crederci.

PROLOGO

Sono passati esattamente otto mesi, trentaquattro settimane, duecentoquaranta giorni e cinquemilasettecentosessanta ore da quando ho parlato l'ultima volta con i miei genitori. Lo so, continuare a tenere il conto non ha senso – ed è anche un po' maniacale a dire il vero – eppure mi fa stare meglio. A volte mi sembra che sia stato solo ieri, altre invece mi sento come se fossero trascorsi anni.

Tengo nota del tempo con un pennarello nero, sul braccio destro. Nonna Margherita è poco incline ad accettare stramberie dall'alto dei suoi settantadue anni e alza gli occhi al cielo ogni volta che per caso lo vede e, di tanto in tanto, la sento bisbigliare per me qualche preghiera sottovoce.

C'è stato un momento in cui ero arrivata al punto da non riuscire più a far andare via l'inchiostro. Strofinavo e strofinavo, ma non voleva saperne di sparire. Ricordo di aver pensato che la macchia non sarebbe mai scomparsa e di aver continuato a strofinare finché la mia pelle non si è irritata al punto da diventare dello stesso colore di un pomodoro maturo. La nonna ha dato i numeri, ha fatto sparire tutti i pennarelli e mi ha sequestrato il portafogli per non farmene comprare altri. Sembrava furiosa, ma allo stesso tempo era come se non se la sentisse di sgridarmi. Era una guerra silenziosa, la sua, e io ero intenzionata a vincerla a tutti i costi, così ho iniziato a utilizzare tutto ciò che c'era a portata di mano: matite per il trucco, rossetti, eyeliner, persino pastelli a cera.

Dopo qualche giorno, la nonna ha ceduto e mi ha comprato dei pennarelli lavabili speciali, di quelli che all'asilo fanno usare ai bambini. Adesso riesco ad aggiornare il conto quando ne ho voglia senza che il mio braccio ne risenta.

Da quando c'è stato l'incidente io e il mio fratellino Max, otto anni e una matassa di riccioli scuri che gli circondano il viso, cerchiamo di cavarcela come meglio possiamo. Siamo stati costretti a dire addio all'unica casa che abbiamo sempre conosciuto e ci siamo trasferiti dai nonni a Milano, una città caotica e asfissiante che sopporto a stento.

Il piccolo paese in cui siamo cresciuti, Casterni, è uno di quei posti in cui tutti conoscono tutti, un luogo tranquillo e pacifico dove non capita mai niente che sia degno di nota. Paragonato alla città mi sembra un mondo alieno e lontano anni luce. È buffo perché in realtà Casterni non è così distante da Milano, ma il divario che li separa è immenso.

Col tempo per Max sta diventando più facile accettare la situazione, e i nonni lo viziano molto più di quanto dovrebbero pur di evitare i suoi capricci.

Per me le cose sono diverse. Non riesco a lasciarmi il passato alle spalle e così mi rifugio nei libri. Leggere è l'unica cosa che mi aiuta davvero a liberare la mente e che mi permette di estraniarmi del tutto. È il solo modo in cui riesco a sopportare tutto quanto e, diciamocelo, potevo sceglierne di peggiori. Avrei potuto iniziare a drogarmi, a bere o, perché no, avrei potuto mettermi a fumare come una ciminiera per smaltire tutto il nervoso, come faceva mio padre. Invece ho solo deciso di stare in camera con i miei libri. In pratica si può dire che non ho più una vita sociale, ma in tutta sincerità non me ne importa proprio nulla.

So bene che non è giusto isolarmi in questo modo e i nonni sembrano parecchio preoccupati ma, per quanto mi sforzi, proprio non ce la faccio a voltare pagina. Forse non ne ho voglia, dopotutto.

All'università ho passato gli ultimi mesi a farmi gli affari miei e a girare con un libro sempre davanti alla faccia. La mia tattica ha funzionato. Nessuno ha mai tentato di venire a parlare alla ragazza bizzarra, asociale, magra e spigolosa, con i capelli biondi, gli occhi azzurri e l'aria spenta e assente. Chi mi conosce sa cosa è successo otto mesi fa. Certe cose hanno il potere di tenere la gente alla larga come di fronte a una malattia contagiosa.

Ho scoperto che la solitudine in fondo non è male. Non ho bisogno delle persone e le persone non hanno bisogno di me. Forse questa è l'unica vera lezione che ho imparato da quando i miei non ci sono più.

L'unica ad aver avuto il coraggio di avvicinarsi è stata la bibliotecaria della comunale vicino a casa. Mi ha visto andare a zonzo a spulciare tra gli scaffali impolverati talmente tanto spesso che alla fine mi ha preso in simpatia. Quando attacca bottone me ne resto in silenzio per la maggior parte del tempo, mi limito ad ascoltare e a sorridere, cercando sempre di essere gentile. Non mi sento più a mio agio come una volta a chiacchierare del più e del meno, ma non sembra che a lei dispiaccia. Di recente ha iniziato a tenermi da parte dei romanzi di sua iniziativa. Ha dei buoni gusti.

Purtroppo a casa la situazione non è altrettanto semplice: non basta fare qualche sorriso. Da quando siamo arrivati, la nonna non ha fatto altro che darmi un sacco di consigli indesiderati. "Fatti degli amici, Liv, ti aiuteranno a stare meglio; dovresti uscire un po' di casa e respirare della sana aria fresca; perché non passi più tempo con tuo fratello? Ha bisogno di te." Ogni volta che comincia vorrei risponderle a tono, ma per evitare incomprensioni tengo la bocca chiusa. Non mi servono amici e l'aria da queste parti è talmente rarefatta che dubito possa essere definita fresca o salutare. Max invece è un'altra storia.

Tuttavia negli ultimi tempi sembra essersi arresa, forse perché la mia testardaggine è cresciuta in modo proporzionale alla mia apatia.

Lei pensa che sia sola, e scommetto che lo pensano tutte le persone che in un modo o nell'altro si ritrovano ad avere a che fare con me, ma non è così. Grazie alle mie letture vivo centinaia di avventure in compagnia dei miei personaggi preferiti. Loro ci sono sempre per me. Non mi giudicano, sono più veri di chiunque altro e sembrano comprendermi come nessuno.

So che può sembrare folle, ma per qualche ragione sono convinta che mamma e papà, se solo ne avessero la possibilità, capirebbero.

1

«Liv, sei pronta? Andiamo?»

Sollevo lo sguardo dal libro e trovo la nonna davanti alla porta della mia camera, intenta a fissarmi con l'aria accigliata e il solito sguardo apprensivo.

«Dove?» chiedo. Sto già pensando a quale scusa potrei usare per non farmi trascinare ovunque abbia intenzione di portarmi. Non ho voglia di uscire.

«Dobbiamo andare a fare la spesa. Avevi detto che saresti venuta con me.»

«Ah sì, giusto» mormoro. L'avevo dimenticato. Da qualche giorno a questa parte la nonna non fa che lamentarsi di avere mal di schiena e il medico le ha consigliato di evitare di fare anche il minimo sforzo. Temo che non riuscirò a tirarmi indietro, non questa volta almeno.

«Forza, sbrigati» aggiunge gettando un'occhiata nervosa al suo orologio da polso prima di lasciare la stanza. Sembra che qualcosa la turbi.

Afferro dal comodino il segnalibro che ritrae Einstein in quella famosa foto in cui fa la linguaccia e lo metto tra le pagine. Apparteneva a mia madre, era il suo preferito. Cerco di custodirlo con cura, facendo attenzione che non si rovini, come se da un momento all'altro lei potesse tornare e chiederlo indietro.

Indosso una camicetta a quadri e un paio di pantaloncini di jeans, estraendoli dalla pila disordinata di vestiti che stanno sulla sedia accanto alla scrivania, mi spazzolo i capelli e prendo la solita vecchia borsa, senza dimenticare di infilarci dentro il romanzo che sto leggendo.

In realtà, dal momento che sono terribilmente indietro con gli esami, dovrei mettermi sotto con lo studio, ma proprio non ci riesco. Il solo pensiero di dover tornare a frequentare le lezioni, della confusione che si crea sempre per i corridoi e in aula e di tutto quel mucchio di persone che ha a che fare ogni giorno con la propria vita perfetta, mi fa venire la nausea.

La nonna mi sta aspettando davanti all'ingresso e Max è insieme a lei. Sembra che nemmeno lui abbia molta voglia di mettere il naso fuori casa.

«Ci devo venire per forza?» le domanda facendo gli occhi dolci.

«Sì» replica lei decisa.

«Ma perché?» insiste il mio fratellino. «Voglio restare a casa a giocare, e il nonno può badare a me, vero, nonno? Prometto di fare il bravo.»

«Per favore, Max» gli risponde lei con un sospiro. Deve essersi stancata di tutte le discussioni avute negli ultimi mesi. Per noi è dura, è vero, ma deve esserlo parecchio anche per i nonni, soprattutto quando ci impegniamo a rendere la loro vita difficile come in questo momento.

Max sta per riaprire bocca, quando anche il nonno interviene. «Fa' come dice la nonna.»

Mio fratello gioca la sua ultima carta: osserva il nonno con lo sguardo implorante, senza dire niente, ma lui scuote appena la testa e torna a leggere il giornale. Mi domando perché non possa restare a casa, di solito cercano sempre di assecondarlo, come mai tanta insistenza?

«Ti faccio sedere davanti se vuoi» gli dico, sperando che la mia offerta lo faccia smettere.

«Davvero?» chiede stupito, sollevando le sopracciglia come se gli avessi proposto di guidare.

«Sì, davvero» replico con un sorriso, contenta di vedere tanto entusiasmo. Basta proprio poco per farlo felice. Vorrei tanto essere come lui, peccato che abbia più del doppio dei suoi anni e che la prospettiva di poter osservare il mondo dal sedile anteriore della vecchia Golf della nonna non mi alletti più come una volta.

Max festeggia soddisfatto e la nonna apre la porta di casa

invitandoci a uscire. Mi sorride più serena e mima un "grazie" con le labbra nella mia direzione, felice che le abbia dato una mano.

«Anche al ritorno?» mi chiede il piccolo, pensieroso, mentre andiamo verso l'auto. Annuisco e mi sistemo sul sedile posteriore mentre lui, tutto eccitato, fila davanti e si allaccia la cintura.

Non appena la nonna accende il motore e si avvia verso via Anguissola, tiro fuori dalla borsa il romanzo e riprendo la lettura. Data questa interruzione non programmata, devo approfittare di ogni momento libero a disposizione per poter stare al passo col programma di oggi, altrimenti non riuscirò a finire il libro entro sera.

Max accende la radio e inizia a cambiare frequenza, andando da una stazione all'altra, alla disperata ricerca dell'ultima canzone con cui è andato in fissa. Tutto questo rumore però, non mi fa concentrare e, quando mi accorgo che sto rileggendo la stessa pagina da almeno cinque minuti, mi do per vinta, chiudo il libro e lo metto via.

Lascio vagare lo sguardo fuori dal finestrino. Siamo su via Marghera e il supermercato preferito della nonna dista meno di un quarto d'ora da casa, dunque dovremo arrivare nel giro di pochi minuti.

Con l'arrivo dell'estate e la fine della sessione d'esami speravo che avrei avuto un po' di pace, ma da quando la nonna ha "casualmente" messo le mani sul mio libretto e si è accorta che sono riuscita a dare soltanto quattro esami, ha iniziato a starmi col fiato sul collo. Nel tentativo di tranquillizzarla le ho detto di avere bisogno di una pausa e le ho assicurato che a settembre mi rimetterò in carreggiata per recuperare. Vista la situazione, è stata costretta ad allentare un po' la presa, eppure ho l'impressione che stia continuando a tenermi d'occhio. Non oso immaginare cosa farebbe se le dicessi che la mia intenzione è quella di non rimetterci proprio più piede all'università.

La nonna parcheggia nel primo posto libero e, dopo aver preso un carrello, ci apprestiamo a fare il giro del supermercato, mentre Max corre tra i reparti. Io e la nonna ci dividiamo per fare più in fretta e, dopo essere passata a prendere il latte e le uova, mi fermo di fronte a quello che a mamma piaceva definire "lo scaffale delle schifezze". Fermo lo sguardo su quelle che erano le nostre caramelle preferite, contemplando gli orsetti di gomma neanche fossero diamanti, senza però avere il coraggio di prenderne un pacchetto, e vado a posare i prodotti nel carrello appena in tempo per vedere Max di ritorno dalla sua esplorazione. Ha tra le mani una confezione di rape rosse, un tubetto di wasabi e una radice di zenzero.

La nonna alza gli occhi al cielo e sospira, io invece gli sorrido, cercando di incoraggiarlo. Ci divertivamo da matti, un tempo, a sperimentare cose nuove tutti insieme. Mamma e papà ci tenevano molto, era una tradizione tutta nostra. Quando ero più piccola ero io a scegliere, poi la palla è passata a Max. Ricordo ancora quella sensazione di infinita possibilità mentre passeggiavo con papà tra gli scaffali, a caccia degli ingredienti più strani e disparati.

Dovrei essere felice perché il fatto che mio fratello continui a comportarsi come una volta è positivo eppure, anche se io non partecipavo più alle spese esplorative ormai da diversi anni, non riesco a fare a meno di sentirmi triste e oppressa da questa perenne sensazione di essere stata privata di qualcosa in modo ingiusto. Ovunque mi volti, tutto intorno a me sembra essere lì apposta per ricordarmi che loro non ci sono più.

Nonostante io mi sia accorta della sua reticenza iniziale, mentre finiamo di prendere il necessario per la casa, la nonna si sforza nel tentativo di pensare insieme a Max a come sarebbe possibile utilizzare gli ingredienti che ha scelto.

Sulla strada di casa mi viene da chiedermi se non sia stata costretta ad andare in terapia dopo tutto quello che è capitato. Una sera, qualche tempo fa, l'ho sentita parlare col nonno, diceva che non sapeva più come comportarsi, che non ce la faceva a reggere tutto il peso e che avrebbe tanto voluto che io avessi concesso a uno specialista di aiutarmi. Il nonno le aveva risposto che magari, visto che io non volevo proprio saperne, avrebbe potuto andarci lei da un terapeuta, per sfogarsi e per chiedere quale fosse il modo giusto per aiutare me e Max a superare questo brutto momento. Forse c'è andata davvero alla fine. Il solo pensiero mi fa sentire in colpa, ma non ho chiesto io tutto questo, nessuno di noi l'ha fatto.

Quando l'auto si ferma sono ancora sovrappensiero. Mi basta un'occhiata fuori dal finestrino per accorgermi che non siamo nel vialetto di casa, la nonna ha parcheggiato davanti alla gelateria Baci Sottozero, nel piazzale.

«Che ne dite di un gelato?» chiede con un sorriso candido.

Max si slaccia la cintura con estrema lentezza e si volta a guardarmi preoccupato. Gli faccio cenno di scendere dalla macchina e, quando entrambi siamo sul marciapiede, mi viene vicino e mi prende per mano.

So benissimo a cosa sta pensando perché è quello a cui sto pensando anche io. Dopo aver ricevuto la notizia che i nostri genitori erano morti, è proprio qui che la nonna ci ha portati. Quel giorno abbiamo preso un gelato, abbiamo attraversato la strada e siamo andati a sederci su una delle panchine di piazzale Siena. È stato allora che ci ha parlato dell'incidente e di com'erano andate le cose.

Entriamo in gelateria e la nonna aspetta mentre ordiamo. Io prendo una cialda con due gusti. Scelgo bacio e nocciola. Max invece prende un cono più grande da tre gusti e si fa mettere ogni tipo di cioccolato che c'è: quello fondente, quello al latte, e quello bianco. Ne sta approfittando, ma la nonna non ha nulla da ridire nonostante non manchi molto all'ora di pranzo. A giudicare dagli sguardi pensierosi che ci lancia, credo abbia qualcosa da dirci.

Una volta che siamo di nuovo fuori, ci voltiamo tutti e tre a fronteggiare quelle famose panchine. Sono le uniche nei dintorni. La nonna va a passo spedito in quella direzione e io la seguo, incerta, Max invece non sembra d'accordo. Pianta i piedi sul posto e mi trattiene, vuole che resti ferma anche io.

«Nonna, preferiamo stare qui davanti» le dico. La mano di mio fratello, adesso avvolta nella mia, si rilassa un tantino.

«Oh, ok» mormora tornando indietro.

Seguono alcuni momenti di silenzio in cui io e Max continuiamo a mangiare il gelato senza dire una parola, in attesa di sapere perché la nonna ci ha portati qui. Quando lei abbassa lo sguardo e poggia una mano sulla mia spalla, prima di iniziare, ho la sensazione che qualunque cosa stia per dire, non ci piacerà affatto.

«Ragazzi, c'è una cosa di cui voglio parlarvi.»

La mano di Max si irrigidisce, lo sento avvicinarsi di più al mio fianco: siamo entrambi tesi. Mi allontano per gettare la cartaccia e il cucchiaino nel bidone, poi passo le dita tra i riccioli scuri di mio fratello, nella speranza di riuscire a rassicurarlo un po'. «Oh, per favore, non fate quelle facce, non è successo niente di brutto» aggiunge la nonna senza nascondere l'esasperazione.

«Prometti?» chiede Max che è ancora alle prese con il suo cono.

«Sì, non c'è niente di cui preoccuparsi, davvero» risponde lei con più calma, cercando qualcosa nel mio sguardo. Le faccio cenno di proseguire. Se non abbiamo nulla di cui avere timore non capisco perché la faccia tanto lunga. «Vi ricordate di Veronica, l'amica di vostra madre?»

Io e Max annuiamo. Come potremmo non ricordarci di lei?

«Ecco, ha chiesto più volte di vedervi e di poter passare un po' di tempo con voi. Sapete quanto lei e vostra madre fossero legate. Immagino che voglia assicurarsi che stiate bene dal momento che non avete più avuto occasione di vedervi, dopo l'ultima volta» dice, evitando accuratamente di pronunciare ad alta voce la parola *funerale* anche se è quello a cui tutti e tre stiamo pensando inevitabilmente in questo istante. «Dato che Max ha finito con la scuola, io e il nonno pensavamo di mandarvi a passare qualche giorno da lei.»

«Ma l'amica della mamma abita in un'altra città, vero?» chiede Max che sembra essersi tranquillizzato. Di sicuro rammenta tutte le telefonate che riceveva la mamma da parte sua come le ricordo io.

«Sì, tesoro, abita a Firenze, a qualche ora di treno da qui. Andrete da lei per qualche giorno soltanto. Credo che cambiare un po' aria possa farvi bene» lo rassicura la nonna, che intanto mi sta osservando in attesa di una reazione. «Ha promesso di prendersi un giorno di ferie per portarvi al parco acquatico. Ha detto che ce n'è uno vicino a Pisa che è perfetto per i bambini.»

Personalmente non capisco questa loro voglia improvvisa di mandarci dall'amica di mamma e, al pensiero di non poter stare per conto mio con i miei libri, e di essere costretta a socializzare, vengo colta dal panico. Sto per esprimere i miei dubbi ad alta voce, quando Max mi precede.

«Fico!» esclama, con una strana luce negli occhi. «Quando partiamo?!»

«Fico?» ribadisco, la voce carica di scetticismo. Max annuisce con vigore.

«Non so» mormoro, mordendomi il labbro. «Magari potrebbe andare solo Max» dico rivolgendomi alla nonna. Lui mi guarda come se gli avessi appena detto che Babbo Natale non esiste.

«Ti prego, Liv! Ti prego!» mi supplica. «Non voglio andarci senza di te» mi supplica, riuscendo, con quelle semplici parole, a farmi cogliere molto di più.

La nonna mi scruta e io mi arrendo.

«D'accordo allora» borbotto, cercando di mettere da parte la mia riluttanza. Tutto pur di far sorridere il mio fratellino.

«Partirete questo lunedì mattina» annuncia lei. Sembra quasi più leggera adesso e, nonostante la miriade di domande che mi stanno passando per la testa, proprio non riesco a farle una colpa se lei e il nonno vogliono stare un po' in pace per qualche giorno.

2

Da quando io e Max abbiamo saputo che saremmo dovuti andare da Veronica sono passati tre giorni. Più di settantadue ore in cui ho potuto godere di una pace totale e del tutto inaspettata.

Per qualche strano motivo, la nonna sembra avere deciso di darmi tregua. Non ha protestato le volte in cui mi sono rifiutata di scendere per pranzo o per cena e nemmeno quando ho saltato del tutto i pasti. Le sono grata per avermi lasciato qualche libertà, ma non posso fare a meno di pensare che ci sia una ragione ben precisa per questo suo comportamento e la parte più curiosa di me vorrebbe tanto sapere qual è. Forse la mia teoria riguardo alla terapia è esatta.

Domani mattina io e Max ci metteremo in viaggio per andare a Firenze, dove abita Veronica. La nonna ha insistito perché prendessimo il treno ad alta velocità e dunque arriveremo in meno di due ore.

Ho già preparato i vestiti da portare con me, all'appello mancano solo i libri e quelli sono proprio l'unica cosa che non posso permettermi di lasciare indietro. Potrei sopravvivere senza le mie scarpe da ginnastica preferite, senza il computer e persino senza lo spazzolino, ma senza libri non ce la farei.

Passo tra gli scaffali della biblioteca con disinvoltura, sentendomi a casa. A parte Bianca, la cara vecchia e onnipresente bibliotecaria, un paio di ragazzi che studiano per gli esami imminenti e una mamma che sta leggendo in un angolo al suo bambino – nella sezione dedicata ai più piccoli – sono l'unica a essere venuta qui stamattina.

Ho deciso di prendere un po' di tutto, stabilirò poi cosa leggere in base all'umore del momento quando sarò da Veronica. Ho scelto due classici e ora sono alla ricerca di qualcosa di più moderno e di meno impegnativo. Sono indecisa tra due titoli piuttosto conosciuti, di autori che però non ho mai avuto il piacere di leggere. Decido di prenderli entrambi, nella speranza di riuscire a mantenere il ritmo delle duecento pagine al giorno anche quando non sarò a casa.

Mentre mi reco al banco osservo il mio piccolo bottino. La copia del più noto tra i quattro appartiene a un'edizione molto vecchia ed è parecchio consunta e rovinata. Manca la sovra copertina, con tutta probabilità è stata smarrita da un lettore distratto. Le pagine, che una volta devono essere state candide, robuste e prive di orecchie, hanno ormai abbracciato i vari toni del giallo e al tocco risultano sottili.

La cosa che però mi colpisce di più, è la rilegatura fragile che sta per cedere nonostante i piccoli interventi apportati per farla stare insieme. Sfoglio il libro come se fosse un tesoro di cui prendersi cura, con la voglia di sistemarlo, e penso a tutte le mani che l'hanno toccato prima delle mie. Alcune devono essere state delicate, rispettose e solenni, ma sono certa che altre, invece, ci sono passate sopra con noncuranza, come se fosse loro diritto non prestare attenzione.

Cerco tra le prime pagine quella in cui di solito viene indicata la data di stampa e sento un sorriso spuntarmi sul volto quando leggo quelle quattro cifre che indicano l'anno in cui questa copia ha fatto la sua comparsa in libreria. Corrisponde a quello in cui sono nata.

Mi tornano alla mente le parole che la nonna in questi ultimi mesi mi ha detto tanto spesso: *il tempo guarisce ogni ferita.* Ho sempre considerato frasi come questa poco veritiere, luoghi comuni senza la minima rilevanza. Esaminare il modo in cui il tempo che è passato si è abbattuto su questo libro che tengo stretto tra i palmi sembra quasi essere una conferma dei miei pensieri, è come se avessi davanti agli occhi un riflesso di ciò che sento dentro.

Non è vero che il tempo guarisce ogni cosa. Una volta questo volume era immacolato, adesso chiunque, davanti all'evidenza, può affermare che non è più quello di un tempo. Il contenuto è sempre uguale, ma le dita amorevoli che hanno rimosso le orecchie fatte dai lettori più maldestri, non hanno contribuito a far tornare le pagine diritte e senza pieghe, il segno è rimasto e non c'è modo di eliminarlo del tutto. E di sicuro anche il significato del testo è rimasto invariato, ma le macchie di umido l'hanno in qualche modo cambiato, le sottolineature che qualcuno ha cercato di rimuovere con diligenza lo hanno comunque marchiato, gli appunti dei lettori più curiosi che ci sono a margine tra un capitolo e l'altro, hanno lasciato la loro impronta.

Più osservo questi dettagli e più mi convinco che il tempo è soltanto bugiardo e menzognero, promette cose che non può dare, regala illusioni travestite da certezze a coloro che decidono con ingenuità di fare conto su di lui. Non si preoccupa di fargli sapere che niente è in grado di cancellare certe ferite, ma del resto, la colpa appartiene anche a chi, senza malizia, cade nell'inganno perché certe cose non vuole sentirsele dire, e il tempo lascia che le scopra a proprie spese, prendendosene gioco finché può.

Per quanto una nuova rilegatura possa regalare ancora vita a questo libro, niente al mondo sarà in grado di restituirgli quella originale.

«A cosa stai pensando?» mi chiede Bianca interrompendo le mie riflessioni.

Sollevo lo sguardo dal libro e mi sforzo di farle un sorriso di circostanza.

«Hai sempre l'aria assorta» aggiunge squadrandomi. So che le sue parole sono prive di cattiveria, eppure dal suo tono riesco a percepire un malcelato disappunto. Scommetto di sapere cosa le passa per la testa. *Povera ragazza, ne ha passate tante per avere soltanto vent'anni.* D'altronde è quello su cui rimuginano tutti quando mi guardano dopo aver saputo che i miei genitori sono morti all'improvviso, nessuno escluso. I compagni di corso, con cui all'inizio non facevo fatica a socializzare, si comportano come se io non ci fossi. Credo che preferiscano fingere che io non esista in modo da non dover pensare a come avrebbero reagito loro al mio posto. Nessuno ha voglia di mettersi nei miei panni.

«A niente di importante, in realtà. Pensavo solo che andrebbe sistemata la rilegatura di questo libro» rispondo evasiva, avvicinandomi per mostrarle meglio il dorso rovinato e strappato.

«Puoi farlo tu stessa, se ne hai voglia. Ti ho spiegato come procedere, ricordi? Hai tutto ciò che ti serve a casa?»

«Certo, me ne occupo volentieri, se per te non è un problema.»

«Mi faresti solo un piacere. Cerco sempre di fare del mio meglio qui, ma purtroppo le cose che richiedono la mia attenzione sono molte e il tempo che ho a disposizione non è mai abbastanza.»

Mi limito ad annuire mentre le passo gli altri libri che ho preso. La osservo mentre ne registra una parte al computer nel database, a mio nome, e una parte a nome suo. Grazie a questo piccolo escamotage che ha escogitato un paio di mesi fa, riesco a portare a casa fino a sei libri per volta. So che si tratta soltanto di una piccola premura da parte sua, e forse non sono mai riuscita a mostrarle appieno la mia gratitudine, ma per me significa più di quanto non riuscirei a descrivere a parole.

Mi domando come sia la sua vita al di fuori di questo posto. È felice? Ha una famiglia? Una bella casa? Un marito? È difficile cercare di comprendere qualcuno senza fargli domande dirette. Qualcosa, però, mi suggerisce che è soddisfatta di quello che possiede. È evidente che ama il suo lavoro e che prova una forte passione per i libri. Forse, a giudicare dalla camicetta stropicciata, dai capelli trascurati e dal viso segnato e struccato, avrebbe bisogno di dedicare più tempo a se stessa, magari però non ha scelta. Tutti hanno le loro priorità e lei evidentemente ha deciso di dare importanza a qualcosa di più significativo di una messa in piega.

«Ti ho tenuto questo da parte» mi dice sollevando lo sguardo
e porgendomi un libro che non ho mai visto.

La copertina è davvero molto bella: mostra la silhouette di un
uomo. Tiene in braccio una bambina che stringe tra le mani
una sorta di aquilone a forma di libro. Senza farmi pregare
leggo subito la quarta di copertina. Un libro che parla di libri e
librai. Sembra interessante, sono sicura che riuscirò a ritrovarci
un po' di me e perché no, anche un po' di lei.

«L'ho letto la scorsa settimana e mi è piaciuto moltissimo. Mi
ha fatto pensare a te» aggiunge. Riesco quasi a immaginarla a
fare le ore piccole davanti a quelle pagine per poi svegliarsi tardi
al mattino senza aver tempo di curarsi del suo aspetto.

«Grazie» le rispondo mentre lo ripongo nella borsa insieme agli
altri. «Ti farò sapere cosa ne penso.»

Mi congedo senza aggiungere altro e lei non fa domande. È
anche per questo che mi piace così tanto.

Quando arrivo davanti a casa mi tolgo la borsa dalla spalla per
prendere le chiavi che ho riposto nella tasca sul davanti. Passo
oltre il cancelletto e mi dirigo alla porta principale. Sto per
inserire la chiave nella serratura quando sento le urla del mio
fratellino e mi viene voglia di darmela a gambe. Tutto pur di
non dover affrontare quello che di sicuro mi aspetterebbe se
dovessi attraversare quella soglia.

Giro sui tacchi pronta ad andarmene il più lontano possibile
ma, non appena mi richiudo il cancello alle spalle cercando di
non far rumore, mi volto e vedo il nonno che mi osserva con
un'espressione indecifrabile sul viso. Deve essersi accorto di
me mentre si stava prendendo cura delle sue peonie. Indossa
gli stivali e i guanti che usa per fare giardinaggio. Forse dovevo
aspettarmi di trovarlo fuori dato che passa in giardino gran
parte delle sue giornate. Per qualche istante restiamo a fissarci
senza riuscire a dire niente.

«Hai dimenticato qualcosa?» mi chiede, mettendo fine a
quell'odioso silenzio.

So che conosce con esattezza il motivo per cui stavo per

svignarmela. Finge di non saperlo per darmi la possibilità di andare se ne ho voglia davvero, ma adesso che ho il suo sguardo addosso, però, resto paralizzata, con la consapevolezza di non poter fuggire più. Non riesco a voltargli le spalle così, a viso scoperto. Non me la sento di dargli questa delusione, nonostante mi abbia fatto capire a suo modo che non sarebbe un peso riceverla. Sappiamo entrambi che sono l'unica davvero in grado di calmare Max.

Faccio finta di controllare qualcosa nella borsa e poi ritorno in giardino.

«Credo di aver dimenticato la tessera in biblioteca, ma posso passare a prenderla in un altro momento» mento. Lui annuisce continuando la recita e torna ai suoi fiori, mentre io mi dirigo di nuovo verso l'ingresso e apro la porta.

Appoggio la borsa vicino all'appendiabiti e seguo la direzione delle urla. Max e la nonna sono in cucina. Vicino alla finestra c'è una sedia che si discosta dalle altre e sul tavolo sono riposti un asciugamano e un paio di forbici. Mio fratello ha il viso arrossato e rigato dalle lacrime. La nonna è ferma, in piedi vicino alla sedia, con l'aria sconfitta e un pettine in mano, Max invece se ne sta dall'altra parte della stanza, dietro il tavolo, neanche volesse usarlo per farsi scudo.

Quando la nonna si accorge di me, mi osserva con l'aria triste, Max invece continua a singhiozzare.

«Non voglio!» ribadisce deciso, la voce arrochita per via delle urla. Non capisco se si sta rivolgendo a me o a lei.

«Che succede?» chiedo.

«Volevo solo tagliargli i capelli» spiega lei con un sospiro prima di sedersi e prendersi la testa fra le mani. Vederla in questo stato mi spezza il cuore.

«Non voglio, non voglio, non voglio!» strilla lui.

La nonna non ha tutti i torti. I riccioli scuri di Max non sono mai stati tanto lunghi, gli arrivano sugli occhi. C'è solo una ragione per cui si rifiuta di farseli tagliare e io la conosco bene. Era la mamma che si occupava di queste cose ed è stata lei a sistemare l'ultima volta i suoi capelli, così come ha fatto con me.

Mi avvicino al mio fratellino e mi piego sulle ginocchia, in modo che i nostri visi siano alla stessa altezza. Mi limito a osservarlo per un po'. Non abbiamo bisogno di parlare di certe cose, io e lui. Sa che nessuno al mondo lo comprende quanto me. A volte penso che riesca proprio a percepirlo sulla pelle, come il calore emanato da un raggio di sole.

Non ci mette molto prima di decidere di lasciarsi andare tra le mie braccia. Lo tengo stretto e respiro il suo profumo. Sento l'odore di casa e mi occorre uno sforzo notevole per evitare di mettermi a piangere insieme a lui. Gli sussurro parole rassicuranti all'orecchio che riescono a calmarci entrambi e dopo qualche minuto smette di singhiozzare e si stacca dal mio petto.

Cerca di farmi un sorriso e penso che la sua bocca sdentata sia la cosa più bella del mondo. Lo so bene che adesso non è meno triste di prima. Si sente solo sollevato perché ha accanto qualcuno con cui condividere il peso che porta sulle spalle.

Gli porgo la mano e lui la stringe senza esitare mentre chiedo alla nonna di spostarsi. Lei si scosta senza dire una parola. Ha gli occhi lucidi e giurerei che mi sta guardando come se fossi Gesù sceso in terra pronto a esaudire le sue preghiere.

Anche Max resta in silenzio. Si sistema sulla sedia senza farsi pregare e lascia che io gli sistemi i capelli. Prendo in mano le forbici e il pettine che la nonna mi tende. Cerco di districare i suoi ricci, tanto simili a quelli di papà, senza fargli male, e quando inizio a tagliare mi rendo conto che non so nemmeno cosa sto facendo. Non l'ho mai fatto in vita mia, ma cerco di lasciarmi guidare dai ricordi e dalla logica.

Cerco l'approvazione della nonna e lei annuisce per indicarmi che lo sto facendo bene, una lacrima le scende sul volto mentre ci guarda e, quando alzo gli occhi ancora un po', noto che anche il nonno se ne sta lì a fissarci, immobile sulla porta. Nel suo sguardo ci sono più di mille pensieri. Mi sta dicendo grazie, mi sta dicendo che è orgoglioso di me, ma io non riesco a esserne felice.

Mi chiedo chi si occuperà dei miei capelli quando verrà il momento, ma non importa. La mamma non può essere qui per Max adesso e non potrà esserci nemmeno per me in futuro. Dicono che per me dovrebbe essere diverso, che ormai sono grande e posso cavarmela da sola, la verità è che avevo ancora bisogno dei miei genitori, ma questo non posso dirlo ad alta voce: è mio fratello ora ad avere la priorità su tutto.

3

Durante il viaggio per andare in stazione la nonna non fa che gettarmi occhiate nervose dallo specchietto retrovisore. La radio è spenta, mio fratello, seduto di nuovo davanti, è troppo assonnato per lasciarsi tentare dalla musica, così cerco di approfittarne per leggere ma, per quanto mi sforzi, non riesco a concentrarmi. Alzo gli occhi e incrocio quelli della nonna per l'ennesima volta. Vorrei tanto capire cosa la rende inquieta, ma lei si limita a guardarmi senza proferire parola.

Una volta in stazione, sveglio Max e scendiamo dall'auto. Nel frattempo la nonna prende il suo zainetto e il trolley. Ci avviamo insieme verso il binario dal quale partiremo. Mancano soltanto una decina di minuti alla partenza e il treno è già al suo posto. La nonna sale con noi e cerchiamo un angolino libero e tranquillo. Una volta sistemate le nostre cose, Max la saluta e la abbraccia e poi fila subito a sedersi, ancora non del tutto sveglio. Poggia la testa sul sedile e si addormenta di nuovo nel giro di pochi istanti, mentre lei mi fa le solite raccomandazioni. Vorrei essere tranquilla quanto lui, eppure l'idea di dover abbandonare, anche se soltanto per pochi giorni, quel piccolo rifugio che mi sono creata, mi fa venire un nodo in gola.

«Lo so che con Veronica sarete in ottime mani, ma in caso tu abbia bisogno di qualcosa non esitare a chiamarmi, va bene?» mi dice la nonna in tono apprensivo. Mi osserva con gli occhi sgranati, pieni di timore, come se avesse paura che possa perdermi più di quanto non abbia già fatto.

«Certo, non preoccuparti» cerco di rassicurarla. «Io e Max staremo bene, ce la caveremo» aggiungo. In un impeto di orgoglio, vorrei quasi ricordarle che non sono più una bambina e che sono perfettamente in grado di badare a me stessa, ma preferisco tacere, perché mi rendo conto che ai suoi occhi le cose sono ben diverse.

I motori del treno si accendono, ricordandoci che è quasi ora. Lei abbozza un sorriso e mi fa una carezza sulla guancia, in cerca di un contatto, ma io distolgo lo sguardo come faccio ogni volta che si scontra col suo per più di qualche istante.

La accompagno fino all'uscita più vicina e la osservo scendere prima che le porte si richiudano e il treno parta. Per un attimo avrei voglia di ribellarmi, prendere Max e tornare a casa insieme a lei, ma non riesco a essere così egoista. So che la nonna ha bisogno di staccare la spina dalla situazione, da noi. La nostra temporanea assenza le farà solo bene.

Solo ora che il treno si allontana, mi concedo di guardarla più a lungo mentre è ancora sul terrapieno e, come mi capita ogni volta, mi sembra di rivedere la mamma. Le somigliava in modo impressionante e tutti scherzavano sempre dicendo che se avesse voluto sapere che aspetto avrebbe avuto da vecchia, le sarebbe bastato guardare lei.

Nonna Margherita ha la stessa fronte ampia, gli zigomi alti, la bocca un poco più larga del normale e gli occhi minuti, di un caldo castano chiaro. Il volto della nonna però è pieno di rughe e le labbra sono meno piene di com'erano le sue, ma per me è comunque inevitabile fare il paragone. Ogni volta che indugio su quegli occhi, anche solo un po', mi sento triste e sola, e la consapevolezza che non vedrò la mamma invecchiare mi colpisce con la stessa ferocia di un pugno. Non so se riuscirò mai a togliermi questi pensieri dalla testa.

Torno al posto in cui abbiamo sistemato le nostre cose. Il vagone è quasi vuoto, c'è solo una coppia di anziani che chiacchiera qualche sedile più avanti, forse una sorta di promemoria dell'universo per ricordarmi che la vita continua. Max dorme profondamente. Fuori ci sono più di trenta gradi, ma qui dentro si gela per via dell'aria condizionata troppo alta. Prendo il suo zainetto, ci frugo dentro finché non trovo il giacchetto e glielo sistemo addosso per tenerlo al caldo.

Un tempo non facevo mai attenzione a queste cose, ero quel tipo di sorella maggiore un po' distante, troppo immersa nel proprio mondo per badare troppo al fratellino. Non che non mi importasse di Max, ma sapevo che non era compito mio occuparmene.

Da quando mamma e papà non ci sono più invece, mi sento protettiva nei suoi confronti. Preoccuparmi per lui mi aiuta a sentirmi utile, ma a volte preferirei non dover sopportare questa responsabilità. È quasi come se fossi diventata madre. So che Max ha bisogno di me e non sarei capace di ignorarlo neanche se ci provassi, ma questo non rende le cose più semplici. Una notte, qualche settimana fa, mi ha persino chiesto se quando me ne andrò da casa dei nonni lui potrà venire via con me. Buffo vedere come pensi più lui al futuro di me, che fino a quel momento l'ipotesi non l'avevo nemmeno sfiorata.

Gli accarezzo i capelli in segno di affetto. Prendo dalla borsa uno dei miei libri e cerco di affogare i pensieri, fin troppo chiassosi, tra quelle pagine.

Max dorme per tutto il viaggio e io continuo a leggere tranquilla finché non arrivano alcuni ragazzi che fanno confusione senza curarsi di disturbare. Quando mi accorgo che siamo quasi arrivati e che manca poco al capolinea, metto via il libro e lo sveglio.

Una volta scesi dal treno ci guardiamo intorno spaesati. Veronica si accorge subito di noi e agita il braccio nella nostra direzione, lascia il suo posto sulla panchina accanto al distributore automatico di cibi e bevande, e ci viene incontro sorridendo. Mi chiedo se anche a lei non capiterà di rivedere la mamma nei nostri visi, guardandoci.

Io e Max non sappiamo bene come comportarci, quindi camminiamo verso di lei un po' incerti e imbarazzati ma, a giudicare dal modo in cui ci osserva, Veronica non si sente affatto a disagio come noi. Non c'è traccia di dolore sul suo viso raggiante. Io invece la guardo e mi sento come se stessi guardando una persona diversa, quasi vedessi soltanto una metà, perché senza mamma al fianco non l'ho mai vista, se non il giorno del funerale.

«Ragazzi! È davvero bello rivedervi.» La sua voce è allegra e squillante, piena di energia. Si abbassa un tantino per abbracciare Max e io ne approfitto per esaminarla da vicino. Indossa un vestitino blu a tinta unita, smanicato e molto sobrio, un cinturino beige le circonda la vita. I suoi capelli scuri sono diversi da com'erano l'ultima volta che ci siamo incontrate. Prima erano lunghissimi e ribelli, adesso invece le sfiorano a malapena il mento, ma trovo che questo taglio le doni di più e che sottolinei i tratti del viso magro e affilato. Gli occhi verdi spiccano in modo particolare, ma il suo sorriso incoraggiante e sicuro – uno dei più solari e spontanei che abbia mai visto – è la cosa più bella della giornata e, per la prima volta da quando la nonna ci ha parlato di questa faccenda, penso che partire sia stata la cosa giusta.

Una volta finito di strapazzare Max si fa avanti per stringere anche me. Senza volerlo mi irrigidisco un tantino, colta alla sprovvista, e lei si scosta in fretta, senza darci peso.

«Non è passato molto dall'ultima volta che ci siamo visti, eppure sembra una vita, non è vero? E tu, giovanotto, sei almeno dieci centimetri più alto!» afferma entusiasta e Max si mostra contento di fronte alle sue attenzioni. «È andato bene il viaggio?»

«Sì, grazie. Max ha dormito per tutto il tempo» replico. Veronica annuisce e lui, come a voler confermare le mie parole, sbadiglia in modo plateale.

«Il parcheggio è da questa parte, venite con me.»

Oltrepassiamo il sottopassaggio e la seguiamo attraverso la stazione, che mi stupisce per la sua grandezza e luminosità. L'ampio corridoio somiglia più a quello di un museo che a quello di un edificio destinato al trasporto pubblico.

Veronica chiacchiera del più e del meno mentre ci conduce

alla sua auto, io e Max ce ne restiamo in silenzio, entrambi incuriositi dall'ambiente per noi del tutto nuovo.

«Eccoci qui, salite pure» dice una volta arrivati, indicando la macchina: una Grande Punto blu scuro.

Max fa il giro per andare a sedersi davanti, ma trova il posto già occupato, dunque è costretto a venire dietro insieme a me. Lancia uno sguardo stupito e imbarazzato al ragazzo che se ne sta sul sedile anteriore, intento a giocare con il suo Nintendo. Forse Max non se ne ricordava, io invece mi stavo giusto chiedendo dove fosse e se sarebbe venuto anche lui.

«Ragazzi, lui è Daniel, ve lo ricordate? Penso siano diversi anni che non vi incontrate, ormai» nello stesso momento in cui io annuisco, Max scuote la testa allarmato. «Tranquillo, non morde» lo rassicura lei facendogli l'occhiolino. «Vero, Dan?» chiede a suo figlio, troppo intento a giocare per prestarle attenzione. Dalla mia posizione non riesco a vederlo bene come vorrei, ne scorgo solo il profilo. Se non sbaglio dovrebbe avere all'incirca ventitré anni.

«Già» si limita a mormorare lui. Veronica gli lancia un'occhiataccia prima di mettere in moto, ma lui nemmeno se ne accorge.

Mentre guida verso casa, lei mi dà il suo cellulare per avvisare la nonna che il viaggio è stato tranquillo e che siamo arrivati sani e salvi.

Mio fratello nel frattempo si fa coraggio e chiede a Daniel a cosa stia giocando e lui mi sorprende perché non solo gli dà corda, ma risponde sia alla seconda che alla terza domanda. Non sembra seccato. Mentre parlano si volta verso di me soltanto per un istante e mi sorride con disinvoltura prima che io distolga lo sguardo in preda all'imbarazzo.

Ci vogliono circa una ventina di minuti per arrivare a destinazione. Max non ha ancora smesso di parlare con Daniel di quel videogioco e a lui sembra non dispiacere.

Veronica e Daniel abitano in un condominio dall'aspetto piuttosto ordinario. Dopo esser passati dall'ingresso, prendiamo l'ascensore fino al terzo piano, ci facciamo strada verso la seconda porta sulla destra ed entriamo nell'appartamento, dove ci accoglie un intenso profumo di cannella.

Riesco a sentirmi sollevata, anche se solo per qualche istante, quando sento il leggero soffio dell'aria condizionata. Ho chiesto più volte alla nonna di prendere un condizionatore, ma non sono ancora riuscita a convincerla.

Veronica ci mostra tutta la casa. Non è molto grande, ma per due va benissimo. Da quel che mi ricordo, il padre di Daniel non sta più con loro da anni, ma il motivo della separazione mi sfugge.

Passiamo dal soggiorno al corridoio, dal bagno alle due camere da letto – a quanto pare Max dormirà nella stanza di Daniel e io invece sul divano letto che c'è in salotto – e infine alla cucina dove ci aspettano dei biscotti che ha preparato la padrona di casa.

Daniel appoggia sul bancone un sacchetto, dal quale tira fuori le custodie di un paio di videogiochi nuovi. Probabilmente lui e Veronica sono stati a fare acquisti prima di passare a prenderci. Lo vedo versarsi un bicchiere di succo d'arancia e Max ne approfitta per chiedergliene un po'. Sembra già sentirsi a suo agio, beato lui.

«E tu, Liv? Vuoi un po' di succo?» mi chiede il mio fratellino. Daniel mi guarda e io senza rifletterci troppo scuoto la testa nonostante abbia sete.

«Ecco, Olivia. Prendi un biscotto. Li ho sfornati proprio questa mattina» mi incita Veronica porgendomi un cestino colmo fino all'orlo.

Ne prendo uno e mio fratello allunga la mano per fare altrettanto. Daniel trattiene a stento una risata e, quando la madre gli lancia un'altra occhiataccia, per poco non si soffoca col succo.

Max mette in bocca il biscotto prima di me e sgrana gli occhi, sorpreso. Non appena lo assaggio anche io, capisco il perché.

Hanno decisamente qualcosa che non va.

«Allora? Come sono?» chiede Veronica, piena di aspettative.

Mi sforzo di sorriderle perché non ho il cuore di dirle che sono davvero pessimi.

«Buonissimi» borbotto impacciata.

Daniel non riesce a fare a meno di ridere. Max non dice nulla. Gli faccio cenno di tacere.

Fin da piccoli, papà e mamma ci hanno incoraggiato a essere il più sinceri possibile in ogni occasione. Peccato che, mentre io non ho mai avuto difficoltà a capire quando è il caso di esprimere il mio parere e quando no, Max non riesce mai a frenare la lingua. Fin troppo spesso parla senza pensare e dice tutto ciò che gli passa per la testa.

Cerco di reprimere la nausea mentre mando giù il biscotto e mi pento con tutta me stessa di non aver chiesto da bere. Oltre ad avere ancora più sete di prima, ora ho in bocca un sapore che non riesco nemmeno a descrivere. Sgradevole sarebbe un eufemismo.

Quando sollevo lo sguardo mi accorgo che Daniel è venuto in mio aiuto. Mi porge un bicchiere colmo di succo e mi sorride incoraggiandomi a bere con un cenno del capo. Questa volta non mi faccio pregare, lo afferro prontamente, sfiorando senza volerlo le sue dita con le mie.

La dolcezza dell'arancia riesce a dare sollievo al mio palato, e mi sento subito meglio.

«Grazie» dico a Daniel.

«Non preoccuparti. Mia madre è davvero una frana con i dolci» replica. Veronica scuote la testa come se non volesse stare a sentire. «Pizza? Lasagne? Pasta al forno? Non c'è problema. Detto, fatto. Zucchero e farina? Disastro assicurato» spiega. «Sinceramente, ogni volta mi chiedo come sia possibile. Insomma, se fosse negata del tutto avrebbe senso, ma così...» Allunga un braccio per prendere un biscotto dal cestino che ora giace sul tavolo e lo annusa soltanto, senza avere il coraggio di portarlo alla bocca. «Lo trovo quasi ridicolo.»

«Davvero non sono buoni?» chiede Veronica con l'aria sconfitta.

«Sono salati, ma non mi sembrano tanto male» interviene Max facendole uno dei suoi sorrisi sdentati.

«Almeno questa volta non li hai bruciati» aggiunge Daniel stringendosi nelle spalle.

Lei fissa il cestino con i biscotti come se si fosse appena accorta che sono radioattivi. Non posso che invidiare il suo coraggio quando decide di provare ad assaggiarne uno.

Pochi attimi dopo Daniel sta porgendo un altro bicchiere colmo di succo anche alla madre, che lo prende senza fare commenti e lo tracanna tutto d'un fiato. Passa poi lo sguardo serio e indagatore sui nostri volti e per qualche istante sembra quasi che il tempo si fermi, fino al momento in cui scoppia a ridere e noi ridiamo con lei finché non ci vengono le lacrime agli occhi. Una cosa è certa: io e Max non ridevamo così da mesi.

4

Veronica e Daniel senza dubbio formano uno strano accostamento madre-figlio. Lei è così frizzante e bisognosa di sfogare la sua infinita energia che sembra un'adolescente, lui invece è l'esatto contrario. Un po' mi assomiglia in realtà e non mi riferisco al fisico, ma al suo atteggiamento. Mentre le giornate di Veronica sono tremendamente frenetiche, quelle di Daniel non potrebbero essere più tranquille. Alterna quelli che penso siano esercizi di programmazione al Nintendo, con cui l'ho visto giocare in auto, alla PlayStation e, di tanto in tanto, al cellulare. Non esce di casa quasi mai e gli unici contatti che ha con l'esterno sembrano essere le chiacchierate online che fa attraverso microfono e cuffie. È un appassionato del multiplayer, ovviamente, e non sembra avere altri particolari interessi. Veronica mi ha detto che frequenta l'Accademia Italiana Videogiochi a Roma e che è tornato a casa per l'estate da qualche settimana soltanto.

Se non fosse stato per quello che è successo, probabilmente io e Daniel ci saremo ritrovati a studiare nella stessa città. Avevo intenzione di mandare richiesta di trasferimento alla Sapienza, in vista di poter partecipare al loro corso relativo all'editoria e scrittura e poter così prendere la laurea magistrale una volta finito con la facoltà di lettere. Ero pronta a fare il grande passo e a trasferirmi, ma poi è cambiato tutto quanto e, a dire il vero, con i nonni non ne ho mai neanche fatto parola. Solo la mamma lo sapeva.

Questa mattina Veronica è uscita presto per andare al suo studio a sbrigare del lavoro urgente. Per fortuna non ha ancora cercato di psicanalizzarmi, di farmi parlare per ore di ciò che sento o di fare qualsiasi cosa facciano gli strizzacervelli come lei. Al contrario, mi ha lasciato leggere tutto il giorno senza interrompermi e senza fare pressioni, tanto che ho quasi finito la scorta di libri cartacei che mi ero portata. Per fortuna c'è sempre il Kindle. Lì dentro ho accumulato talmente tanti libri da leggere che mi potrebbero bastare per tutta la vita.

Il modo in cui Veronica si è comportata con me mi ha ricordato quello della nonna negli ultimi tempi e mi sono chiesta se non sia stata proprio lei a darle qualche dritta. In fondo, come sostengo sempre, non è una passione sana e da incoraggiare la mia?

Da quando mi sono svegliata sono alle prese con un nuovo romanzo. Grazie alla pace di cui sono riuscita a godere da quando siamo arrivati qui, ho persino superato le pagine che mi ero prefissata per la settimana. Mi rendo conto di non essermi nemmeno preoccupata di fare colazione, quando il mio stomaco inizia a gorgogliare, così decido di fare una pausa. Prendo un bicchiere di latte fresco e cerco di ricordare dove siano i biscotti aprendo tre stipetti prima di trovare quello giusto. Strappo un paio di fogli di carta assorbente dal rullo appeso accanto al frigo per non fare briciole e vado in salotto. Pur di avere un po' di silenzio, ho deciso di leggere in cucina. Le chiacchiere di Max e Daniel che giocano in sala, a pochi metri, mi arrivano lo stesso, ma cerco di non farci troppo caso e di apprezzare il fatto che mio fratello abbia qualcuno con cui passare il tempo e di conseguenza non tormenti me.

I ragazzi non mi prestano molta attenzione, stanno discutendo sul gioco da fare. Max vuole continuare a giocare a FIFA, Daniel invece vorrebbe provare una nuova demo che gli ha passato un amico che frequenta l'AIV insieme a lui.

«A FIFA possiamo sempre giocarci quando abbiamo finito con la demo, non penso che duri molto» dice Daniel. Max aggrotta la fronte, sta valutando. «Ti ho già detto che si tratta di un RPG *survival horror first person shooter?*» aggiunge. Max lo fissa a bocca aperta, con l'aria confusa, come se avesse parlato un'altra lingua e Daniel si passa una mano tra i capelli cercando di pensare a come spiegargli di cosa sta parlando, in modo che possa capire senza dover consultare un dizionario di terminologia nerd. «Hai presente i film di *Resident Evil*? Ecco, è su quel genere lì.»

«Davvero? Fico!» replica Max che all'improvviso sembra tutto eccitato. «Però non so se ci posso giocare, di solito la nonna non mi lascia vedere film come quello, dice che sono troppo piccolo.»

Mi lancia un'occhiata e Daniel fa altrettanto, seguendo il suo sguardo. Reprime a stento un sorrisetto divertito.

«E fai sempre tutto quello che dice la nonna?» gli chiede con aria di sfida. Max sta per rispondere di sì, ma si rende conto che non è la risposta giusta e dunque guarda altrove cercando di evitare la questione.

Daniel cerca la mia complicità, ma non ho intenzione di concedergliela. Non voglio certo che Max diventi un ribelle prima del tempo, basto già io.

«Che ne dici se io gioco e tu mi assisti soltanto?» propone infine.

Mio fratello non riesce a reprimere l'entusiasmo di fronte a quella offerta.

«Liv, posso?» mi chiede facendo gli occhi dolci. Sa che non riesco mai a dire di no quando mi guarda in quel modo.

«Ok, ok. Però resto qui a guardare anche io.»

A Max sembra un buon compromesso, dunque annuisce. Non volevo dirgli no, ma allo stesso tempo non voglio nemmeno che veda qualcosa di troppo violento o scioccante, dunque resterò di guardia finché la demo non finirà. Sembro davvero mia madre. Daniel la fa partire. La grafica mi sembra un po' scadente, come se non fosse ancora completa del tutto.

«Che roba è?» gli chiedo.

«Un gioco interamente prodotto in casa da un paio di amici. Mi hanno proposto di fargli da beta tester e dunque eccomi qui. Me ne hanno parlato come se fosse il nuovo *Silent Hill* e così non ho potuto rifiutare» risponde. Sta bene attento a non incrociare i miei occhi, però, e a buon ragione.

Anche se non sono una patita del genere, e negli ultimi mesi sono stata sulle mie, avevo degli amici nerd anche io non troppo tempo fa, e so con esattezza di che genere di gioco si tratti. Di sicuro i contenuti non sono adatti a un bambino di otto anni, ma ormai ho detto di sì, non posso rimangiarmi la parola. Allungo il braccio e prendo il telecomando del televisore. Se il gioco dovesse degenerare lo spegnerò senza tante cerimonie. A Daniel la cosa non sfugge, ma invece di essere infastidito dal mio gesto sembra divertito.

La prima scena della demo si svolge sul portico di una vecchia casa, in piena notte. Tutto intorno c'è una nebbia fitta e densa, e sulla superficie di legno consunto ci sono scarafaggi ovunque. La mia pelle inizia a formicolare come se fossero davvero presenti nella stanza, pronti a saltarmi addosso. Nel gioco le luci sono basse, in sottofondo si sentono rumori piuttosto sinistri accompagnati da una musica disturbante. Daniel inizia a esplorare la casa e tutto negli ambienti sembra essere in disordine, come se fosse appena successo qualcosa di brutto, ma lui procede tranquillo, esaminando i corridoi. C'è un orologio elettronico che segna le 03:24. Sulla destra più avanti c'è una porta che non si apre. In fondo c'è un'altra porta ma, quando Daniel ci passa attraverso, si ritrova a rientrare dall'ingresso principale.

Fa la stessa identica cosa per altre due volte e così, presa dalla noia, lascio vagare lo sguardo e mi fermo a osservarlo. È talmente concentrato che nemmeno se ne accorge. Penso che l'ultima volta che l'ho visto avesse circa quindici anni e da allora è cambiato parecchio. Per certi versi somiglia molto a Veronica. Anche lui ha il viso lungo e sottile e gli stessi capelli castani ribelli e scompigliati. Li porta con un taglio molto corto, pratico e poco appariscente. I suoi occhi, però, sono più ordinari sia nelle proporzioni che nel colore - un marrone che mi fa pensare alla cioccolata calda in autunno - e sono incorniciati da un paio di occhiali di quelli che vanno di moda ultimamente, abbastanza grandi, squadrati, scuri. Infine c'è la mascella, più rigida e mascolina rispetto a quella della madre. Il suo fisico smilzo e asciutto non è che una bizzarria se accostato alla sua attitudine da pantofolaio. Mi chiedo se faccia sport o se abbia solo la fortuna di avere il metabolismo veloce. Tutto sommato trovo il suo aspetto molto gradevole. In sostanza è carino e non lo posso negare. Forse non possiede quel tipo di bellezza che permette agli uomini di fare grandi conquiste, ma il suo carisma compensa ogni mancanza e lo rende affascinante abbastanza da attirare l'attenzione delle ragazze che non si fermano a guardare soltanto i tipi dal fisico scolpito. Essenzialmente, neanche a farlo di proposito, è proprio il mio tipo. O meglio, lo sarebbe stato un tempo, quando ancora mi prendevo il disturbo di socializzare. I ragazzi troppo palestrati non mi hanno mai fatto perdere la testa.

All'improvviso Max fa un balzo e Daniel si lascia sfuggire un gemito sorpreso. Rivolgo in tutta fretta la mia attenzione allo schermo, ma non noto niente di diverso.

«Che c'è? Che succede?» chiedo curiosa.

«La porta del bagno» spiega Daniel. Ancora non capisco e continuo a fissare lo schermo della tv piuttosto allibita.

«Si è mossa» aggiunge Max.

«Oh» mormoro.

Cerco di fare più attenzione al gioco. Daniel sale al secondo piano e passa da un'altra porta in fondo, ma rientra di nuovo da quella principale. Appena arriva davanti alla porta di quella che dovrebbe essere la cucina, questa si chiude di scatto e qualcuno inizia a bussarci sopra con insistenza. Mi viene la pelle d'oca. Daniel sposta la visuale con l'analogico e gridiamo tutti e tre alla comparsa improvvisa del fantasma di un bambino nell'oscurità.

Istintivamente premo il tasto di spegnimento della tv dal telecomando che ho ancora tra le mani.

«Fico» borbotta Max qualche istante dopo. «Perché hai

spento?»

«Fico un corno. Direi che basta così» replico.

«Già, tua sorella ha ragione» mi sostiene Daniel. Dov'è finito il suo lato ribelle? Forse è una di quelle persone che quando credi si comporteranno in un modo, finiscono per fare l'esatto contrario.

Max ci scruta entrambi e fa un sospiro quando capisce che non gli lasceremo vedere altro, nemmeno se si mette a pregarci.

«FIFA?» chiede.

«FIFA» risponde Daniel.

* * *

Veronica rientra all'ora di pranzo. È passata dal ristorante cinese a prendere da mangiare. Dopo avere apparecchiato ci sediamo tutti attorno al tavolo.

Prendo due ravioli al vapore dal recipiente in alluminio, un involtino primavera e degli spaghetti di soia. Ha tutto un buon sapore, gli aromi e il sale sono dosati con cura e i vari condimenti sembrano sciogliersi in bocca. Daniel prende per sé del pollo in agrodolce e ci versa sopra salsa di soia in abbondanza. Stava giocando col cellulare prima che lo facesse sparire all'arrivo di Veronica. Penso sia stato il primo gesto "colpevole" che gli ho visto compiere da quando io e Max siamo arrivati.

«*Bleah!*» esclama Max guardando il piatto di Daniel con gli occhi spalancati.

«Max» lo ammonisco.

«Che c'è? Quella specie di salsa scura fa schifo, dico solo la verità!»

«Max» ripeto in tono perentorio.

«Sì, sì, lo so. Non si dice mai che schifo se un cibo non ci piace. È irrispettoso, soprattutto nei confronti dei bambini in Africa che non hanno niente da mangiare» dice facendo ciondolare da destra a sinistra la testa, ripetendo la stessa solita cosa che diceva papà ogni volta che uno di noi faceva un commento del genere. «Però a me quella salsa fa proprio schifo e basta. Preferirei portarla di persona ai bambini dell'Africa piuttosto che mangiarla.»

«Se lo ripeti ancora una volta te ne farò mangiare così tanta che finirà col piacerti» lo minaccio con tono scherzoso.

A giudicare dalla sua espressione sembra essersela bevuta, devo essere stata convincente. Gli passo una mano tra i riccioli sorridendo e gli faccio cenno di mangiare. Veronica e Daniel ci osservano in silenzio senza interromperci. Per un attimo ho l'impressione che lei ci stia studiando con accortezza.

«Non sai che ti perdi» commenta Daniel dopo qualche istante. Max arriccia le labbra al solo pensiero.

«Ragazzi, perché nel pomeriggio non andate a fare un giro in centro? Olivia, non sei mai stata a Firenze, vero? Daniel potrebbe portarti a vedere la cattedrale» ci suggerisce.

Io e Daniel ci guardiamo: è evidente che l'idea non fa impazzire nessuno dei due. Non siamo così in confidenza da aver voglia di andarcene in giro per conto nostro.

«Ok» borbotta dopo averci riflettuto per qualche istante. «Sempre se Olivia è d'accordo.»

Annuisco senza proteste.

«Pensavo di portare Max al cinema a vedere un cartone animato. Se non vi va di fare una passeggiata, potete venire con noi.»

Daniel finge all'improvviso che fare il giro in centro sia il suo più grande desiderio e io lo imito senza farmelo ripetere due volte. A quanto pare sarà una lunga giornata. Scommetto che Veronica ha studiato tutto per riuscire a convincerci a passare del tempo fuori di casa una buona volta.

«Qualcuno vuole un po' di nutella fritta?» chiede col più angelico dei sorrisi.

Qui gatta ci cova.

5

Veronica si è premurata di lasciare che io e Daniel usassimo la sua auto, così l'abbiamo accompagnata insieme a Max davanti al cinema e ci siamo dati appuntamento per passare a riprenderli fra qualche ora. Adesso siamo per strada solo io e lui e so che non è niente di speciale, ma non riesco a fare a meno di sentirmi a disagio. Non sono più abituata a stare con le persone, tanto meno da sola insieme a un ragazzo, per quanto carino possa essere. Cerco di rilassarmi, pensando che comunque non si tratta di un appuntamento, né di una comunissima uscita tra amici, entrambi siamo qui perché costretti da forza maggiore, dunque non è previsto che io mi impegni in nessun modo a essere socievole.

Diversamente, Daniel sembra del tutto a suo agio, ma del resto perché non dovrebbe? Lo guardo di sottecchi mentre guida provando una forte invidia per la confidenza con cui si muove. Osserva la strada con attenzione e inserisce e scala le marce con grande dimestichezza.

«Tu non hai la patente?» mi domanda mantenendo lo sguardo fisso davanti a sé. Immagino che, nonostante i miei sforzi per essere discreta, abbia notato le mie occhiate.

«No, non ancora» rispondo. «Ho soltanto il foglio rosa, ma è scaduto da un pezzo.»

«E perché non l'hai rinnovato?» continua, distogliendo per un attimo l'attenzione dalla strada per voltarsi verso di me.

«Era mio padre a darmi lezioni di guida» mi ritrovo a mormorare, senza rendermene conto. Non è una risposta vera e propria alla sua domanda, ma penso sia in grado di leggere fra le righe.

«E dunque non hai più guidato?» si limita a chiedere.

Io mi stringo nelle spalle. Non ho voglia di aprire il mio cuore a un ragazzo che è praticamente un estraneo. Spiegare quello che sento sarebbe troppo complicato. Come potrei fargli capire che, con chiunque altro non sarebbe la stessa cosa, che probabilmente farei fatica persino a mettere l'auto in marcia? Come potrei fargli capire che soltanto papà era in grado di avere quel genere di pazienza di cui avevo bisogno in quei momenti di panico totale?

«Tu da quanto tempo guidi?» chiedo, cercando di evitare la sua domanda facendo conversazione.

«Da quando ho diciott'anni. Ho preso subito la patente.»

«E non hai ancora una macchina tua?»

Scuote la testa. «Sto mettendo da parte dei soldi, spero di potermene prendere una presto, ma al momento il mio obiettivo è finire l'accademia. Ho già completato il corso triennale di programmazione e tra qualche mese invece inizierò quello biennale di grafica» dice. «E tu invece cosa studi?»

«Lettere.»

Daniel reprime a stento una risata e si volta di nuovo per lanciarmi uno sguardo carico di scetticismo colmo di domande implicite che prontamente mi impegno a ignorare.

«Lettere?» domanda, una nota di incredulità nella voce. Non capisco cosa abbia tanto da stupirsi, ma lo tengo per me. «Vuoi fare l'insegnante?»

«Volevo prendere il master in editoria e scrittura e lavorare per una casa editrice» ribatto, in tono abbastanza infastidito.

«Volevi?»

«Volevo, sì.» *E adesso non ho più voglia di fare niente*, penso. Nessuno dei due aggiunge altro e il silenzio torna a farla da padrone.

Guardo il traffico scorrere attraverso il finestrino mentre Daniel si ferma davanti a un semaforo arancione.

«Quando facevo la quinta al liceo, i miei si sono separati e io mi sono fatto bocciare, perdendo un anno. Altrimenti avrei quasi finito ormai» aggiunge.

«Oh. Capisco» replico. Non fosse che ci conosciamo appena, prenderei il suo come un malcelato invito a non trascurare gli studi, ma dubito che dare suggerimenti di qualsiasi tipo fosse nelle sue intenzioni.

«Ti scoccia se metto un po' di musica?» chiede.

«No, fai pure.»

Lo vedo armeggiare con diverse chiavette usb finché non trova quella che cerca. La inserisce nell'apposita porta e accende lo stereo. Preme i bottoncini dei comandi al volante per selezionare un album, poi va direttamente alla traccia numero tre e alza il volume mentre sullo schermo digitale passa il titolo della canzone: *AOV*. Mi chiedo chi mai intitolerebbe una canzone in questo modo e cosa potrebbe significare, quando una batteria parte velocissima in sottofondo. A seguire arrivano una chitarra e la voce di un tizio che urla. Cerco di nascondere la sorpresa. E dire che Daniel mi sembrava un tipo abbastanza tranquillo. Se avesse messo qualche gruppo indie rock non me ne sarei affatto sorpresa, ma questa musica è parecchio più pesante del semplice rock a cui sono abituata e che passano in radio. Sarei pronta a giurare che tutti i componenti del gruppo che stiamo ascoltando siano pazzi. Persone sane di mente non possono fare tutto questo rumore. Senza rendersene conto Daniel è riuscito di nuovo a lasciarmi senza parole.

Quando la canzone finisce parte la successiva. Si intitola *The Devil in I*. Mi irrigidisco. Daniel probabilmente se ne accorge e abbassa un po' il volume.

«Tutto ok?» domanda. Questa volta mi guarda e solleva un sopracciglio di fronte alla mia espressione cinica.

«C-certo» farfuglio distogliendo subito lo sguardo dal suo, ancora più in imbarazzo di prima.

«Suppongo tu non abbia mai ascoltato alternative metal» dice. Faccio cenno di no. «E nemmeno Metal di altro tipo, giusto?»

Non so bene cosa replicare davanti all'ovvietà, dunque opto

per quell'unica parola monosillabica che sembra essere la sua risposta preferita quando non ha niente da dire. «Già.»

«So cosa stai pensando, ma non sono pazzo e questa non è musica satanica» afferma, le labbra contratte in un sorriso che tenta di reprimere.

«Se lo dici tu.»

Lo vedo scuotere la testa divertito, per poi mettere la traccia numero cinque, *Killpop*. Questa canzone sembra diversa dalle altre, è sempre strana, ma meno confusionaria e più melodica. Riesco di nuovo a rilassarmi fino a quando alla fine il cantante folle inizia a urlare e sbraitare. Grazie al cielo Daniel spegne il motore proprio in quel momento.

Si volta a guardarmi e scoppia a ridere. Tutto quello che vorrei fare è prendere la chiavetta e infilargliela nelle orecchie, *fisicamente*, giusto per dimostrargli quanto certa musica faccia male ai timpani, invece mi limito a incrociare le braccia al petto. L'ha fatto di proposito. Ha messo una canzone che all'apparenza sembrava *normale*, ma che in fondo poi era uguale a tutte le altre.

«Non è divertente» sbotto indispettita.

«Se lo dici tu» mi rimbecca, rifilandomi le parole che poco fa ho usato con lui.

Scendiamo dall'auto e Daniel va verso la macchinetta automatica, paga il parcheggio e sistema il biglietto sul cruscotto.

«A cinque minuti da qui ci sono piazza del Duomo e la Cattedrale di Santa Maria del Fiore» mi spiega mentre fa strada. Io mi limito a seguirlo senza aprire bocca. «Oh andiamo, sei ancora arrabbiata per la musica?»

Non ho voglia di rispondere e dargli soddisfazione.

«Devi solo farci l'orecchio, è roba buona» aggiunge lanciandomi un'occhiata di sottecchi. Sembra quasi che stia parlando di un tipo di droga che non conosco. *È roba buona.* Chi è che direbbe una cosa simile riferendosi alla musica?

Camminiamo in silenzio tra i turisti fino a piazza del Duomo e quando arriviamo quasi non credo ai miei occhi: la cattedrale è davvero bellissima, uno degli edifici più maestosi e imponenti che mi sia mai capitato di vedere. Mi fa quasi venire voglia di comprare un libro di architettura per saperne di più, per poter riuscire a dare un nome a quello che vedo. Mi chiedo perché la mamma non ci abbia mai portati qui e penso che anche Max dovrebbe vederla. Sono sicura che apprezzerebbe.

«È la quarta chiesa più grande del mondo, sai? Quello che vedi lì di fianco è il Campanile di Giotto, quell'altro il Battistero di San Giovanni.»

Daniel spiega le cose in modo meccanico, deve averle sentite un'infinità di volte, ma a giudicare dal suo atteggiamento sembra quasi immune al fascino della sua città. Immagino sia una di quelle persone che col tempo si abitua alla bellezza delle cose e finisce col darla per scontata.

Se avessi un cellulare scatterei una fotografia, ma non ne possiedo più uno da quando mamma e papà se ne sono andati e ho deciso di isolarmi dai miei vecchi amici e dalla mia vita di prima. Quale modo migliore che gettare la propria sim giù per il water? A dirla tutta, la mia scomparsa dai social network e il mio trasferimento dalla nonna sono passati inosservati. Nessuno si è più preso il disturbo di cercarmi. O quasi. Arianna, la mia migliore amica, con cui ho condiviso praticamente ogni cosa dalla prima elementare, è riuscita a procurarsi il mio nuovo indirizzo e mi ha mandato parecchie lettere. Non ne ho letta nemmeno una, ma lei non si è lasciata scoraggiare, oltre ogni mia previsione si è dimostrata ostinata quanto me e ha continuato a spedirne una alla settimana. Qualsiasi cosa abbia da dirmi non mi interessa, non voglio la sua pietà né la sua compassione. Non ho bisogno di un'altra persona nella mia vita che mi guardi in *quel* modo, che continui a darmi pacche sulle spalle, che insista affinché torni l'Olivia di un tempo. La vecchia Olivia non c'è più, è morta con i suoi genitori e i morti, si sa, non tornano in vita per quanto gli altri lo desiderino.

«Vuoi entrare a vedere l'interno?» mi chiede Daniel distogliendomi dai miei pensieri.

L'ultima volta che ho messo piede in una chiesa è stato per il funerale di mamma e papà. Daniel sembra riuscire a leggere il disagio che regna nei miei occhi e cerca di divagare proponendomi subito un'alternativa.

«Altrimenti possiamo andare alla Galleria degli Uffizi, se preferisci. Scommetto che ne hai già sentito parlare. La gente viene da tutto il mondo per poter entrare a vedere ciò che è esposto. Però sarebbe meglio tornarci un altro giorno, la mattina presto. A quest'ora di solito c'è sempre una fila irragionevole e per vedere tutto quanto ci vogliono diverse ore, non faremmo in tempo.»

«Come sei pessimista» ribatto. «Andiamo a dare un'occhiata lo stesso.»

Ci dirigiamo verso il museo, ma la fila è talmente lunga da superare la biglietteria che, a detta di Daniel, è all'interno. Ci vorrebbero ore prima di riuscire a entrare. Aveva ragione.

«Forse è meglio fare qualcos'altro se non vogliamo fare notte qui davanti» suggerisce.

«Già» rispondo di getto. Lui si volta e sorridiamo entrambi. Mi guarda come a dire: "Visto, non è poi tanto male come risposta."

«Senti, Liv, posso chiamarti Liv?»

«No» rispondo continuando a sorridere. Lo sto prendendo in giro. Daniel scuote la testa, ridendo a sua volta.

«Senti, *Olivia*» dice, sottolineando il mio nome e soffermandosi più tempo del normale sulla O. «In questi giorni mi è sembrato di capire che sei una persona abbastanza intelligente.»

«Abbastanza?»

«Almeno nella media. Certo, non sei una chiacchierona e non avresti dovuto farti ingannare dai biscotti di mia madre, ma se leggi così tanto presumo che tu non sia stupida e ne deduco anche che ti sia accorta di quanto io sia in fissa con i videogame

– non guardarmi così, ognuno ha il suo passatempo – dunque ti faccio una proposta. Che ne dici se ce ne andiamo in un caffè? Uno che conosco io, piccolo e tranquillo. Tu leggi e io mando avanti le mie magioni che...» fa una pausa per tirare fuori l'orologio del cellulare e guardare l'ora sul display «hanno decisamente bisogno di me. Facendo due conti direi che le mie energie sono cariche già da un po'.»
Me ne resto a fissarlo a bocca aperta.
«Mio dio» borbotto infine. «Ma sei vero?»
«Scusa?»
«Sembri uscito da un romanzo distopico.» Mi guarda perplesso. A giudicare dalla sua espressione, ignora del tutto il significato di quella parola. Forse non sa neppure cos'è un romanzo. «E poi perché diavolo hai tirato fuori il cellulare per guardare l'ora se sopra la tua testa c'è un orologio enorme? Sarei io quella di dubbia intelligenza?»
«*One shotted!*» Esclama divertito.
«Cosa?» Vorrei ribadirgli di nuovo che non ci trovo nulla di divertente, ma mi limito a fulminarlo con lo sguardo.
«Niente» borbotta tra sé e sé. «Allora, Olivia? Ci stai?»
Sa di avermi in pugno. «Certo che sì.»
Senza ulteriori indugi ci avviamo verso il caffè e in una decina di minuti giungiamo a destinazione. Daniel aveva proprio ragione riguardo a questo posto, è il genere che piace a me e non sembra essere molto frequentato dai turisti, dunque non c'è un gran viavai. È diverso dai locali a cui siamo passati davanti prima.
La barista viene a prendere le ordinazioni al tavolo in cui ci siamo sistemati e chiacchiera con lui, rivelandogli dei pettegolezzi riguardo a un tizio che suppongo essere un loro amico comune. Daniel ordina una coca e quando lei mi chiede se voglio lo stesso anch'io, dico di no e chiedo di vedere il menù.
«Scommetto che Olivia è più un tipo da tè verde» tenta Daniel. Mi chiedo se dica sempre ad alta voce tutto ciò che gli passa

per la testa.

«No, a Olivia il tè verde non piace» replico, parlando di me in terza persona neanche mi riferissi a qualcun altro. «Un succo al pompelmo, per favore.»

La cameriera ci guarda allibita prima di tornare al bancone. Chissà che impressione le abbiamo dato.

«Pompelmo, eh?» commenta mentre fa una smorfia e gira il suo cellulare per avere la giusta visuale del gioco che tanto agogna. «Avrei dovuto immaginarlo. In fondo, a pensarci bene, sei proprio una ragazza da pompelmo.»

Evito di chiedergli il significato intrinseco di questa affermazione. Non sono affatto curiosa di saperlo.

«Già» mormoro tirando fuori il Kindle dalla borsa. Daniel per tutta risposta si mette a ridacchiare mentre io cerco di ignorarlo.

«Magari "già" potrebbe essere il nostro "sempre"» aggiunge divertito ancora più di prima da questa sua battuta che non riesco proprio ad afferrare.

«Uhm?» mugugno in cerca di una spiegazione. Mi guarda stranito, nemmeno gli avessi chiesto come nascono i bambini.

«Okay? Okay» dice pronunciando la parola in modo strano, come a voler enfatizzare la A. Non capisco dove voglia arrivare. «Dai, non hai letto *Colpa delle stelle*? È di un certo Jack Green, mi pare.»

«John» lo correggo.

«Ecco lui. Non hai letto quel libro?»

«Sì, in effetti» rispondo stringendomi nelle spalle. «Stai cercando di dirmi che sei un po' fuori di testa? Lo avevo già capito che non hai tutte le rotelle a posto» lo prendo in giro.

«Sarebbe comunque meno sorprendente del pensiero che *tu* possa aver letto quel libro.»

Questa volta è il suo turno di guardarmi male. «Non dire assurdità. Qualche tempo fa stavo con una ragazza, Persefone, era così ossessionata da quel libro che mi ha fatto diventare matto. Mi ha costretto a guardare il dvd insieme due volte di fila, senza pause, la prima in italiano e la seconda in lingua originale per ascoltare le *vere* voci degli attori. I giorni seguenti continuava a mandarmi messaggi con scritto solo "okay?" pretendendo che io le rispondessi "okay" e guai se scrivevo solo "ok" senza le altre due lettere. A scuola faceva vedere la conversazione su WhatsApp alle amiche. Erano tutte completamente fuori, giuro. Com'è che a te invece questa roba non fa effetto?»

Faccio una smorfia di sufficienza. Non mi sogno neanche di dirgli che io e Arianna, ai tempi dell'uscita del film, non ci siamo comportate in modo molto diverso dalla "sua" Persefone. Ricordo ancora la sera che ci siamo ritrovate per guardarlo insieme, tra lacrime, risate e popcorn al caramello.

«Ho letto il romanzo e visto il film troppo tempo fa, non ricordo ogni scambio di battute» replico, portandomi poi il Kindle davanti al viso e cercando di mettermi a leggere per fargli capire che non ho voglia di continuare a parlare.

«Mi pare sia uscito un nuovo romanzo dell'autore. Persefone non la vedo da una vita, ma la sua bacheca facebook è invasa dalle citazioni e dalle fotografie. Lo sapevi?» insiste.

«No.»

«E non sei curiosa neanche un po'?»

Scuoto la testa, poi alzo lo sguardo dalla riga che ho cercato di iniziare a leggere almeno quattro volte da quando siamo arrivati, e bevo un po' di succo fresco. Daniel mi sta guardando come se avesse appena visto un alieno.

«Sei sicura di essere una ragazza?»

«Non mi interessa e basta» sbotto sulla difensiva.

Daniel fa uno di quei suoi sorrisi sornioni a trentadue denti.

«Okay» risponde cominciando a ridere come un idiota.

Credo di odiarlo.

6

Grazie al cielo Daniel decide di dedicarsi al cento per cento ai suoi videogiochi e io riesco a portarmi avanti con la tabella di marcia, contenta che il caffè sia abbastanza tranquillo da permettermi di concentrarmi a sufficienza nella lettura.

Questo romanzo, che ho iniziato ieri sera prima di mettermi a dormire, è lungo e intricato. Il più lungo che io abbia mai provato a leggere. La storia è articolata in diverse parti e, tra vari flashback e *fast forward*, segue la vita di ben sei personaggi che crescono e maturano sotto lo sguardo del lettore. Vengono faccia a faccia con le loro paure, riuscendo pian piano ad avere la meglio sulla forza malvagia che infesta la loro città e i loro cuori. Nel primo centinaio di pagine facevo davvero fatica a barcamenarmi tra i piani narrativi, a volte fin troppo vari e complessi, ma più leggo e più voglio leggere.

Mi immergo tra le pagine e dentro alla storia al punto che la mia parte cosciente riesce a riaffiorare a stento quando Daniel mi avverte che si è fatta ora di andare. Mi ritrovo a fissarlo come se non sapessi più chi ho di fronte, né dove mi trovo.

Questa sensazione di completa estraneità mi avvolge, mi stordisce. Mi guardo intorno e mi accorgo che fuori il sole sta tramontando e che il bicchiere di fronte a me è vuoto, nonostante io ricordi di aver bevuto solo qualche sorso. È come se per tutto questo tempo io fossi stata altrove. Al pensiero di mettere via il romanzo vengo colta da uno strano senso di sconforto perché mi rendo conto che è in mezzo a quelle pagine che voglio rimanere. Il resto non mi sembra avere alcuna importanza, né mi sembra più vero. Sento la necessità fisica di continuare a leggere e di sapere com'è che si conclude la storia, nonostante io sia lontana dalla fine.

«Olivia?» mormora Daniel e nella mia testa la sua voce risuona distante.

All'improvviso mi trovo di fronte ai suoi occhi, preoccupati e straniti, che cercano con premura di ancorarsi ai miei e in qualche modo, che nemmeno riesco a spiegare, il suo sguardo riesce a riportarmi alla realtà.

«Tutto ok?» mi chiede, facendomi un piccolo sorriso impacciato. Io annuisco distrattamente e ripongo il Kindle nella borsa come se non fosse successo nulla. Lo seguo fino al parcheggio, in silenzio.

Mi accorgo soltanto quando l'auto si ferma che non siamo davanti al cinema, ma di fronte a un parcheggio enorme, vuoto per la maggiore. Mi volto verso Daniel, che si è appena slacciato la cintura, ma ha lasciato la macchina in moto.

«Avanti, facciamo cambio di posto» mi dice, cogliendomi del tutto alla sprovvista. L'ansia e il panico mi assalgono nel giro di un istante.

«Cosa?» domando, incredula, con la voce insolitamente stridula. Com'è che gli è venuta un'idea simile? «Fai sul serio?»

«Certo che sì. Ti viene in mente una buona ragione per non volerlo fare? Non c'è nessuno a quest'ora, il parcheggio è vuoto ed è grandissimo, tutto per te. In più niente istruttori rompicoglioni a metterti fretta o a dirti sempre che stai facendo qualcosa nel modo sbagliato. Ci siamo solo noi.»

«Me ne vengono in mente diverse di ragioni» ribatto. «Il mio foglio rosa oltre a essere scaduto è a casa, a Milano, buttato in chissà quale cassetto. E anche se non fosse scaduto, non potrei guidare comunque con te. Avrai anche preso la patente a diciott'anni, ma sei ancora lontano dall'averne ventotto! E in più, cosa accadrebbe se dovessero fermarci?! La macchina non è neanche tua» dico tutto d'un fiato. Daniel ride.

«Quanto ardore!» esclama, stuzzicandomi. «Non hai mai fatto nulla che andasse contro le regole nella vita? Rilassati, non succederà niente. Te lo prometto.»

«*Tu* me lo prometti?» ripeto, con estrema ironia. Perché pensa che una promessa da parte sua per me possa avere il benché minimo valore? Mi vengono in mente almeno un centinaio di insulti che potrei sputargli addosso, se solo volessi.

«Sì, te lo prometto *io*» ribadisce con convinzione. «Sarà soltanto per un minuto, d'accordo? Se non ti sentirai a tuo agio, sarai libera di fermarti e di fingere che non sia mai accaduto. E adesso avanti, niente scuse. Prima ti decidi, prima finiremo, prima ce ne andremo. Facile, no?»

Non fa una piega. Un minuto soltanto e potrò porre fine alle mie sofferenze. Borbottando sottovoce quanto la cosa non mi vada per niente a genio, scendo dalla macchina e le giro attorno per salire sul sedile del conducente, mentre Daniel si sposta su quello del passeggero.

«Fai una cosa per volta, non ci mette fretta nessuno» mi suggerisce, con un tono di voce pacato e rassicurante.

D'accordo, d'accordo. Mi metto la cintura e porto avanti il sedile, senza riuscire a smettere di pensare che Veronica ci ucciderà entrambi se dovesse succedere qualcosa. Infine regolo gli specchietti, finché non mi sembra che tutto sia a posto e poi poggio le mani sul volante, afferrandolo saldamente.

«Ok, adesso dovresti togliere il freno a mano e mettere la prima. Ti ricordi come si fa? E il volante... non c'è bisogno di tenerlo così stretto, ti farai male.»

Annuisco e cerco di allentare la presa, poi tento di seguire le sue indicazioni alla lettera, provando anche a dare un colpetto di gas che però mi viene più brusco del previsto e fa sussultare la macchina, portandomi a lasciare la frizione e a far spegnere il motore per lo spavento.

«Non fa niente, il tuo piede non ha più confidenza con i pedali e di sicuro non ricordi le giuste tempistiche» mi rassicura, prima di esibirsi in una piccola dimostrazione di come si fa, muovendo i piedi sul tappetino. «Non è difficile, basta solo prenderci la mano. E ricorda, sei tu a portare la macchina, non è lei a portare te. Non devi avere paura, altrimenti la tua guida ne risentirà. Cerca di pensare che va tutto bene, che hai il controllo e che questa cavolo di auto andrà solo e soltanto dove tu deciderai di farla andare.»

Annuisco e con un sospiro metto di nuovo in moto, cercando di ingannare la mia mente riempiendola di pensieri positivi e confortanti. Stranamente, l'idea di avere Daniel accanto inizia a rincuorarmi sul serio.

Questa volta riesco a partire e a mettere la seconda e poi, dopo una piccola esitazione, anche la terza. Daniel mi dà qualche dritta per farmi correggere le manovre e per far sì che riesca a evitare che l'auto singhiozzi. Non è facile e non riesco a guidare con fluidità, ma più il tempo passa più sento di avere il controllo. Il sorriso compiaciuto di Daniel quando accosto e metto in folle per scambiarci di nuovo i posti mi fa sentire soddisfatta, come una bambina dopo il primo giorno di scuola. Ho sempre avuto il terrore di guidare. Ho perso il conto delle volte che ho sognato di essere in auto e di perdere il controllo. Ricordo almeno una dozzina di incubi in cui finivo fuori strada nei modi più incredibili e immaginabili. Una paura stupida, senza fondamento, eppure incisa nel profondo della mia mente. Papà ci ha messo un'infinità di tempo a convincermi a provare la prima volta. Insieme eravamo riusciti ad arrivare a buon punto, o perlomeno a evitare che mi venisse una crisi isterica ogni volta che sbagliavo qualcosa. Mi sembra ancora di riuscire a sentirlo, il calore della sua mano sopra la mia, quando cambiavo le marce. La sua presa era sempre stretta per farmi sentire che lui era lì con me. A me bastava per sapere che, finché ci fosse stato, non sarebbe potuto capitare niente di male.

Non appena avevo raggiunto un livello sufficiente mi ero iscritta a scuola guida. L'esame teorico lo avevo passato come niente, poi era arrivato il momento delle guide con l'istruttore. A quel punto pensavo davvero di potercela fare. Credevo di aver acquisito sufficiente sicurezza da potermela cavare, ma la prima guida era stata un vero disastro. E anche la seconda. L'istruttore, un uomo sulla quarantina dalla voce roca e disturbante, non riusciva a capirmi e mi faceva terribilmente innervosire. Alla fine, all'esame pratico mi avevano bocciata e insieme a papà avevo deciso che avrei cambiato scuola guida, poi però a cambiare è stata la mia vita e sul volante non ci ho più messo mano, fino a oggi.

Daniel mette di nuovo a posto sedile e specchietti e riprende la strada verso il cinema. «Hai visto? Non è andata poi tanto male, no?»

«Già» rispondo io, nonostante possa ancora dire di sentire il brivido dato dall'adrenalina in circolo.

«E sai qual è la cosa più bella?» chiede. Io scuoto la testa. «Che mi aspettavo molto peggio! Insomma, guardaci! Siamo illesi e la macchina è ancora tutta intera. La considero una conquista, sappilo.»

«Grazie tante, Daniel. Tu sì che sai come far sentire bene una ragazza.»

«Non c'è di che, *Olivia*. Non c'è di che. Quando vuoi. Dovresti prendere in considerazione l'idea di rinnovarlo quel foglio rosa, al posto di lasciarlo a prendere polvere.»

«Forse lo farò» mormoro, senza però riuscire a prendere la cosa seriamente in considerazione.

«Guarda che lo vedo» mi rimprovera lui, impettito.

«Vedi cosa?»

«Sta proprio lì, stampato sulla tua faccia, un enorme e pittoresco no.»

Vorrei dirgli di farsi i fatti suoi, ma mi rendo conto che così finirei per dargli ragione, dunque mi limito a guardarlo storto. Sono così evidenti i pensieri che mi passano per la testa? Resto in silenzio finché non trovo un modo per volgere la situazione a mio favore.

«Allora è così che fai di solito?» gli domando, stando sul vago. «Non capisco.»

«Per rimorchiare. Provi con qualche riferimento letterario, in modo da mostrarti colto, e poi porti le ragazze a fare lezione di guida? Funziona? È una strategia che ti riservi per il primo appuntamento?»

Daniel ride. «In realtà non mi era mai capitato di dare "lezioni di guida" a nessuno» dice, facendomi arrossire al pensiero che questa premura l'abbia avuta soltanto nei miei riguardi. «E di solito comunque preferisco i riferimenti ai videogiochi, rispetto a quelli letterari. Se le ragazze non sono nerd abbastanza da afferrarli, non mi prendo neanche il disturbo di uscirci» ribatte, voltandosi poi per strizzarmi l'occhio. «Come nella serie di *Super Mario*. Hai presente, no? Mario deve conquistarsela la principessa Peach, livello dopo livello. Fungo malefico dopo fungo malefico.»

«Dunque mi stai dicendo che, metaforicamente parlando, tu saresti la principessa Peach, e le ragazze con cui ti capita di uscire delle aspiranti Mario?»

«Già, qualcosa del genere.»

«Ambizioso e modesto» commento e lui annuisce compiaciuto. «Io non sono mai riuscita a finire una partita di *Super Mario*. Max ha provato a coinvolgermi, ma mi è sempre venuto a noia dopo qualche livello.»

«Peccato» replica lui scuotendo leggermente la testa, con un sospiro disincantato.

Al pensiero di come possa essere suonata la cosa alle sue orecchie arrossisco. Possibile che riesca ad avere la meglio su di me? Credevo di fregarlo e invece sono rimasta fregata, di nuovo.

Per fortuna il nostro arrivo al cinema pone fine alla conversazione, diventata ormai talmente assurda da sembrare quasi irreale. Ho proprio bisogno di una pausa.

7

Mi sveglio con un sussulto. Quando apro gli occhi attorno a me c'è solo buio e ci metto qualche istante a fare il punto della situazione e a capire che sono da Veronica e non dai nonni. Max mi sta fissando nell'oscurità a pochi passi dal divano. Deve essere stato lui a scuotermi.

«Liv?» mi chiama sottovoce.

«Che succede?» mormoro, la voce impasta dal sonno.

«Ho fatto un brutto sogno.»

Sapevo che quella demo non avrebbe portato a niente di buono.

Mi sposto per fargli spazio e lo invito a stendersi accanto a me. Da quando siamo andati a stare dai nonni per noi è diventato normale dormire insieme di tanto in tanto. Soprattutto nelle prime settimane Max non riusciva a stare da solo nella sua nuova camera, diceva di non sentirsi a casa senza mamma e papà. Io lo accolgo in silenzio sotto le coperte ogni volta che viene a bussare alla mia porta, senza dire niente perché in realtà non c'è niente da dire. Non gli ho mai svelato che averlo vicino fa sentire meglio anche me, ma sospetto che in fondo lo sappia. Max si avvicina e poggia la testa sulla mia spalla. Nel buio non riesco a vedere l'espressione del suo viso ma, mentre inizio a passargli la mano tra i riccioli per tranquillizzarlo, sento il suo respiro farsi più profondo e capisco che si è riaddormentato. Far tacere i miei pensieri non sarà altrettanto facile ora che si sono appena riaccesi.

Me ne resto a fissare il soffitto per un po', continuando ad accarezzare i capelli del mio fratellino e facendomi domande che sarebbe meglio non porsi. Perché è capitato proprio a noi? Perché è dovuto proprio capitare, a prescindere? Posso continuare a chiedere in eterno eppure non avrò mai una risposta, nessuno è in grado di darmene una.

«Ehi, è tutto ok?»

Quando la voce di Daniel fa breccia nel silenzio reprimo a stento un urlo.

«Scusa» sussurra non appena si accorge di avermi colta di sorpresa.

Gli faccio cenno di tacere e controllo Max. Sta ancora dormendo. Mi alzo dal divano cercando di fare piano per non svegliarlo e seguo Daniel in cucina. Allungo il braccio nel tentativo di trovare l'interruttore per accendere la luce, ma lui mi fa cenno di fermarmi.

«Non vorrai mica accecarmi» bisbiglia infastidito.

«No, ma almeno vorrei vedere dove metto i piedi.»

«Aspetta.»

Lo sento spostarsi nell'oscurità e armeggiare vicino ai fornelli, poi la luce della cappa si accende con un *clic* illuminando l'ambiente.

«È tutto ok? Max sta bene?» ripete Daniel sbadigliando.

Deve essersi dimenticato di indossare gli occhiali e vederlo così, come se fosse in qualche modo privo della sua armatura, mi dà una strana sensazione. Mi guarda con gli occhi stretti, di sicuro non riesce a vedere bene senza. Il suo sguardo però risulta ancora più diretto del solito e i suoi occhi scuri, senza lenti, mi sembrano immensi. Mi assale l'insana paura che possano inghiottirmi.

«Sì, ha solo fatto un brutto sogno» dico, in risposta alla sua domanda. «Niente di preoccupante.»

Si passa una mano tra i capelli, riuscendo a scompigliarli ancora di più. Mi accorgo adesso che, oltre a essere a piedi scalzi, ha indosso soltanto una vecchia canottiera e un paio di boxer scuri. Senza dire nulla fa qualche passo verso di me e si avvicina talmente tanto che il mio cuore inizia a battere più forte per la tensione. Abbasso lo sguardo e lui mi poggia le dita sotto il mento, invitandomi a rialzarlo. Leggo un milione di domande sul suo volto, domande che, però, ancora una volta, preferisce tenere per sé. Tuttavia scruta nei miei occhi senza pudore, come se sperasse di riuscire a trovare lì dentro le risposte che cerca, e io mi sento inerme.

«Ragazzi, che ci fate in piedi?» domanda Veronica entrando in cucina. Entrambi indietreggiamo, colti alla sprovvista. «Max sta bene? Mi sono alzata per andare in bagno e ho visto che c'era la luce accesa.»

«Ha solo fatto un brutto sogno ed è andato da Olivia» spiega Daniel. «E io penso che me ne tornerò a dormire dato che non c'è bisogno di me» aggiunge. Sbadiglia ancora, mostrandoci le tonsille prima di andarsene.

Io e Veronica restiamo a fissarci impacciate, senza sapere cosa dire per diversi istanti.

«Forse è meglio che torni a letto pure io» dico.

«Io penso che mi farò una tisana calda, prima. Ne vuoi un po' anche tu?» mi chiede con un sorriso. «Ne ho una perfetta per l'occasione, aiuta a conciliare il sonno.»

«Ok, volentieri.»

Mi siedo al tavolo mentre Veronica riempie d'acqua il bollitore prima di metterlo sul fornello. La osservo in silenzio prendere le bustine con l'infuso, lo zucchero e il miele, e ripenso a quando da piccola guardavo la mamma compiere quegli stessi gesti. Mi piaceva mettermi a fare i compiti in cucina in modo da poterla vedere all'opera.

Dopo aver lasciato la tisana a riposo per qualche minuto, Veronica la distribuisce nelle tazze e me ne porge una, poi aggiunge un cubetto di ghiaccio alla sua, in modo che sia subito pronta da bere e io faccio lo stesso prima di iniziare a sorseggiarla. Profuma di camomilla e gelsomino.

«Max fa spesso brutti sogni?» mi chiede.

Sollevo lo sguardo dalla tazza per guardarla negli occhi. Qualcosa mi dice che ho a che fare con la Veronica psicoterapeuta in questo momento, ma finché la conversazione non si sposta su di me non mi disturba.

«Non spesso come una volta.»

«Come pensi se la stia cavando?» domanda tra un sorso e l'altro.

Meglio di me, avrei voglia di ribattere, ma l'ultima cosa che desidero è attirare l'attenzione sulla sottoscritta, dunque evito di esprimere i miei pensieri ad alta voce e mi stringo nelle spalle.

«I nonni cercano di non fargli mancare nulla» dico. Non è una vera e propria risposta alla sua domanda, me ne rendo conto.

«E tu invece? Come te la passi?»

Vorrei dirle che non mi va di parlarne come faccio sempre quando è la nonna ad aprire l'argomento, ma ho il sospetto che Veronica non si accontenterebbe di essere liquidata tanto in fretta. In fondo far parlare la gente è il suo lavoro.

Faccio un sospiro rassegnato mentre cerco di riordinare le idee senza troppo successo.

«Non lo so» rispondo infine. Non ho idea di cosa si aspetti che dica. Non so quale sia la risposta giusta da dare. «Perlopiù cerco di tenermi occupata per non essere costretta a pensare.»

«Non ti senti a tuo agio a ripensare ai tuoi genitori?»

«No, non si tratta questo. È solo che preferisco far finta che non sia mai successo. Pensarci mi fa stare male, mi sento come se venissi risucchiata in una sorta di enorme buco nero dal quale non posso uscire. Odio sentirmi così. Lo detesto» confesso di getto, lasciandomi sfuggire cose che non mi sono mai nemmeno permessa di pensare consciamente.

Veronica mi guarda, gli occhi pieni di un'emozione che non sono sicura di riuscire a identificare. Malinconia, forse.

«So che non è quello che vorresti sentirti dire, Liv, ma tenerti tutto dentro come stai facendo non è il modo giusto di affrontare la tua perdita.»

«La mia perdita?» la interrompo prima che possa continuare con la predica. Non riesco a reprimere una risata isterica. «La mia *perdita*» ripeto, scuotendo la testa. «Veronica, io non ho perso qualcosa. Non ho smarrito un vecchio calzino, né le chiavi di casa o il buon senso. Perdere qualcosa, per definizione, implica anche la possibilità che quel qualcosa possa essere ritrovato – se non da noi, magari da qualcun altro – ma i miei genitori non si sono *persi*, sono morti. Se ne sono andati per sempre e non c'è la benché minima possibilità che possano tornare o che io possa ritrovarli. La mia non è una semplice perdita, è molto di più.»

«Me ne rendo conto. Tu ti sei ritrovata all'improvviso senza una madre e un padre, io mi sono ritrovata senza quella che era la mia migliore amica da una vita. Non è lo stesso, questo lo so. Nessuno è in grado di restituirci Alice e Pietro, è vero, ma dobbiamo imparare a convivere con questa consapevolezza senza lasciare che ci schiacci.»

È la prima volta che sento pronunciare i loro nomi da mesi e resto all'improvviso senza fiato. A casa dei nonni sono come una specie di tabù per tutti noi. *Alice e Pietro. Alice. Pietro.* Mi sento come se per tutto questo tempo non avessi fatto altro che seppellirli sempre più a fondo, nel vuoto dell'abisso che mi porto dentro. Ci ho messo così tanto a nasconderli e adesso sono riemersi in un battito di ciglia, alla disperata ricerca di ossigeno. Quanto tempo mi ci vorrà per farli tornare in profondità questa volta?

«Mi spiace, non ce la faccio. Non si tratta solo di me» mormoro abbassando lo sguardo. Veronica allunga le mani sul tavolo per prendere le mie e stringerle tra le sue.

«Lo so, Liv, lo so, ma io posso insegnarti a essere forte» mi dice cercando di rassicurarmi con un sorriso. «Puoi venire fuori da tutto questo, devi solo volerlo.»

Libero le mani dalla sua stretta tanto delicata quanto soffocante e me le porto sul viso, utilizzandole come uno scudo.

«Non sono sicura di volerlo.»

Veronica si schiarisce la voce e poi si alza. Prende le nostre tazze e le appoggia nel lavandino, attenta a non far rumore. Mi chiedo se la nostra conversazione sia finita e faccio un promemoria mentale riguardo all'evitare di rimanere di nuovo da sola con lei.

«Olivia, temo che quello che sto per dirti non ti piacerà, ma devi fidarti di me, ok? In questi mesi ho lavorato duramente a un progetto molto speciale. Ho deciso di organizzare una sorta di centro estivo, una specie di campo terapeutico per ragazzi che soffrono di dipendenze, e non sto parlando di droghe, ma di dipendenze di altro tipo. Io e altre due persone ci stiamo occupando di tutto, il progetto avrà inizio tra pochissimi giorni e vorrei che tu ne facessi parte. Ne ho parlato con i tuoi nonni e sono d'accordo, pensano che tu abbia bisogno d'aiuto e dopo aver passato del tempo con te, lo penso anche io.»

Per poco la saliva non mi va di traverso e rischio di soffocare.

«C-cosa?» borbotto, incredula. «Io non soffro di alcun tipo di dipendenza, non ho bisogno di essere curata come una specie di drogato.»

«Sì invece, ne hai bisogno e lo sai anche tu. Per favore, Liv, lascia che ti dia una mano» mi implora.

Scuoto la testa per l'ennesima volta e mi rendo conto che la nonna ha mentito riguardo alla gita di piacere. Lei e Veronica devono essersi messe d'accordo per tendermi questa imboscata e cogliermi di sorpresa quando meno me l'aspettavo. Per questo la nonna è stata così permissiva nei miei confronti negli ultimi tempi, doveva già aver deciso che ero un caso disperato e che avevo bisogno d'aiuto.

Riporto lo sguardo su Veronica. Se ne sta lì a fissarmi, piena di aspettative, come se fossi un giocattolo rotto che solo lei può aggiustare. Non si rende conto di non potermi aiutare. Io invece l'ho capito da un pezzo che non esiste cura per il vuoto che mi porto dentro.

«Immagino che cercherai di convincermi, non è così?» domando con tono freddo e pacato.

L'incertezza e il panico che c'erano nella mia voce fino a qualche attimo fa sono già un lontano ricordo, e anche Veronica si rende conto del mio repentino cambio di atteggiamento. Non sono più una bambina, so che non posso avere il controllo su tutto. È stata dura venirne a capo, ma non ho avuto altra scelta. Lei non mi ha ancora dato una risposta così decido di rincarare la dose. «Correggimi se sbaglio» la sfido.

«Sta solo a te decidere di accettare il mio aiuto. Se non collabori, non potrò fare niente per te.»

Capisco esattamente ciò che sta cercando di dirmi.

«Bene» replico decisa.

Non lascerò che frughi tra i miei pensieri e tra i miei ricordi, né tanto meno che cerchi di portare allo scoperto le mie emozioni. La mia vita non le appartiene e non le permetterò di usarmi per i suoi esperimenti da laboratorio. Se pensa che sarò docile e remissiva come mi ha vista in questi giorni, si sbaglia di grosso.

8

Il tanto temuto giorno del parco acquatico è arrivato. Nonostante la nottataccia trascorsa praticamente incollato alla sottoscritta, Max si è alzato dal letto quasi all'alba, fresco come una rosa e iperattivo come non mai, ben consapevole di cosa ci sarebbe stato ad aspettarlo.

Mio fratello e Veronica si sono dati parecchio da fare per preparare il pranzo al sacco e tutto il necessario, facendo talmente tanta confusione che non sono più riuscita a chiudere occhio dopo essermi svegliata di soprassalto. Il chiacchiericcio esaltato era assordante. Ne ho subito approfittato, rifugiandomi sotto le lenzuola col Kindle in mano, nella vana speranza che Max non si accorgesse di me. Non sono riuscita a leggere più di qualche pagina prima di sentirlo arrivare con la stessa energia distruttiva di un terremoto, pronto a farmi alzare dal letto.

Il mio piano iniziale era quello di fingere di aver preso un brutto raffreddore per poter rispettare la mia tabella di marcia letteraria, ma non sono riuscita a resistere di fronte allo sguardo supplicante di Max. E dunque adesso, mio malgrado, eccomi qui. C'è voluta un'ora di macchina, ma siamo arrivati incolumi, e l'unica cosa che riesce a tirarmi un po' su il morale è che anche Daniel è venuto con noi. Soprattutto perché sono sicura che sia entusiasta della giornata quanto me, e sapere che siamo nelle stesse condizioni mi fa sentire meno sola. Mi chiedo solo come mai non ne abbia approfittato, lui che di sicuro poteva fare a meno di tutto questo.

Una volta oltrepassato l'ingresso, ci dirigiamo subito verso l'area dedicata alla piscina, dove occupiamo due ombrelloni vicini. Io mi sistemo su una delle sdraio, impaziente di riprendere con la mia lettura, ma la piccola spiaggia artificiale è talmente piena che faccio fatica a trovare un angolino all'ombra, dunque alla fine sono costretta a mettermi sotto al sole cocente.

Max si limita a osservare l'ambiente e a guardare timidamente da lontano gli altri bambini per qualche minuto, poi mi lancia un'occhiata mentre si toglie la t-shirt con movimenti incerti e impacciati. Io mi tranquillizzo e tiro fuori dalla borsa uno dei libri presi in biblioteca. Nonostante il baccano immenso che c'è in questo posto, il mio obiettivo è quello di estraniarmi il più possibile. Con un piccolo sforzo, riuscirò a trovare la concentrazione necessaria, finirò questo romanzo e magari tutto sommato alla fine sarà una giornata piacevole.

Veronica si allontana un istante per andare al bar e Daniel va a cercare la zona con gli armadietti per riporre al sicuro gli oggetti di valore.

Max, ancora incerto sul da farsi, si siede sulla sdraio accanto alla mia.

«Liv? Ehi, Liv?» mi chiama. Quando sollevo lo sguardo su di lui noto che ha ancora quell'aria sperduta negli occhi. «Vieni a fare il bagno?» mi chiede con voce esitante.

Sospiro, spazientita più che mai all'idea che sarò bloccata qui tutto il giorno. Come se il resto non fosse abbastanza, sono anche sofferente per via del caldo che mi sembra già eccessivo nonostante non siano nemmeno le undici.

«Max, non hai visto quanti bambini ci sono in piscina?» gli chiedo, cercando di assumere un tono accomodante.

«Sì» ribatte. «Ma di venire a fare il bagno l'ho chiesto a *te*.»

«Devo proprio?» sussurro, in tono implorante. «Sappiamo entrambi che una volta arrivati in acqua farai amicizia e non avrai più bisogno di me. Sono sicura che ti divertirai un mondo, non serve essere timidi.»

Mi rendo conto di essere stata odiosa e di aver esagerato soltanto quando Max si alza in piedi di scatto, arrabbiato come non lo vedevo dall'ultimo taglio di capelli.

«Ti odio!» esclama, alzando i toni all'improvviso. Tira fuori un

risentimento forte e feroce, che cova da chissà quanto tempo.
I genitori annoiati intorno a noi drizzano le antenne e si voltano
tutti nella nostra direzione, facendomi desiderare di poter
sparire all'istante. Mi fanno sentire ancora più inadatta di
quanto già io non sia nel ruolo materno che mi sono ritrovata
mio malgrado ad assumere.
«Max, mi spiace. Io...» provo a giustificarmi e ad avvicinarmi
per toccarlo, ma lui si scansa in modo brusco e mi interrompe.
«No! Da quando mamma e papà se ne sono andati pensi
soltanto ai tuoi libri, tutto il giorno, tutti i giorni! Non ti interessa
di me! Voglio un'altra sorella!» sbotta dando pieno fondo ai
suoi polmoni sull'orlo di una crisi di pianto. «Perché al posto
della mamma non sei morta tu?! Ti odio, Liv, ti odio!»
Le sue parole adirate mi colpiscono come un fiume in piena e
riescono ad annientarmi. Non si è reso conto di aver espresso
ad alta voce soltanto uno tra i desideri più disparati che mi
hanno affollato la mente in questi ultimi mesi. Solo il cielo sa
quante volte ho rimuginato su quanto è capitato a mamma e
papà e quante volte ho desiderato con tutta me stessa di essere
al posto loro. Mamma avrebbe saputo cosa fare. Anche se io
non ci fossi più stata, sarebbe stata abbastanza forte per tutti e
avrebbe trovato il modo di andare avanti. Io invece non sono
forte come lei, non lo sono mai stata e questa non ne è che la
dimostrazione. Max crescerà nel peggiore dei modi, sentendosi
trascurato e non amato abbastanza, soltanto perché io non
sono capace di dargli ciò di cui ha bisogno.
Tutto quello che vorrei è stringerlo a me, dirgli che per lui ci
sono e ci sarò sempre, ma mi rendo conto che ora alle sue
orecchie suonerebbe soltanto come la più amara delle bugie.
D'altronde come potrei fare una promessa di questo calibro,
proprio io che non so più cosa fare nemmeno di me stessa?
Non sarò mai capace di prendermi cura di lui come avrebbero
fatto loro, questo è sicuro.
E la cosa più triste è lo sguardo che ha proprio adesso. Se ne
sta lì a fissarmi con i pugni stretti lungo i fianchi e il corpicino

colmo di rancore, il cuore pieno di aspettative.

Sembra che la spiaggia intera sia ammutolita per ascoltarci. Oltre al tormentone estivo che passa per radio, si sentono soltanto le risate dei bambini in lontananza, e non posso che chiedermi se tutti i presenti siano o meno riusciti a sentire il rumore del mio cuore che andava in piccoli pezzi.

«Ehi, Max» interviene Daniel, che è tornato giusto in tempo per assistere al dramma che si è appena consumato. «Ci vengo io a fare il bagno con te, che ne pensi?» gli propone.

Passa qualche interminabile secondo in cui entrambi ci domandiamo se mio fratello si rivolterà anche contro di lui, oppure se cederà. Alla fine annuisce, sgonfiandosi come un palloncino.

Daniel si toglie la canottiera in un lampo e, dopo avermi gettato un'occhiata di scuse, mette una mano contro la schiena di Max per invitarlo ad andare.

Incapace all'improvviso anche solo di pensare alla lettura, mi porto le ginocchia al petto, mi ci nascondo dietro e li osservo camminare sulla sabbia chiara, finché non entrano in acqua. Mi chiedo cosa mi sarebbe costato, in fondo, farlo contento e andare a fare il bagno prima di rimettermi a leggere.

Sento addosso gli occhi di tutti e immagino che i numerosi mormorii attorno a me siano tutti riferiti a quanto appena successo. Mi sento talmente orribile che ho la nausea e vorrei non prendere tra le mani un libro mai più, non se farlo significa fare del male a Max o farlo sentire meno amato di quanto non meriti.

Il braccio di Veronica si poggia sulle mie spalle senza che io me l'aspetti, riportandomi alla realtà. «Mi dispiace tanto» mormora, prima di sollevare una mano per asciugare le lacrime che stanno silenziosamente rigando il mio viso. È un gesto tenero, colmo di un affetto materno che mi manca.

Rimane al mio fianco e mi accarezza i capelli, mentre io resto zitta con lo sguardo fisso sull'acqua, finché non riesco a calmarmi e il mio petto smette di essere scosso dai singhiozzi.

«Sono la sorella peggiore che si sia mai vista» constato, mandando a monte i miei buoni propositi di non permetterle di leggermi dentro.

«Non pensava davvero quello che ha detto, lo sai, vero?» mi domanda, cercando di rassicurarmi.

«No, non lo so» ribadisco io.

Veronica si alza e si inginocchia di fronte a me, porta il suo viso all'altezza del mio, poi mi copre le guance con le mani in un gesto che riesce soltanto a rattristarmi di più.

«Andrà tutto bene» sussurra, così piano che non sarei stata in grado di sentirla se non avessi visto la sua bocca muoversi. «Fidati di me. La vostra vita non andrà in pezzi» continua. Io annuisco d'istinto, senza nemmeno pensarci. Le sue labbra si ammorbidiscono piegandosi in un piccolo e incoraggiante sorriso. «Va' da lui.»

Lo sforzo mette a dura prova la mia resistenza, ma sfilo il prendisole, restando in costume, e vado verso la piscina. Non so come affronterò Max. Sento lo stomaco attorcigliarsi per via dell'insana paura di averlo perso davvero. Temo che possa respingermi, ma lui è tutto ciò che mi rimane e non riesco a pensare di poterne fare a meno. Mi chiedo cosa farò di me se, presto o tardi, deciderà di allontanarsi e penso a tutte le situazioni peggiori che si possano immaginare.

Nel frattempo, mi accorgo che è salito sopra uno di quegli enormi gommoni blu a forma di ciambella che distribuiscono i bagnini insieme a un altro bambino. Daniel li sta spingendo lungo il bordo della piscina, facendoli ridere come matti.

Io mi butto in acqua senza indugiare, trovando subito sollievo dalla calura. Ho quasi paura ad avvicinarmi, dunque finisco col restare in disparte. Vedo Daniel allontanarsi dai piccoli per venire da me; Max invece, nonostante si sia accorto che sono entrata in acqua, resta col suo nuovo amico, fingendo che io non ci sia.

«Sta' tranquilla» mi rassicura Daniel. «Questa sera avrà già dimenticato tutto.»

«O magari non mi parlerà per il resto della vacanza» replico io.
«No, non penso» ribatte. «I bambini dimenticano in fretta.»
Restiamo a fissare Max e il suo amico per parecchio tempo, con la schiena appoggiata sul bordo della piscina, e circondati da un marasma di piccole altre pesti. Apprezzo che Daniel stia in silenzio, senza riempirmi di domande come farebbe chiunque altro nella sua posizione.
Sono assorta nei miei pensieri quando due bimbe iniziano a schizzare acqua nella nostra direzione per farci la guerra. Daniel risponde subito all'attacco, mettendo tutto se stesso in questa piccola lotta all'ultima onda. Quando faccio per aiutarlo, le bambine si arrendono e lui le rincorre, tra le risate generali. Invidio questa sua capacità di riuscire a star bene con gli altri, io mi sento così fuori luogo da sentire dolore al petto. Vorrei solo non trovarmi qui in questo istante. Rifugiarmi tra le pagine di un buon libro e dimenticare cosa si prova a non riuscire proprio ad adeguarsi alle persone, anche ai propri affetti.
Guardo i numeri sul mio braccio che stanno iniziando a sbiadire e, colta dal panico, penso che non appena uscita dall'acqua dovrò riscriverli subito, prima che svaniscano del tutto.
Max e il bambino si sono uniti a un piccolo gruppo di tutte le età, giocano a fare i pirati e i bimbi sperduti nell'Isola che non c'è. Stanno litigando su chi fra loro abbia più diritto di essere Peter Pan. I gommoni a forma di ciambella, in qualche strano e assurdo modo, rappresentano la nave che i più grandi, desiderosi di fare Uncino, si contendono. Un lieve sorriso si delinea sulla mia bocca... quando si tratta di libri, anche solo alla lontana, riesco sempre a sentirmi un po' meglio, come se fossi un po' più vicina a casa.
Daniel indica l'enorme scivolo variopinto che si vede più in là, alle spalle della piscina. «Dai» mi dice e la sua non è una domanda. «Olivia, non farti pregare. Penso che quello stupido scivolo arcobaleno sia l'unica cosa vagamente interessante nel

giro di un centinaio di chilometri e non puoi proprio negarmelo. Abbiamo tutto il giorno di fronte e sono sicuro che Max sarà esattamente dove lo abbiamo lasciato quando avremo finito.»

Decido di lasciarmi trascinare quando si fa avanti e mi prende per mano, con una naturalezza e una confidenza tali da riuscire a spiazzarmi. Lo seguo mentre si fa strada verso lo scivolo, senza mai lasciare che le nostre mani si separino.

Per arrivare in cima ci tocca fare più di cinque rampe di scale e ho il fiato corto quando finalmente siamo su. Mi ritrovo a ringraziare il cielo di non soffrire di vertigini. Daniel si accorge della mia titubanza e si ferma un attimo per sorridermi, lasciando che altri bambini, senza dubbio più coraggiosi di me, ci sorpassino nella fila e si spingano sullo scivolo senza nemmeno fermarsi a pensare.

Oggi Daniel ha indossato le lenti a contatto e i suoi occhi, alla luce del giorno, mi sembrano ancora più grandi di quando mi guardava preoccupato la scorsa notte. Continua a osservarmi con una strana luce nello sguardo, come se fosse capace di vedere oltre alla superficie e devo ammettere che se da un lato mi piace, dall'altro mi fa sentire sguarnita, nuda.

«Insieme?» mi chiede, incoraggiante, stringendomi la mano con delicatezza per farmi sentire che c'è.

Mi ritrovo ad annuire, succube di quello sguardo e, all'improvviso, succube di lui. «Insieme» ripeto e, in un batter di ciglia, siamo già arrivati in acqua, il cuore in gola per l'emozione e le dita ancora intrecciate.

Senza neanche rendermene conto mi rilasso totalmente, lasciandomi andare alla più travolgente delle risate. Ed è passato talmente tanto tempo dall'ultima volta che mi rendo conto di aver dimenticato com'è fatta questa meravigliosa sensazione di libertà. Mi sento leggera e, per assurdo, *serena*. Daniel ride insieme a me e per un istante ci siamo soltanto io e lui.

Tutto mi sembra semplice, almeno fino a quando un ragazzino

non arriva dritto con i piedi sulla mia schiena, spingendomi contro Daniel. Ecco, questo mi ricorda quanto la vita sia capace di far male senza un vero motivo, all'occorrenza, quando meno te lo aspetti.

Resto senza fiato per via della botta mentre il ragazzino si scusa di sfuggita prima di correre via insieme ai suoi amici. Daniel mi circonda con le braccia, come a volermi proteggere dall'esterno e mi accompagna fuori dall'acqua.

«Ehi, stai bene?» mi chiede.

Io mi stringo nelle spalle e sorrido sarcastica, non appena riesco a regolarizzare il respiro abbastanza da potermi permettere di replicare. «Sì, dai. Non credo che l'universo cercherà di infierire ancora su di me, non oggi almeno.»

9

Max se ne resta sulle sue per tutta la giornata. Sebbene io abbia tentato di nuovo un approccio, ha continuato a fingere di non conoscermi, così mi sono arresa e me ne sono tornata sulla sdraio. Subito afferro un pennarello nella mia borsa e riscrivo il numero esatto di giorni, ore, minuti e secondi dal momento in cui è cambiata la mia esistenza. Ormai sono abituata a fare l'esatto calcolo a mente ed è impressionante come mi sembri normale.

Dopo aver passato quaranta minuti buoni a fissare il libro della biblioteca, ho ceduto e ho deciso di mettermi a leggere. Peccato che non sia riuscita ad assimilare nemmeno una riga, perlopiù per via della presenza silenziosa di Veronica, che ha passato gran parte del tempo immersa nella sua agenda a rifinire i progetti per il suo centro estivo.

Nonostante fosse probabilmente l'ultima cosa al mondo che desideravo, non ho fatto altro che pensare a quello che ci siamo dette ieri notte, a quanto mi abbiano disturbata le sue parole e a quello che è accaduto con Max questa mattina.

La tentazione di accettare la proposta di frequentare il centro è alta, ma non riesco a racimolare il coraggio sufficiente per prenderla in considerazione sul serio. Ogni volta che penso di parlare con lei, di dirle che voglio farlo, una sensazione terribile mi attanaglia le viscere. È come se sentissi che è tutto troppo più grande di me. Il mio lato razionale e adulto mi suggerisce di andare, ma la bambina sopita sottopelle vuole soltanto fuggire, evitare i problemi invece di affrontarli.

Quando il mio fratellino arriva all'improvviso di corsa, tra lacrime e lamenti, e viene a rifugiarsi senza indugio tra le mie braccia, mi sento come se per tutto questo tempo avessi smesso di respirare. Sono costretta ad arrendermi all'evidenza: devo farmi aiutare. O almeno devo provarci. Se non per me stessa, per lui. Anche io sto passando le pene dell'inferno, ma devo essere abbastanza forte per essere la cosa migliore della sua vita.

«Ehi, calma, va tutto bene» gli sussurro all'orecchio, tenendolo stretto al petto.

Max si è fatto male a un ginocchio e deve essere un taglio parecchio profondo, a giudicare dalla quantità di sangue che gli cola sul polpaccio.

Io e Veronica ci premuriamo di accompagnarlo alla piccola infermeria del parco, dove Daniel ci raggiunge. Si accorge di noi quando passiamo di fronte al bar in tutta fretta, perché da qualche ora si sta divertendo a giocare a dama con un anziano piuttosto arzillo su uno dei tavolini apparecchiati sotto il tendone che delimita lo spazio chiuso dell'area ristoro. È proprio un nerd. Gli lancio un'occhiata di sfuggita e i nostri occhi si incrociano per un istante. Distolgo lo sguardo, come se avessi fatto qualcosa di male. Lui si alza di scatto, chiede scusa, e ci raggiunge in fretta. In quel ragazzo c'è qualcosa di speciale, qualcosa che riesce a farmi sentire più viva.

L'infermiera è una donna sulla quarantina con un sorriso pacato e rassicurante. Ci fa accomodare in una stanza tanto piccola che Veronica e Daniel sono costretti ad aspettare fuori. Max continua a gemere e a singhiozzare mentre lei si occupa della ferita, la pulisce e la disinfetta, per poi applicare un paio di cerotti per suture rapide. Una volta finito, si propone di dare al mio fratellino un lecca lecca e lui non si lascia sfuggire l'occasione. Conoscendolo se ne farebbe dare anche di più se potesse, goloso com'è. Mentre lei va a recuperarne uno, restiamo soli.

«Liv, rimarrà la cicatrice?» mi chiede, osservando la medicazione col broncio.

Mi stringo nelle spalle. «Sarebbe tanto brutto se restasse?» gli domando a mia volta.

«Non lo so» ribatte con un'espressione confusa sul visetto.

Gli sposto i capelli dalla fronte, passandogli la mano sulle guance per ripulirle dalle tracce del pianto. «Le cicatrici servono a ricordarci quanto siamo forti, fanno parte di noi» spiego. «Servono per non farci dimenticare mai che tutto passa.»

Max finalmente sorride, a suo modo soddisfatto, e io mi sento più leggera. «Mi dispiace per le cose brutte che ti ho detto oggi. Non ti odio davvero» mormora. «E proprio non voglio che tu muoia» aggiunge, facendosi piccolo piccolo e abbassando lo sguardo sui suoi piedi, che muove a disagio.

«No, non devi dispiacerti. È stata colpa mia. Hai ragione tu, ti trascuro, non mi prendo cura di te come dovrei» replico. Con un sospiro cerco di ordinare i pensieri e di trovare un modo per far sì che lui possa capire. «Da quando mamma e papà non ci sono più per me è stato molto difficile» comincio. «Vedi, Max, tutti si sforzano di capirti perché sei ancora un bambino e non esiste cosa più brutta al mondo per te. Con me però non lo fanno. Pensano che, dato che sono più grande, io non abbia il tuo stesso diritto di stare male. Sai qual è la verità?» gli chiedo. Lui scuote la testa. «La verità è che *qui*» dico, poggiandogli una mano all'altezza del cuore, «io sono proprio come te. Non contano gli anni, sono come te» ripeto, per rafforzare il concetto. «Ma non te ne devi preoccupare, d'accordo? Risolverò tutto, ce la farò. Te lo prometto.»

Max annuisce e mi osserva quasi in trance, come se gli avessi rivelato il più grande dei segreti. Dai suoi occhi riesco a vedere che in qualche modo ha capito quello che sto cercando di dirgli e mi sento rincuorata dal suo perdono.

Vorrei aggiungere ancora altre mille parole, ma l'infermiera ci interrompe. Torna trionfante con il lecca lecca promesso, un concentrato di zucchero che riesce miracolosamente a spazzare via i residui della nostra tristezza.

* * *

Quando torniamo dal parco, parlo con Veronica e le dico che parteciperò al suo progetto, a patto di potermene andare in ogni momento se ne dovessi sentire la necessità. Ho paura, ma voglio provare a rimettere insieme i pezzi, per Max.

Domani mattina si parte per andare al campo e l'eccitazione di Veronica a riguardo è del tutto fuori controllo. Non fa che parlare di organizzare questa e quell'altra cosa, delle numerose famiglie che hanno richiesto un consulto e che l'hanno pregata di accettare i loro figli. Per quel che mi riguarda, invece, provo soltanto un tipo d'ansia che non mi aveva mai assalita con questa intensità.

Oggi la nonna verrà per prendere mio fratello e per lasciarmi altri vestiti in previsione del tempo che passerò al campo. Veronica e Max sono andati a prenderla. Passerà qui mezza giornata per poi tornare a Milano con un treno nel pomeriggio. Daniel invece è rimasto a casa a giocare con la Play e, a giudicare dai rumori che sento provenire dal salotto, ne ha approfittato per riprendere con quella inquietante demo che era stato costretto a mettere da parte. Non abbiamo più passato del tempo da soli da quel giorno in cui Veronica ci ha costretti a uscire e devo ammettere di non capire le sensazioni che mi assalgono quando ci penso: sento quasi nostalgia delle sue assurde e incomprensibili chiacchiere da nerd.

Tanto per non farmi mancare nulla, il Kindle decide di darmi il ben servito sul più bello della lettura. È solo un'ulteriore dimostrazione di quanto io abbia avuto la testa tra le nuvole in questi giorni. Di solito non lascio mai che la batteria mi abbandoni del tutto.

Passo sbuffando per quel confine invisibile che sembra dividere il salotto dalla cucina per raggiungere il trolley e prendere il cavetto di ricarica.

Daniel si volta a guardarmi mentre mi muovo, e io inevitabilmente mi blocco e lo fisso a mia volta. Ok, credo che i suoi occhi abbiano un magnetismo particolare, perché starmene qui impalata non era proprio quello che avevo in mente di fare.

«Ehilà» mi saluta quasi fossimo due vecchi amici che non si trovano da un po'.

«Ehi» ribadisco in risposta.

Quando il mio sguardo distratto si posa sullo schermo della tv resto a bocca aperta.

«Che schifo» mi lascio sfuggire.

«Uhm? Ah, ti riferisci al sangue?» chiede.

Annuisco facendo una smorfia schifata: tutte le pareti della casa nel videogioco sanguinano copiosamente, come se godessero di vita propria. Sto per sentirmi male.

«Sono bloccato, non riesco ad andare avanti» dice con un sospiro rassegnato. «L'altra ragazza che ha fatto da beta me l'aveva detto che non sarei riuscito a finire senza ricorrere al *walktrought.* Che delusione, pensavo di essere meglio di così.»

«Fai sul serio?» chiedo e il mio tono risulta più sfrontato di quanto non avrei voluto. Walk *che?*

«Certo che sì» risponde lui senza indugio. «Ti va di darmi una mano?»

Sollevo un sopracciglio, scettica. «Non vedo come potrei aiutarti.»

Mi dice di avvicinarmi al divano dove se ne sta seduto. I suoi capelli scuri sono terribilmente scompigliati e devo reprimere l'impulso di passarci una mano per metterli a posto. Non va bene, non va per niente bene.

Lo fisso qualche attimo chiedendomi come potrei mai essergli utile e lui mi porge il suo iPhone.

«Cosa dovrei farci con questo?» domando guardando il cellulare come se fosse radioattivo. Daniel ride.

«Apri la mail intitolata "demo Alec" e scarica il pdf. Guarda cosa bisogna fare dopo che compare questo dannatissimo sangue. Però non me lo dire, dammi solo qualche indizio magari.»

Sono tentata di chiedergli ancora se faccia sul serio, ma il suo sguardo è talmente carico di determinazione che ci rinuncio. Mi metto a sedere accanto a lui, con l'inaspettato pensiero rivolto alle nostre mani l'una nell'altra in piscina, e scarico il file come mi ha detto.

Leggo dall'inizio la trama, passo per passo, e non posso fare a meno di chiedermi quale mente malata abbia concepito una cosa tanto contorta. La mezz'ora seguente la trascorro cercando di dare a Daniel qualche indizio in principio, e finendo poi per spifferargli tutto, parola per parola.

Quando la demo finisce si sblocca una sorta di video che contiene la risoluzione del mistero. Daniel fissa lo schermo come se stesse assistendo a qualcosa di grandioso. Io invece sono piuttosto allibita perché il video dura pochi secondi e soprattutto perché era allegato anche quello insieme al pdf nella mail.

«Tutto qui?» chiedo amareggiata.

«Come sarebbe tutto qui? È stato grandioso!»

«Ma potevi guardarlo comodamente scaricandolo sul cellulare senza perdere ore qui davanti» dico, cercando di farlo ragionare.

«Lo so, ma così fa tutto un altro effetto, non puoi negarlo. E poi è questo che fa un beta tester, hai presente? Gioca e dà la sua opinione su come è possibile migliorare il *gameplay*.»

Sto per fare di nuovo un commento sulla sua dubbia intelligenza, riprendendo il discorso dell'altro pomeriggio, quando sentiamo chiudersi la porta d'ingresso. La nonna, Veronica e Max sono arrivati. Grandioso.

Ammutolisco e me ne torno in cucina cercando di non far rumore. So già che oggi, con la nonna e Veronica sotto lo stesso tetto, non avrò nemmeno un attimo di tregua, ma non voglio che questo mi impedisca di affrontare tutta la questione con maturità, come ho stabilito.

Veronica si è data da fare per fare buona impressione sulla nonna e ha preparato le lasagne. Daniel aveva ragione, quando non cucina dolci se la cava davvero bene.

«Nonna, perché hai portato la valigia?» chiede Max dopo aver vuotato il piatto. «Resteremo ancora qui da Veronica? Tu starai con noi? E il nonno? Lo lasciamo a casa da solo? Perché non è venuto anche lui?»

Sollevo lo sguardo dalla mela che sto sbucciando cercando di non farmi notare; non abbiamo ancora detto a Max che soltanto lui tornerà a casa per ora. Veronica ha pensato che la cosa migliore fosse dirglielo una volta che fossimo stati tutti insieme, inclusa la nonna.

«Tesoro, tu andrai con la nonna mentre Olivia resterà con me e Daniel ancora per qualche settimana» gli spiega. «Tua sorella è rimasta indietro con alcuni esami all'università e qui a Firenze c'è un'ottima scuola estiva che ha accettato di darle una mano per mettersi in pari.»

Scuoto impercettibilmente la testa, pensando che forse sarebbe stato meglio cercare di spiegargli come stanno davvero le cose.

«E perché non posso restare anche io?»

«Olivia starà a scuola quasi tutto il giorno, ti annoieresti» interviene la nonna facendogli un sorriso con l'intenzione di rasserenarlo.

«Non mi importa» sbotta Max, arrabbiato. «La aspetterò fino a sera!»

«Veronica dovrà tornare a lavorare a tempo pieno e anche Daniel frequenterà la scuola dove andrà Liv. Non possono lasciarti a casa da solo tutta la giornata.»

Max non sa più cosa dire. Cerca il mio sguardo e l'espressione che c'è nei suoi occhi mi spezza il cuore.

«Potresti restare qui da Veronica anche tu per badare a me» propone Max alla nonna, la voce incrinata dalla sofferenza.

«La casa di Veronica è piuttosto piccola, non c'è posto anche per me» replica lei, utilizzando sempre lo stesso tono calmo e tranquillo.

«Max, sarà solo per qualche settimana, poi Olivia tornerà a casa» lo rassicura Veronica con quel genere di sorriso di cui chiunque si fiderebbe ciecamente. Lo stesso che, durante la lettura, ho immaginato dipinto sul volto di Pennywise, il clown di *It*.

«E poi io e il nonno abbiamo deciso di iscriverti al centro ricreativo che c'è vicino a casa. Ci vanno un sacco di bambini tutte le mattine. Ho parlato con la mamma di Mario questo mercoledì e mi ha detto che anche lui inizierà a frequentarlo.» Non ho più dubbi riguardo al fatto che la nonna e Veronica stessero progettando tutto da un pezzo. Non che non mi faccia piacere pensare che Max avrà qualcosa che lo terrà impegnato mentre non ci sarò, ma resto comunque infastidita dal modo in cui hanno organizzato ogni più piccolo dettaglio alle mie spalle. Coinvolgere Mario poi, il bambino con cui mio fratello ha legato di più da quando ci siamo trasferiti, è stata la ciliegina sulla torta. Sono state fin troppo brave.

«Pensa, ti terranno tutti talmente impegnato che nemmeno ti accorgerai che Olivia non c'è» aggiunge Daniel lasciandoci tutte a bocca aperta.

Ognuna di noi ha reazioni diverse. La madre lo fulmina con lo sguardo e la nonna resta di stucco per qualche attimo prima di ricomporsi. Io cerco di non scoppiare a ridere e per poco la mela non mi va di traverso. Max è stato l'unico a non cogliere la sua sottile ironia e, a giudicare dalla sua espressione assorta, sta cercando di valutare la situazione per capire se sia o meno a suo vantaggio.

Daniel mi fa l'occhiolino e io non posso fare a meno di sorridere mentre porgo a mio fratello uno spicchio di mela. La mamma sbucciava sempre la frutta per tutti a tavola. Adesso sono io che me ne occupo nonostante la nonna continui a offrirsi di farlo al posto mio.

Max si porta la mela alla bocca esaminandomi con cura, come a cercare qualcosa nei miei occhi, forse una spiegazione. Ho quasi la sensazione che, a modo suo, abbia capito cosa sta accadendo in realtà.

«Vieni, andiamo a lavarci le mani» gli dico, prendendo la decisione così su due piedi.

Una volta in bagno chiudo la porta, in preda al nervosismo. Ho cinque minuti appena per stare da sola con Max e ho paura che tutti di là possano sentirmi, la casa è davvero minuscola. Sto per dirgli qualcosa di nostro, che riguarda solo me e lui, per questo spero che non siano in ascolto orecchie indiscrete. Passo una mano tra quella massa ingarbugliata di riccioli e gli sorrido con tutto l'affetto che provo. Nessuno riuscirà mai a separarci.

«Ti ricordi cosa ci siamo detti all'infermeria del parco?» gli domando. Max annuisce. «Ti ho promesso che avrei risolto tutto ed è quello che voglio fare. È per questo che non tornerò a casa con te e con la nonna subito.»

«Starai con Veronica perché lei ripara le persone, non è vero?» intuisce. È sveglio, come pensavo non c'era necessità di raccontargli una bugia.

Scoppio a ridere e spalanco le braccia, invitandolo a stringermi, e lui ci si tuffa senza pensarci due volte e mi tiene stretta tanto forte da farmi mancare il fiato per qualche istante.

«Sarà solo per un po'» cerco di tranquillizzarlo. «Veronica mi farà tornare come nuova» aggiungo, nella speranza che questa si riveli la verità. Mi sforzo anche di fargli un sorriso e lui sembra rilassarsi un tantino.

«Ok» mormora infine. «Io ti aspetto.»

Quelle tre parole riescono a riempirmi di gioia e a convincermi di aver preso la decisione giusta.

10

Il viaggio in macchina per arrivare al campo sembra non finire mai. Da quando ieri abbiamo lasciato Max e la nonna in stazione, mi sento come se mi fosse rimasto qualcosa piantato sulla bocca dello stomaco, un peso di cui non sono ancora riuscita a liberarmi. Al pensiero di ciò che, volente o nolente, sarò costretta ad affrontare nei prossimi mesi persino la voglia di leggere viene meno.

Veronica ha lasciato che fosse Daniel a guidare, porgendogli le chiavi con riluttanza e borbottando qualcosa riguardo al cromosoma Y.

Mi chiedo come mai sia venuto insieme a noi. Immagino che darà soltanto una mano a sistemare le cose prima che arrivino gli altri pazienti e poi tornerà a casa.

«Non vedo l'ora di arrivare!» esclama Veronica. Il suo entusiasmo continua a crescere senza limiti. L'unica cosa che riesce a tenerla a freno sono i tornanti. A giudicare dal colorito pallido che prende il sopravvento sul suo volto ogni volta che ne prendiamo uno, e dal modo in cui si tiene stretta al sedile, devono darle parecchio fastidio. «Non manca molto ormai» aggiunge dando un'occhiata ai cartelli stradali. «Vi assicuro che vi piacerà da morire.»

Vi piacerà? Alzo lo sguardo per osservare Daniel che però non si scompone.

«Ragazzi, devo farvi una richiesta» dice ancora lei, la voce d'un tratto più seria e composta. «Gli altri pazienti arriveranno al campo domattina. Non voglio che capiscano che ci sono dei legami tra noi. Non devono sapere che sono tua madre» spiega, facendo cenno a Daniel. «Né che io e te ci conosciamo» aggiunge rivolgendosi a me. «Altrimenti potrebbero escludervi

dal gruppo, potrebbero non fidarsi di voi e pensare che non siate lì per il loro stesso motivo. Intesi? Dovete far finta che siamo dei perfetti estranei quando ci troviamo in pubblico.»
«Niente di più facile» mormora Daniel, ironico.
Non riesco più a trattenermi di fronte all'ovvietà. «Anche Daniel frequenterà il centro?» domando.
Veronica annuisce.
«Avevi dubbi?» mi chiede lui in tono spavaldo. «Ho evidente bisogno di aiuto perché ho dei seri problemi a relazionarmi con la figura paterna» seguita, ridendo fra sé e sé.
Sua madre scuote la testa in silenzio, nel tentativo di ignorarlo.
«È stata una tua scelta quella di venire, Dan. Almeno fa' finta di aver voglia di volerci provare.»
Riesco a vedere il viso di Daniel dallo specchietto retrovisore. Si morde con decisione il labbro inferiore, imponendosi di non replicare.
Non avrei mai immaginato che anche lui sarebbe stato coinvolto in questa storia, ma non posso fare a meno di esserne felice. Soltanto poche ore fa pensavo che non l'avrei rivisto per un bel po' di tempo ed ero dispiaciuta all'idea di doverlo salutare, poi è salito in auto con noi e mi sono sentita subito meglio. È buffo, ma anche se ci conosciamo appena, sapere che al campo ci sarà anche lui mi rincuora.
Approfitto del silenzio che si è venuto a creare per cercare di leggere qualche riga finché, circa una mezz'ora più tardi, Veronica torna alla carica, se possibile ancora più esaltata di prima.
«Ci siamo quasi!» esclama contenta. Sa bene che io e Daniel siamo felici come se stessimo andando al nostro stesso funerale, ma non si lascia scoraggiare dai nostri musi lunghi. Penso che nulla al mondo in questo istante potrebbe farla smettere di sorridere e per un attimo cerco di mettermi nei suoi panni: capisco quanto sia orgogliosa di se stessa.
L'auto continua la sua salita, tra curve vertiginose e strade via via sempre più ripide. Veronica ha l'aria di una che rimetterà

da un momento all'altro. Io invece, grazie al rodaggio dovuto ai viaggi fatti in camper con mamma, papà e Max negli anni, non soffro il mal d'auto, ma non riesco più a leggere per via del Kindle che non smette di sobbalzare, facendomi girare la testa.

«Ma dove diavolo è questo posto?» chiede Daniel dando voce ai miei stessi pensieri. Abbiamo passato già da un po' un cartello che indicava la fine della Toscana e l'inizio dell'Emilia Romagna.

«È una sorpresa» replica Veronica.

Daniel fa una smorfia e alza gli occhi al cielo, per poi tornare a concentrarsi sulle indicazioni del navigatore. Lascio vagare lo sguardo fuori dal finestrino: attorno a noi la natura regna sovrana, l'asfalto è l'unico elemento in contrasto. Mi passano davanti agli occhi intere e sconfinate distese di verde, di giallo e di campi in fiore.

Una volta arrivati, parcheggiamo in uno spiazzo vicino a un albergo piuttosto modesto e Veronica scende subito dall'auto quando un uomo sulla cinquantina con indosso una vecchia giacca a vento ci viene incontro. Io e Daniel diamo un'occhiata intorno, spaesati. Dovunque guardi ci sono quasi soltanto alberi, altissimi come forse non ne ho mai visti, tanto che per qualche istante penso che non abbiano fine. Questo posto ha un fascino tutto suo, mi ricorda il motivo per cui il verde è il mio colore preferito, e riesco quasi a percepire il tipo diverso d'aria che c'è quassù, è più pulita e più fresca, limpida e cristallina, pura come l'acqua. Adesso capisco perché la nonna mi ha portato qualche felpa e la giacca per le mezze stagioni.

«Benvenuta, dottoressa» esclama l'uomo stringendo la mano a Veronica. «Finalmente dopo tanti preparativi si parte, eh?» le si rivolge con un sorriso.

«Signor Vitali, buongiorno. Sì, gli altri ragazzi arriveranno domattina insieme ai miei colleghi. Non vedo l'ora» risponde lei, contenta di aver trovato qualcuno con cui condividere il suo buonumore. «Ragazzi forza, prendete le vostre cose. Da qui si va a piedi» dice poi rivolgendosi a noi.

«A piedi?» sbotta Daniel, sorpreso.

«Sì, l'edificio che ci ospiterà è poco lontano.»

Daniel fa un sospiro e va ad aprire il portabagagli. Mi passa il trolley e poi si ferma a fissare qualcosa, infastidito.

«Mamma, perché hai preso la chitarra?» sbotta. La sua non ha l'aria di essere una domanda, forse conosce già la risposta.

Veronica saluta il signor Vitali con cortesia e ci raggiunge.

«Abbiamo bisogno di strumenti al centro» risponde, afferrando la voluminosa custodia e mettendosela in spalla. Non sembra dar peso alla reazione irritata del figlio. Lui scuote la testa e ci incamminiamo senza dire altro.

Ci conduce lungo un sentiero privo di asfalto e noi la seguiamo. A farci compagnia il rumore del vento leggero che accarezza gli alberi e il cinguettio degli uccelli che volano in alto sulle nostre teste, tanto lontani da risultare una macchia indistinguibile alla vista.

Portare il trolley si sta dimostrando più faticoso del previsto. Le piccole ruote sembrano non voler collaborare e Daniel mi chiede se voglio una mano, ma rifiuto. Dopo una salita, per fortuna non molto ripida, svoltiamo a destra in un sentiero più stretto.

Qualche metro più avanti c'è un vecchio edificio interamente in legno che deve essere senza dubbio la nostra meta finale. A giudicare dalle sue dimensioni è fin troppo grande e imponente per essere una semplice abitazione.

«Questo vecchio chalet appartiene alla famiglia del signor Vitali da generazioni» ci spiega Veronica quando si accorge che io e Daniel ci siamo fermati a guardarlo. «Lo usavano come succursale dell'albergo per i clienti che volevano stare più appartati e a contatto con la natura. Da qualche anno a questa parte è rimasto inutilizzato. C'erano delle ristrutturazioni da fare, ma dato che l'albergo di recente non guadagna più come un tempo, il signor Vitali ha preferito non spenderci soldi per concentrarsi di più sulla struttura principale. Sono passati mesi prima che riuscissi a trovare questo posto, ho cercato a lungo una struttura simile senza successo finché un giorno non sono capitata da queste parti e mi sono fermata proprio all'Hotel Bellavista a mangiare un boccone. Mi sono messa a chiacchierare col proprietario e... sapete come si dice, no? Da cosa nasce cosa. Questo posto sembrava non aspettare altro.»

«E per le ristrutturazioni come avete fatto?» chiedo, non riuscendo a far tacere la curiosità.

«Siamo riusciti a ottenere dei fondi pubblici per portare avanti il progetto e abbiamo fatto un accordo col signor Vitali. Lui ci ha concesso di utilizzare lo chalet un paio di mesi all'anno e in cambio noi ci siamo impegnati a prenderci cura della struttura. Io, Francesca e Filippo abbiamo dato una mano e siamo riusciti a rimetterlo in sesto per tempo.»

Veronica è radiosa e sprizza orgoglio da tutte le parti. Sembra stare meglio adesso ed è bello vederla così fiera e felice.

«Non c'è linea qui» si lamenta Daniel mentre guarda allibito lo schermo del suo iPhone. «A proposito, hai intenzione di dirci dove cavolo siamo adesso?»

«Lo so che non c'è linea, ma c'è comunque il campo sufficiente a consentire di telefonare» replica sua madre. «Ci troviamo all'interno del Parco Nazionale delle Foreste Casentinesi.»

«Lo sai? Ti sei *casualmente* dimenticata di dirmelo, però. Come faremo senza internet?» domanda Daniel, con lo stesso tono grave che avrei usato io se avessi dovuto chiedere come avremmo fatto senza cibo.

«Non ne avrete bisogno.»

Daniel osserva sua madre come se si fosse appena accorto di averla sottovalutata. A giudicare dall'espressione sul suo volto, sembra che gli abbia fatto il torto più grande del mondo.

«Dovremo passare tutta l'estate senza una connessione?» commenta, incredulo. Sembra che Veronica ce l'abbia fatta, alla fine, ad avere la meglio su di lui. «Ti rendi conto che, nel giro di qualche giorno, rimarrai soltanto tu, non è vero?»

«Oh, smettila, Dan, sopravvivrete. Quando avevo la vostra età nemmeno esistevano i cellulari! Vorrei ricordarti, poi, che questa non è una vacanza» lo rimbecca lei.

Lui si volta verso di me alla ricerca di un po' di conforto e sostegno, ma per tutta risposta io mi stringo nelle spalle. Ho imparato a fare a meno del cellulare e dei social da un pezzo ed è stato persino più facile di quanto avessi creduto, dunque per quanto possa tentare di comprendere il suo disappunto, la cosa proprio non mi tocca. Nel Kindle ho tutto ciò che mi serve per andare avanti, dunque l'assenza di internet non è un problema.

Veronica ci incita a proseguire. Mentre procedo sul sentiero privo d'erba ricoperto da aghi di pino e altre foglie secche che scricchiolano quando ci poggio i piedi sopra, non riesco a smettere di fissare gli alberi. La natura selvaggia mi ha sempre affascinata. Sono talmente tanti che sarebbe impossibile contarli. Potrei restare qui a guardarli per ore senza annoiarmi mai. Tutto questo verde sembra essere in grado di riempirmi il cuore.

«Ci vorranno settimane prima che il mio cadavere venga ritrovato tra i boschi» borbotta Daniel tra sé e sé.

«Davvero molto divertente» replica Veronica, infastidita. «Autocommiserarti non ti aiuterà.»

«Scherzi? Non mi sembra ci sia altro da fare da queste parti. Se mi togli anche l'autocommiserazione potrei morire sul serio.»

La battuta mi strappa un sorrisetto divertito. Credo anch'io che senza connessione morirà.

Una volta arrivati davanti alla porta principale, Veronica tira fuori le chiavi dalla borsa ed entra per prima, facendoci segno di seguirla.

Lo chalet si apre su una hall. L'interno è proprio come immaginavo che fosse mentre fantasticavo prima di entrare: rustico e accogliente, piuttosto intimo.

«Questo è l'atrio. Potrete passare qui il vostro tempo libero» ci informa. L'ambiente è ampio e luminoso grazie alle finestre enormi che costeggiano tutto l'edificio. Accostati alle pareti ci sono diversi divanetti e anche qualche poltrona. Niente televisione. Mi aspettavo quasi che alle pareti ci fossero appese teste di animali imbalsamate, ma con mio grande sollievo ci sono soltanto dei quadri che raffigurano paesaggi e nature morte.

«Da questa parte ci sono la sala da pranzo, la cucina, il bagno, una stanza che abbiamo adibito a ufficio e un'altra piccola sala che utilizzeremo invece per parlare» continua Veronica mostrandoci tutto di sfuggita.

«Chi è che si occuperà di cucinare?» domanda Daniel, riuscendo per un attimo a distrarmi dall'idea di dover parlare dei fatti miei in una stanza piena di gente.

«Il signor Vitali ha messo a disposizione una delle sue cuoche. Verrà nelle ore dei pasti a preparare qualcosa per tutti, ma cercheremo anche di arrangiarci. Di sopra ci sono le camere, seguitemi.»

Una volta salite le scale, ci troviamo di fronte a un grande corridoio piuttosto buio.

«La prima metà» spiega Veronica facendosi avanti come a tracciare un confine, «sarà per le ragazze. In mezzo ci saremo io e Francesca.» Si ferma per indicare una camera. «E Filippo di fronte. Nella seconda metà staranno i ragazzi.»

«Quanta gente deve arrivare?» si informa Daniel, togliendosi poi gli occhiali per pulirne le lenti sulla t-shirt.

«Arriveranno tre ragazze e tre ragazzi» dice Veronica. «Se ve lo chiederanno, direte che siete arrivati con un giorno di anticipo per necessità personali. D'accordo?» Annuisco e Daniel fa lo stesso. «Bene. Dan, tu starai nella camera che c'è a destra accanto alla mia, Liv tu invece starai alla mia sinistra. Sarete in due per ogni stanza.»

«Cosa?!» esclama Daniel, perplesso. Sembra non riuscire più a contenere l'irritazione e nemmeno io sono entusiasta all'idea di dover dormire con una sconosciuta. «A me sembra che ci siano abbastanza stanze per tutti.»

«Sì, effettivamente è così, ma non possiamo lasciare otto persone ognuna in una camera propria. Non penso ci sia bisogno di spiegare il perché. Le camere inutilizzate sono state chiuse a chiave.»

Pudica come sono, non riesco a fare a meno di arrossire e, quando il mio sguardo incrocia quello di Daniel, mi sento ancora più in imbarazzo perché capisco che su di lui le parole della madre non hanno avuto lo stesso effetto.

«Il resto lo scoprirete a tempo debito» conclude Veronica soddisfatta prima di aprire la porta della sua camera. «Adesso andate pure a sistemare le vostre cose.»

«Fantastico» borbotta Daniel passandosi una mano tra i capelli. «Proprio una scelta del cazzo, mi faccio i complimenti da solo.» Vederlo così nervoso mi rende inquieta, ma cerco di nascondere il mio stato d'animo dietro un sorriso imbarazzato mentre mi incammino verso la camera che Veronica mi ha indicato. Non potrà essere così terribile, no?

11

Non potrebbe esserci più silenzio qui allo chalet. Dovrebbe essere una cosa apprezzabile per una lettrice come me, ma non è così, questa assenza è talmente assordante da farmi percepire il vuoto che ho dentro. Fa male. Sono abituata a dovermi concentrare per eludere il costante rumore di sottofondo, in modo da dedicare tutta la mia attenzione alle parole. Adesso ho come la sensazione che manchi il fastidio costante in grado di non farmi riflettere troppo sulla mia vita. Di solito riesco a sentire Max che gioca o che guarda la tv, la nonna che si muove per casa sfilando da una stanza all'altra, le forbici del nonno in giardino, il rumore del tosaerba, e questo mi porta a volermi estraniare, ma a modo mio. Persino quando fuori è buio già da ore, quando sono l'unica a essere ancora sveglia, i rumori ci sono comunque. Le auto che passano sulla strada davanti casa, il respiro tenue della nonna, il leggero e costante russare del nonno, le molle della vecchia rete su cui dorme Max che cigolano e sembrano lamentarsi ogni volta che si muove irrequieto nel sonno.

Adesso non sento niente, ma è come se il silenzio urlasse a squarciagola per attirare tutti i miei pensieri su di sé.

Quando bussano alla porta della mia camera resto immobile, tesa come la corda di un violino, cercando di capire se l'ho solo immaginato oppure no.

«Liv? Posso entrare?»

Si tratta di Veronica. Le rispondo di sì ed eccola apparire sulla soglia con un vassoio colmo di cibo tra le mani.

«Hai fame? Ho portato la cena.»

Mi alzo per darle una mano. Mi fa cenno di stendere una tovaglia a quadretti verdi sul letto e poi ci appoggia sopra il vassoio.

«Daniel ha già mangiato?» chiedo mentre la osservo tagliare il pollo prima di sistemarlo su due piatti di plastica insieme alle patate al forno.

«Ha detto che non ha fame» replica, le labbra contratte in una smorfia. «Ma scommetto che tra qualche minuto ci degnerà della sua presenza» aggiunge porgendomi una forchetta. «Allora, che te ne pare dello chalet?»

«È davvero bellissimo» confesso.

«Ma?» chiede Veronica.

«Ma cosa?» replico, dopo aver inghiottito un boccone di pollo.

«Mi è sembrato che lo dicessi come se ci fosse un ma.»

«C'è troppo silenzio» spiego.

«Oh, capisco. È un po' difficile abituarsi all'inizio, ma vedrai che con l'arrivo degli altri finirai quasi col rimpiangerlo.»

«Può darsi» rispondo evasiva.

Restiamo qualche minuto a mangiare senza dire niente, finché Veronica non si ferma a osservare le scritte che ho sul braccio e decide di passare all'attacco e di compromettere la mia già precaria sanità mentale.

«Sai, Liv, mi ricordi un sacco tua madre» dice. Le sue parole mi colpiscono più di quanto vorrei.

Sollevo lo sguardo dal piatto e la osservo mentre mi studia con aria assorta. La sua bocca si curva verso l'alto, alla ricerca forse della stessa reazione da parte mia, ma la mia resta rigida e ferma.

Si porta una mano alla tasca dei pantaloni e tira fuori quella che ha tutta l'aria di essere una vecchia fotografia. La scruta qualche istante e l'espressione del suo viso cambia in modo drastico.

«Tieni. L'ho trovata qualche giorno fa. Volevo che la avessi tu» mormora allungandomela. La rifiuto con un gesto facendo bene attenzione a non guardarla. «È soltanto una foto» insiste continuando a tenere il braccio teso nella mia direzione finché non cedo e l'accetto.

Quando alla fine mi decido a darle un'occhiata non riesco più a distogliere lo sguardo. Ritrae la mamma da giovane, proprio come avevo immaginato. Indossa un maglioncino blu e un paio di quei vecchi jeans a vita alta che andavano a quei tempi e che stanno tornando di moda ora. Più osservo quell'immagine e più vorrei non averlo mai fatto, esito come se fossi in bilico, tra meraviglia e orrore. Il suo volto allegro e spensierato è così simile al mio da farmi star male. So che se andassi davanti a uno specchio in questo momento, impiegherei solo pochi istanti a trovare le differenze tra me e lei. Ho la fronte ampia come la sua, gli zigomi alti e gli stessi occhi di quel tono d'azzurro che si può osservare nel cielo d'estate, poco prima che il sole tramonti. Persino i nostri capelli sono identici, biondi come il grano, lunghi e ondulati. Soltanto il mio naso, un po' a punta verso la fine, è diverso dal suo, dritto e composto, e il contorno del mio viso, poco più lungo e affilato, è forse più simile a quello di papà.

Mi chiedo se Veronica, ogni volta che mi guarda, provi la stessa cosa che sento io quando osservo la nonna troppo a lungo, come se mi trovassi di fronte a una copia sbiadita di lei.

Soltanto quando riesco a smettere di fissare la mamma noto che nella foto c'è anche Veronica. Scuoto la testa e gliela restituisco.

«Non posso accettarla» mormoro.

Veronica fa per ridarmela, ma viene interrotta dall'irruzione di Daniel e, probabilmente per non far sì che mi senta ancora più a disagio, la poggia sul comodino con il fronte rivolto verso il legno, in modo che lui non la veda.

«È qui la festa?» domanda incurante entrando nella stanza.

Sento una lacrima ribelle scivolarmi sul viso quando sbatto le palpebre. Non mi ero nemmeno accorta di essermi commossa.

Sollevo una mano per cancellare in fretta il suo passaggio, ma ormai è troppo tardi, sia Veronica che Daniel l'hanno vista. Cosa non darei per essere invisibile.

Lei distoglie lo sguardo e fa cenno al figlio di sedersi mentre gli mette un po' di pollo e patate su un piatto. Lui invece non

sembra aver paura di guardarmi negli occhi benché non faccia commenti. Quegli occhi... mi ritrovo a perdermi in quello sguardo che ha il potere di scavare in profondità e mi smarrisco in lui. Mi confonde e mi fa dimenticare per un attimo il motivo per cui il mio cuore è così distrutto. Continuiamo a mangiare così, ognuno preso dai propri pensieri, a farci compagnia, soltanto il rumore monotono delle nostre mandibole all'opera.
«Vado a prendere il dolce» dice Veronica una volta finito con la sua porzione. Raccoglie i patti e i tovaglioli, li ripone sul vassoio e, dopo aver recuperato anche la foto appoggiata sul letto, esce dalla camera, lasciandomi da sola con suo figlio.
Un sospiro di sollievo attira l'attenzione di Daniel. Il fatto è che in casa della nonna le fotografie sono state riposte negli album e le uniche ancora presenti sono quelle nelle cornici in camera loro. Non ero preparata. Non me lo aspettavo.
«Tutto ok?» mi chiede lui, apprensivo.
«Sì, non è niente» replico cercando di fare un sorriso convincente.
«Non mi dire che alla fine ti sei accorta di che tragedia sia dover stare senza connessione tutta l'estate» scherza, con l'aria complice, e finalmente lo vedo sghignazzare più sereno. È tornato a essere il ragazzo scanzonato che ho conosciuto e non mi dispiace tornare a quella strana complicità imbarazzata iniziale tra noi.
Gli faccio un sorriso, questa volta sincero.
«Già. Qualcosa del genere» dico scuotendo la testa. «Sto pensando seriamente di programmare una rivolta.»
Lui si esibisce in una sorta di pantomima. Si porta la mano sul cuore, come un guerriero pronto per la battaglia. «Credo che la noia ci prenderà nel sonno quando meno ce l'aspettiamo. Sarà rapido e indolore» aggiunge, cercando di assumere un'espressione seria e sconfortata.
Senza volerlo scoppio a ridere, riuscendo così a sfogare tutta la tensione accumulata. Rido finché non iniziano a farmi male i muscoli della pancia e le risate di Daniel si uniscono presto alle

mie. Ancora una volta mi ritrovo a sentirmi grata per la sua presenza.

Siamo seduti l'uno di fronte all'altra, si tratta di un paio di metri appena, eppure, forse grazie a questa atmosfera rilassata che ci avvolge, sento il bisogno di avvicinarmi di più a lui. Avrei voglia di appoggiare la testa sulla sua spalla per poi allungare la mano e stringere la sua. Sono convinta che, se lo facessi, il contrasto tra la sua pelle calda e la mia, gelida, farebbe rabbrividire entrambi. Non posso farlo però, non posso proprio, non così, non adesso. Combatto con la tentazione di calore che il suo corpo emana e smetto di ridere, trattenendo il respiro quando lui abbassa il capo e nasconde un sorriso dolce sotto alla sua felpa. Temo che il mio cuore stia per esplodere.

Veronica torna con tre fette di crostata ai lamponi che deve essere stata fatta in casa. La mangio prendendone un piccolo morso alla volta, gustandola con cura. È talmente buona e dolce che riesce a farmi dimenticare ogni cosa. La tristezza, il motivo per cui sono al campo, lo sguardo penetrante di Veronica. Per un attimo la vita mi sembra semplice, bella e spensierata come un tempo, ma quando entrambi mi lasciano da sola per andare a dormire, il peso che mi sono abituata a portare sulle spalle ormai da mesi torna a farsi vivo, più cupo e schiacciante di prima. Scenderei volentieri di sotto a cercare altra crostata, ma credo non ne esista una abbastanza grande da curare le mie ferite.

* * *

La mattina seguente mi sveglio con i nervi a fior di pelle. Non sono riuscita a dormire bene come avrei voluto. Troppo silenzio. Troppa quiete. Troppi ricordi.

Veronica ha bussato una decina di minuti fa alla mia porta per avvisarmi di scendere a fare colazione ma, quando arrivo di sotto in sala da pranzo, c'è soltanto Daniel seduto a uno dei tavoli, i capelli più arruffati che mai, come se delle dita invisibili glieli avessero annodati nel sonno. Gli do il buongiorno e lui risponde con un grugnito svogliato. Nei giorni che io e Max siamo stati a casa loro ho imparato che è una di quelle persone che non ama parlare la mattina presto.

«Dov'è andata Veronica?» chiedo mentre spalmo di marmellata all'arancia una fetta biscottata. Daniel solleva a malapena lo sguardo dai cereali al cioccolato, che ha appena inzuppato nel latte, e mi fissa spaesato come se gli avessi chiesto il senso della vita. «Tua madre. Dov'è?» ripeto più lentamente e scandendo bene le parole.

Lui fa una smorfia. «Fuori» borbotta portandosi alla bocca un'abbondante cucchiaiata di cereali.

Scuoto la testa, rinunciando a ottenere una risposta migliore, e mi verso un po' di succo fresco. Proprio quando sto iniziando a rimpiangere il televisore, Veronica ci raggiunge.

«Ragazzi, buongiorno. Scusate, ma questa mattina non sarò molto presente. Devo occuparmi delle ultime cose prima dell'arrivo degli altri, dunque sentitevi liberi di passare il tempo come preferite. Potete fare una bella passeggiata sul sentiero, oppure starvene qui» dice.

Io annuisco e Daniel fa un brontolio d'assenso. Non mi dispiace avere ancora un po' di tempo per me prima che arrivino gli altri. Saranno le ultime ore che riuscirò a stare davvero per conto mio e, se mi metto d'impegno, magari riesco anche a finire il romanzo che ho iniziato ieri, un thriller storico ambientato nella Spagna di fine Ottocento parecchio intrigante. Tutto sommato penso di potermi permettere ancora qualche distrazione prima che la tortura cominci.

Una volta finita la colazione vado a recuperare il Kindle, scendo di sotto nell'atrio e mi sistemo in uno di quei divanetti che sembrava aspettare solo me. Grazie alle enormi finestre la luce non manca e posso leggere senza attivare la luminosità integrata. Vorrei tanto che fosse così anche a casa.

Proprio mentre sono alle prese con gli ultimi capitoli, arriva anche Daniel e si sistema su una poltrona col suo Nintendo.

Ormai distratta, alzo lo sguardo dal Kindle per osservarlo e scopro che sta facendo lo stesso. Mi sorride prima di tornare a fissare lo schermo, sembra essere uscito dalla sua modalità zombie mattutina. Sarà merito di tutto il caffè che gli ho visto ingurgitare.

Ce ne restiamo così, vicini, ma ognuno nel proprio mondo, per diverse ore. Ogni tanto non resisto alla tentazione e gli lancio delle occhiate di sottecchi pensando a quanto sia buffo che il protagonista del romanzo che sto leggendo si chiami proprio come lui.

Quando arriva la cuoca dell'hotel, Emanuela, a lasciarci una terrina di pasta per il pranzo, ho già finito il libro e ho iniziato il secondo della trilogia. Questo è il bello di leggere in digitale, non dovere aspettare di andare in biblioteca o in libreria. Se nel Kindle ci fosse anche l'ultimo della serie sarei a cavallo, peccato che, non conoscendo l'autore, abbia preso soltanto i primi due. Se solo ci fosse un po' di connessione rimedierei subito. Una cosa è certa, grazie a questi libri e al fascino da cui sono permeati, mi è venuta una voglia incommensurabile di visitare Barcellona.

Veronica non si fa vedere, così io e Daniel mangiamo da soli, continuando a fare le nostre cose, nessuno dei due a quanto pare è in grado di separarsi dal proprio passatempo. Ed è proprio così che ci trova lei dieci minuti più tardi. Non appena arriva, entrambi interrompiamo le nostre faccende per guardarla. Ci sta fissando in silenzio con evidente disapprovazione. Fa un sospiro deluso prima di parlare.

«Forza voi due, sbrigatevi. Francesca e Filippo arriveranno a breve con i ragazzi.»

«Tu non mangi?» le chiede Daniel spegnendo il Nintendo e mettendolo da parte.

«Ho mangiato un pacchetto di cracker poco fa, non ho fame adesso» replica lei.

Ci dà a malapena il tempo di finire prima di iniziare a sparecchiare la tavola di fretta, senza prestare particolare attenzione a ciò che sta facendo. Per poco non lascia cadere la terrina, ancora piena di pasta. Tutto il suo entusiasmo di ieri sembra essersi evoluto in ansia.

«Non preoccuparti, andrà tutto bene» cerco di rassicurarla, per quanto mi sia possibile. I suoi grandi occhi, pieni di timore, si posano sui miei.

«Lo pensi sul serio?» mi domanda a mezza voce, mettendo a nudo tutte le sue insicurezze.

«Sì» mi limito a rispondere, riuscendo a farla sorridere di nuovo prima che il suo cellulare suoni e il panico prenda di nuovo il sopravvento.

«Arrivano» mormora tra sé e sé.

Esce dalla stanza invitandoci a seguirla. Si avvicina alle ampie finestre dell'ingresso senza dire una parola. Mi metto al suo fianco a osservare la scena.

Una piccola folla sta avanzando in direzione dello chalet. Riesco a scorgere i ragazzi e le ragazze accompagnati da quelli che devono essere Filippo e Francesca. La maggior parte di loro ha l'aria annoiata e rassegnata.

«Ricordate cosa ci siamo detti. Comportatevi come se fossimo estranei» mormora Veronica.

Daniel e io annuiamo mentre lei fa un respiro profondo e si avvia verso la porta per invitare i ragazzi a entrare. Qualche tempo fa non avrei avuto nessun tipo di problema a conoscere gente nuova e a socializzare, ma le cose sono diverse ormai, io sono diversa. Non riesco a nascondere il disagio che provo e non posso fare a meno di irrigidirmi di fronte alla hall che adesso mi sembra fin troppo affollata. Aveva ragione Veronica a dire che avrei presto rimpianto il silenzio che proprio ieri sera ha rischiato di farmi impazzire.

I nuovi arrivati si guardano intorno e camminano per l'atrio, esaminando gli spazi e lanciando occhiate curiose alle nostre spalle. Daniel mi si fa più vicino e mi sfiora il braccio con il suo, riuscendo a farmi rilassare un tantino.

«Questo è il posto che vi ospiterà nei mesi estivi, per tutta la durata del progetto» spiega Filippo, un ragazzo sulla trentina dall'aspetto un po' emaciato e dall'aria poco autoritaria. «Lei è la dottoressa Casale, la responsabile.»

Veronica si schiarisce la gola prima di iniziare a parlare. «Buon pomeriggio, ragazzi, è un piacere avervi qui. Potete chiamarmi Veronica, non ci tengo a questo genere di formalità. Io, Francesca e Filippo vi mostreremo lo chalet e vi indicheremo dove sistemare le vostre cose, dopo di che ci riuniremo tutti insieme per fare il punto della situazione e allora potrete fare tutte le domande che vi passano per la testa. I ragazzi che non sono arrivati con voi» aggiunge, accennando col capo a me e Daniel e attirando l'attenzione di tutti su noi due. «Sono arrivati ieri.»

Francesca – una donna sui cinquanta, bassa e paffuta, dai capelli sale e pepe e dalle guance piene – fa strada e tutti noi la seguiamo. Passiamo per ogni stanza del pianterreno e poi saliamo al primo piano dove Veronica fa ai ragazzi il discorsetto riguardo alle camere delle ragazze e a quelle dei ragazzi dando sfogo a un chiacchiericcio di sottofondo e a qualche risatina, poi indica a ognuno in quale stanza sistemarsi.

«Per quanto riguarda i ragazzi, Lorenzo starà in camera con Daniel e Riccardo con Matteo.»

«Non possiamo stare in camera insieme noi due?» sbotta uno dei ragazzi indicando quello al proprio fianco.

«No» risponde secca Veronica senza lasciare spazio a eventuali repliche. «Veniamo alle ragazze. Andrea tu starai in camera con Olivia, Chiara tu invece starai in camera con G...»

«Me!» esclama una delle ragazze, interrompendola.

Quella che deve essere Andrea si avvicina alla nostra stanza e si volta nella mia direzione, ispezionandomi da capo a piedi. La prima cosa che penso quando la guardo meglio è che sembra appena uscita da un centro estetico. Il suo aspetto è talmente curato da risultare quasi maniacale. I capelli scuri, lunghi e lisci come fili di seta, sono legati in una coda laterale bassa da cui ricadono sulla clavicola sinistra. Il suo volto è delicato e proporzionato, truccato con estrema precisione. Indossa dei tacchi vertiginosi e un vestito bianco e grigio dalle forme bizzarre che ha tutta l'aria di essere parecchio costoso. Sembra pronta per una sfilata. Gli occhi, se possibile ancora più scuri dei capelli, mi studiano vispi e curiosi e ho come l'impressione che stia cercando di decidere se le vado a genio o meno.

«Lasciate le vostre cose in camera e poi raggiungeteci di nuovo in corridoio, avrete tempo per sistemarle più tardi» aggiunge Francesca interrompendo quel nostro a dir poco imbarazzante contatto visivo.

«Ci sarà da divertirsi» mormora Andrea sottovoce, sulle labbra un sorriso quanto mai equivoco.

12

Veronica ci conduce alla stanza che hanno deciso di destinare alle "chiacchiere". Ci sono nove sedie disposte in cerchio proprio al centro. Ci viene detto di prendere posto e il mio primo istinto è quello di andarmi a mettere proprio accanto a lei, ma cerco di reprimerlo sul nascere e mi posiziono il più lontano possibile. Daniel sembra capire le mie intenzioni e viene a sedersi alla mia sinistra mentre Andrea si sistema alla mia destra.

«Bene, eccoci tutti qui finalmente» esordisce Veronica cercando di nascondere un po' del suo incontenibile entusiasmo. Fa un cenno a Francesca e Filippo che ci lasciano da soli. «Dovreste essere già stati tutti informati sulla natura di questo posto, dico bene? Qualcuno ha qualche dubbio a riguardo?» chiede senza rivolgersi a nessuno in particolare.

«Mio padre aveva detto che questa sarebbe stata una sorta di vacanza, ma da quello che vedo non mi pare così» replica la ragazza che prima l'ha interrotta durante l'assegnazione delle camere. Anche lei indossa un vestito che le arriva fino al ginocchio, più anonimo e banale di quello scelto da Andrea, ed è truccata come se avesse quarant'anni. I riccioli, di un biondo palesemente finto, le ricadono sul volto. Osservo in silenzio anche l'altra ragazza, Chiara. È parecchio magrolina e ha l'aspetto un po' trascurato. Se ne sta sulle sue, come se avesse la testa da un'altra parte. Indossa una t-shirt dei Sex Pistols e un paio di legging consumati.

«Wow, c'è un genio tra noi!» esclama divertito uno dei ragazzi. Quello seduto di fianco a lui gli dà una gomitata d'intesa tra le costole e Veronica guarda severamente entrambi.

«Purtroppo per voi, questa è tutto il contrario di una vacanza.

Ognuno è qui per un motivo ben preciso. Tutti avete bisogno di un aiuto di tipo professionale. Nei mesi che starete qui, il nostro scopo sarà quello di darvi una mano e farvi capire qualcosa su voi stessi. Ogni mattina faremo una seduta di gruppo in questa stanza, poi verrete seguiti anche attraverso sedute individuali. Saremo noi responsabili a stabilire quando potrete andarvene. Comunque sia non verrete trattenuti più a lungo di agosto, ma per allora speriamo di avervi già rimandati tutti a casa.»

«Grandioso» borbotta lo stesso ragazzo che ha parlato un attimo prima.

Veronica fa finta di non averlo sentito. «Credo sia giunto il momento che ognuno si presenti al gruppo. Dopo passeremo alle domande. Chi vuole cominciare?» chiede. Nessuno sembra aver voglia di dire una parola. «Matteo, inizi tu?»

Il ragazzo seduto accanto a lei resta impietrito, ma dopo qualche attimo riesce a ricomporsi e ad annuire.

«Alzati in piedi» lo incoraggia Veronica.

«Io sono Matteo, ho vent'anni, vengo da Bologna e, se devo essere sincero, penso di non aver motivo di stare qui, ma i miei genitori mi hanno obbligato a venire con uno sporco ricatto» dice rimettendosi poi subito a sedere e facendoci ridere tutti quanti. Questo allenta un po' la tensione.

«Ok, ragazzi, dei motivi per cui siete qui parleremo in seguito. Chiara, tocca a te» dice Veronica.

Chiara si guarda intorno stralunata, come se ci avesse appena raggiunto controvoglia arrivando da un posto molto lontano.

«Mi chiamo Chiara, ho ventitré anni e sono di Roma» dice, con un soffio di voce pacata, prima di tornare a estraniarsi come se per lei fosse la norma.

Veronica invita il prossimo a proseguire con un cenno. È il turno di suo figlio.

«Daniel, ventitré anni anch'io, toscano» si limita a dire prima di tornare a sedere. Anche se non avesse specificato il posto da cui viene, il suo accento avrebbe parlato per lui.

Tocca a me. Mi alzo in piedi cercando di pensare a cosa dire. «Io sono Olivia, ho vent'anni. Potete chiamarmi Liv.» Cerco con lo sguardo quello di Veronica che annuisce impercettibilmente.

«Andrea – e prima che lo chiediate, sì, è anche un nome da donna, dunque potete risparmiare le battute per qualcuno a cui freghi qualcosa – ventidue.»

Veronica fa un sospiro esasperato. «Riccardo?»

Il ragazzo che ha preso in giro la bionda si alza con un sorriso arrogante sulla faccia. È molto bello, è innegabile. Capelli corti, scuri e un paio di occhi azzurri scaltri e terribilmente espressivi. A occhio e croce dovrebbe essere il più grande tra noi. È abbastanza alto e ben piazzato, sicuro di sé. Sulla mascella si intravede un velo di barba.

«Direi che il mio nome dovreste averlo capito» dice con un ghigno strafottente. «Ho ventisei anni e sono qui perché, per quanto può sembrare paradossale, l'alternativa era persino peggiore.»

Il ragazzo accanto a lui si alza subito dopo.

«Io sono Lorenzo, suo fratello. Ho ventiquattro anni» conclude. A uno sguardo più attento le somiglianze tra i due ci sono e sono parecchie. Lorenzo sembra una versione in qualche modo più morbida del fratello. È un po' più basso e più magro, la sua mascella è meno squadrata e i tratti del viso sono più delicati, più dolci, quasi femminei, il naso più tondo. I capelli li porta come Riccardo e vanta lo stesso paio di occhi azzurri.

I due fratelli si rimettono a sedere, per ultima è rimasta la bionda di cui ancora non ci è stato detto il nome.

«Ciao a tutti. Io ho diciotto anni e mi chiamo Taylor» dice con un sorriso guardandoci uno per uno, la voce acuta e squillante.

«Per favore, di' agli altri qual è il tuo vero nome» la riprende Veronica.

«Oh mio dio. Anche qui» borbotta lei scuotendo la testa infastidita. «Questa storia del mio vero nome deve finire» sbotta. «Il mio nome è Taylor. Ti. A. Ipsilon. Elle. O. Erre. Ho già iniziato a compilare i moduli da portare all'anagrafe, così la smetterete tutti quanti.»

Si sistema i capelli mostrando un tredici disegnato sul dorso della mano. Il mio sguardo va subito ai numeri che ho io sul braccio e all'improvviso sento la necessità di nascondermi per paura di essere giudicata da questi estranei.

«D'accordo, Taylor» dice Veronica, sottolineando il nome con enfasi. «Magari parleremo di questo quando saremo sole.»

«Non vedo cos'altro ci sia da dire» replica lei con un sorriso forzato.

Veronica non risponde alla sua provocazione e non la degna nemmeno più di uno sguardo.

«Bene, adesso che ci siamo presentati tutti quanti, possiamo passare alle domande. Sono sicura che ne avete molte.»

«Che faremo tutto il giorno qui in mezzo al niente?» chiede Andrea, accavallando le gambe sinuose.

«Io qualche idea ce l'avrei» le risponde Riccardo con fare ammiccante.

«Non avevo dubbi» replica con prontezza lei.

«Come vi accennavo prima, ogni mattina ci riuniremo tutti qui per delle sedute di gruppo dopo aver fatto colazione. Al pomeriggio ci saranno invece le sedute di terapia individuale che farete a turno. Inoltre, ci sono una serie di attività che potrete svolgere per occupare il tempo e, mi spiace deluderti, Riccardo, ma non sono del genere a cui sei abituato. Potrete fare esercizio fisico all'aperto, jogging o passeggiate sui sentieri. Potrete leggere o dedicarvi alla musica. Filippo è molto bravo ed è in grado di suonare parecchi strumenti, vi insegnerà se ne avrete voglia. Oppure potrete dedicarvi ai lavori manuali. Se qualcuno di voi è interessato provvederemo a far venire degli specialisti che tengano delle lezioni una volta a settimana. Nei weekend invece, vi porteremo a fare delle gite all'aperto, sempre restando in zona. Avete altre domande o possiamo passare alla fase successiva?» chiede. Passa qualche momento senza che nessuno dica niente, così prende di nuovo parola. «Adesso vorrei che ognuno di voi parlasse del motivo per cui si trova qui. Se non ci sono volontari può iniziare Matteo, così seguiamo l'ordine di prima.»

«Dobbiamo sempre fare la cazzata di alzarci in piedi?» domanda Lorenzo.

«No, se vi fa sentire più a vostro agio potete stare seduti, non dovete alzarvi per forza.»

Matteo indugia per qualche istante, gli sguardi di tutti puntati addosso.

«Sono qui perché i miei genitori pensano che sia troppo asociale e che passi molto più tempo di quanto dovrei davanti ai fumetti, alla tv e al computer. Tempo che piuttosto dovrei dedicare ai "contatti umani"» dice mimando le virgolette e poi abbassando lo sguardo imbarazzato.

«Hai vent'anni... sei per caso uno di quelli che fa sempre quel che dice mammina?» lo punzecchia Riccardo.

Matteo impallidisce e Veronica si schiarisce la voce emettendo un suono plateale, nel tentativo di mettere Riccardo a tacere, poi fa cenno a Chiara di proseguire.

«Io sono qui perché ho perso qualcuno qualche mese fa» mormora a fatica, dietro incoraggiamento di Veronica. «N-non riesco a superarlo» aggiunge. La osservo mentre cerca di farsi piccola piccola e subito mi sento vicinissima a lei e, anche se forse è un po' prematuro da parte mia, penso che potrebbe essere l'unica persona in grado di capirmi sul serio in questa stanza.

«Io, a detta della mia terapeuta, mi estranio troppo spesso dal mondo esterno e mi rifugio nei videogiochi per colmare il vuoto che mio padre ha lasciato nella mia vita quando lui e mia madre hanno divorziato. In realtà non credo di essere così disturbato, ma lei ci tiene sempre a farmi notare che non sono io quello con una laurea in materia e anni e anni di brillante carriera alle spalle» dice Daniel fissando Veronica per tutto il tempo.

«Anche io ho perso qualcuno» mi limito a dire sperando di cavarmela con poco. Cerco lo sguardo di Chiara, quasi potesse darmi sostegno anche soltanto con gli occhi, e la trovo intenta a fissarmi. «Qualcuno pensa che io tenda a nascondermi tra i libri» concludo. Ho già detto troppo e non ho intenzione di entrare nel dettaglio, mettendomi a esporre i miei problemi di fronte a questi estranei.

«Dunque, in pratica, leggi troppo?» chiede Riccardo, senza riuscire a trattenere una risata di scherno.

«Veramente?» aggiunge Lorenzo. «Cacchio! Ce lo avessi avuto io questo problema, di sicuro sarei riuscito a combinare qualcosa di meglio negli studi.»

«Quindi per non dimenticarti quanti libri hai letto, te li segni sul braccio?» aggiunge Riccardo divertito, dando corda al fratello.

«Sì, in effetti tutto torna! Libri, capitoli, pagine...»

«...Righe, paragrafi.»

Mai come adesso ho desiderato di scomparire con uno schiocco di dita. Sento il calore infervorarmi le guance, e le lacrime, che di solito se ne stanno in perenne e silenziosa attesa dietro ai miei occhi, cercano sfogo disperate e prepotenti, ma l'ultima cosa che voglio è mettermi a piangere o fare la vittima.

«Chiudete quella bocca» sbotta Daniel arrabbiato. «Coglioni» borbotta tra i denti. Si tende verso di loro, come se fosse pronto a menare le mani. Li sfida a dire altro che possa offendermi. Lo ringrazierei, ma per quanto mi riguarda, penso che non dirò più una parola per tutta l'estate.

«Ragazzi, evitate di fare commenti se non vi viene espressamente richiesto dalla sottoscritta» li redarguisce Veronica con tono severo, cercando di riprendere il controllo della situazione e rivolgendo poi a me un'occhiata dispiaciuta.

«Ehi, stavamo solo scherzando» replica Riccardo continuando a ridacchiare.

«Ho detto basta così» interviene di nuovo Veronica. «Forza, Andrea, parlaci di te. E riguardo a voi» aggiunge, guardando

Riccardo, Lorenzo e Daniel uno per volta. «Non voglio sentire un'altra sola parola a meno che non sia il vostro turno di parlare.»

«Io sono qui perché l'ha deciso il tribunale» spiega Andrea. «Mi hanno beccata a rubare nei negozi» aggiunge con noncuranza, come a voler mettere in evidenza quanto poco le importi.

«Mio dio» mormora Taylor sottovoce scuotendo la testa con disapprovazione. Veronica la fulmina con lo sguardo.

«Bene, tocca a noi» dice Riccardo cercando lo sguardo di suo fratello. «Fai tu un riassunto?»

«Anche noi siamo qui per via del tribunale. Siamo stati coinvolti in una rissa fuori da una discoteca, per via di un paio di ragazze un po' troppo disponibili che si erano dimenticate di dirci che erano impegnate. Gli altri tre ne sono usciti parecchio male e dunque, anche se erano stati loro a cominciare, eccoci qua. A sentire quello che dice la gente, io e mio fratello non trattiamo le donne con il dovuto rispetto.»

«Tutte cazzate. Io non ho mai preso in giro nessuna ragazza, ho sempre fatto bene intendere di volere solo una cosa da ognuna di loro. E poi a chi non piace un po' di sano e semplice sesso? Non capisco perché cercare sempre complicazioni» conclude Riccardo con fare ragionevole. Lorenzo annuisce, guardandoci tutti come a invitarci a contraddirlo, ma nessuno lo fa.

Ognuno di noi ha reazioni più o meno diverse. Andrea sorride divertita, probabilmente non si capacita del fatto che Riccardo abbia detto una cosa del genere. Chiara osserva i ragazzi mostrando un'indifferenza totale. Matteo invece ha assunto lo stesso tono rosso di un pomodoro, orecchie comprese, e Taylor – o qualunque sia il suo nome – ha emesso una risatina nervosa. Daniel si è irrigidito un tantino, ma qualcosa nella sua postura disinvolta mi suggerisce che sia più per la presenza di sua madre che per le chiacchiere sul sesso.

Io, dal canto mio, non posso certo ritenermi un'esperta. Ho

fatto sesso soltanto una volta e non sono impaziente di ripetere l'esperienza. È capitato mesi prima che io e Max ci trasferissimo dalla nonna, prima dell'incidente, al campeggio estivo, ed è stato orrendo, non proprio come lo immaginavo: i film sono lontani anni luce riguardo alla verità sulla faccenda.
La tensione nell'aria è tangibile, nessuno sembra aver voglia di parlare, Veronica inclusa. Alla fine Taylor decide di rompere il ghiaccio e di concentrare l'attenzione su di sé.
«Vedo che tutti avete le idee molto chiare riguardo ai vostri problemi. Io invece non ho ancora capito perché sono qua. Ve l'ho detto, mio padre mi aveva giurato che questa sarebbe stata una vacanza, magari c'è stato un errore. Insomma, io non ho niente che non vada.» Alza gli occhi al cielo. «Vado abbastanza bene a scuola, ho degli amici» aggiunge, guardando Matteo. «Non sono depressa, i miei sono felicemente sposati, non mi piacciono in modo particolare i videogiochi, né mi entusiasma leggere» continua, squadrando man mano Chiara, Daniel e me. «La mia carta non è in rosso e non sono intenzionata a fare sesso finché non trovo il ragazzo giusto» conclude.
«Wow, devi essere una specie di reincarnazione di Gesù con la vagina» borbotta Lorenzo, non riuscendo a trattenersi.
«Non c'è stato nessun errore purtroppo. Magari potresti spiegare agli altri perché ti fai chiamare Taylor, tanto per dire qualcosa su di te» le dice Veronica, limitandosi ad ammonire Lorenzo soltanto con lo sguardo.
«Oh, certo. Sono una grandissima fan di Taylor Swift. Immagino tutti voi sappiate chi sia, no? Conosco tutte le canzoni di ogni suo album a memoria e la mia voce è praticamente uguale alla sua quando canto. Non ci vedo niente di male in questo, però. Di certo sono la più normale qui dentro, no?»
Un silenzio imbarazzante prende il sopravvento, riempiendo la stanza come nebbia fitta e densa. Adesso capisco perché si è tinta i capelli di biondo e perché quei ricci non hanno per niente l'aria di essere naturali. Mi è anche chiaro il perché di

quel tredici glitterato sul dorso della sua mano e mi rendo conto che le lenti a contatto che ho notato, guardandola meglio, non sono lenti da vista. Taylor ha di sicuro qualche problema di identità perché è in tutto e per tutto una sosia della Swift, tanto che ha pure deciso di appropriarsi del suo nome. Non c'è niente di vero in lei, nessun dettaglio che riesca a esprimere un po' della sua personalità. È come se avesse deciso di cancellare e annullare se stessa in funzione di un'immagine che considera migliore.

I suoi occhi indugiano su ognuno di noi, alla disperata ricerca di quell'approvazione che non si rende conto di non poter ottenere. Si illude di essere a posto, pensa di essere migliore di ogni persona nella stanza e di non avere motivo di stare qui, ma in realtà, ai miei occhi inesperti, sembra quasi essere la più disturbata e mi chiedo se anche Veronica non sia d'accordo.

Quando capisce che nessuno intende spendere una buona parola sulla sua presunta sanità mentale, si stringe nelle spalle e arriccia le labbra.

«L'invidia, che brutta bestia. Be' non posso che risolvere la questione in un modo, l'unico che Taylor in persona ha insegnato a tutte noi Swifties» dice col sorriso sulle labbra prima di mettersi a canticchiare e gesticolare con le mani come un'ossessa. «*Baby, I'm just gonna shake, shake, shake. I shake it off, I shake it off.*»

Restiamo tutti a bocca aperta. Veronica si appresta a riprendere la parola e il controllo della situazione. Daniel si sporge verso di me e avvicina le labbra al mio orecchio, così tanto che riesco a sentire il suo respiro caldo sul collo e mi viene la pelle d'oca. Dio, ho i brividi, mi manca il respiro e penso che il mio cuore si sia fermato.

«Non so se ridere o piangere» mormora a voce tanto bassa che solo io riesco a sentirlo.

«Già» bisbiglio io in risposta.

Non riesco a fare a meno di fissargli le labbra. Scopro di avere una voglia matta di baciarlo.

13

Francesca e Filippo tornano poco dopo. Non appena entrano nella stanza intercettano lo sguardo di Veronica e si scambiano un gesto d'intesa.

«Per oggi basta così» dice lei, rivolgendosi a noi. «Prima che andiate a sistemarvi nelle vostre stanze, c'è una cosa che vorremmo mostrarvi.»

Ci alziamo uno dopo l'altro e seguiamo Veronica fino alla stanza che hanno deciso di utilizzare come ufficio. Ci sono una scrivania piena di scartoffie in un angolo e, dall'altra parte, un divanetto come quelli dell'atrio con accanto una vecchia poltrona di pelle, probabilmente destinati a fare da sfondo alle sedute di terapia. Mi manca il fiato all'idea di dover essere sottoposta a una miriade di domande riguardo a come mi sento e perché.

Veronica va verso la finestra e aspetta finché non vede che ci siamo tutti, poi si volta verso Filippo che sta al suo fianco e tutti i nostri sguardi vanno su di lui.

Filippo si posiziona proprio accanto al divano. Con un paio di manovre accorte ci mostra che il grande quadro raffigurante una natura morta appeso proprio sopra nasconde una cassaforte. Poi scosta lo sportello già aperto per esibirne il contenuto.

Ci sono parecchi oggetti ammucchiati sui tre scaffali interni. Riesco a scorgere anche il mio Kindle e, quando capisco come mai si trova lì, mi sento morire, letteralmente.

«Come vi ho detto anche prima, questa è tutto fuorché una vacanza. Nel tempo che abbiamo parlato, Francesca e Filippo hanno ispezionato le vostre valigie e sequestrato tutti gli oggetti che avrebbero potuto compromettere il normale svolgimento della terapia. Non li rivedrete finché non andrete via.»

«Non potete farci questo!» sbotta Matteo arrabbiato e con le orecchie nuovamente in fiamme. Il fatto che un tipo come lui abbia avuto il coraggio di esprimere il suo disappunto la dice lunga sulla gravità di questa ingiustizia.

«Possiamo e dobbiamo. Siete adulti ormai, è ora di crescere» replica Veronica.

«Prima di ridere voi due, dovreste sapere che abbiamo trovato i preservativi che avete nascosto tra i calzini» aggiunge Filippo senza nascondere una certa soddisfazione. Riccardo e Lorenzo restano di stucco di fronte a questa nuova rivelazione e all'improvviso non trovano più la cosa tanto divertente.

«Giusto perché tutti sappiate cosa vi è stato sottratto, in cassaforte ci sono le varie consolle portatili di Daniel e di Matteo – pc compresi – e il Kindle di Olivia.»

«Che ne è dei miei dadi, dei miei manuali di *D&D* e dei miei fumetti?» domanda Matteo, una nota isterica nella voce. «E agli altri? Perché non avete tolto niente?»

«Quelle cose erano troppo ingombranti per stare in cassaforte, le abbiamo messe sottochiave altrove. Per quanto riguarda il resto, i preservativi di Riccardo e Lorenzo hanno fatto una brutta fine. Invece per Chiara, Andrea e Giulia non c'era niente da sequestrare.»

«Taylor! È Taylor! Non Giulia, Taylor!» precisa lei. Il suo vero nome le si addice di sicuro molto di più di quello che si ostina a utilizzare.

«Non ti è stato portato via niente, ma sono stati rimossi alcuni album dal tuo iPod, cara» le dice Francesca con un sorriso dispiaciuto.

Giulia scuote la testa con leggerezza. «Non importa, conosco tutte le parole e note di ogni canzone a memoria. È tutto qui, nella mia testa» replica portandosi un indice alla tempia per rimarcare il concetto.

«Non è che può uscire anche qualche preservativo da lì?» le chiede Lorenzo ridacchiando e facendola andare su tutte le furie.

«Adesso non vi resta che consegnare anche i vostri cellulari a Filippo» aggiunge Veronica.

«Non se ne parla!» esclama Matteo portando la mano sulla tasca destra dei jeans come a volerla serrare per sempre.

Daniel stupisce tutti facendosi avanti per primo.

«Tanto è comunque inutile senza connessione» borbotta mentre a malincuore porge il suo iPhone.

Alla sua affermazione gli altri tirano fuori i loro cellulari per controllare se in effetti siano connessi a internet. Quando si accorgono che Daniel ha detto la verità si rassegnano a consegnarli a loro volta.

«Potrete fare una telefonata a testa due volte a settimana» ci informa Francesca mentre Filippo si appresta a chiudere la cassaforte e a inserire un codice per bloccarla.

«Ehi, perché la ragazza depressa e la libraia non hanno consegnato i loro cellulari?» chiede Riccardo, accennando a me e a Chiara.

«Non ce l'ho un cellulare» rispondo io, cercando di non compiacermi troppo davanti all'espressione incredula che compare sulla sua faccia.

«E chi ci crede?» insiste Lorenzo.

«Olivia non ha un cellulare, è la verità» interviene Veronica. «E Chiara, per ragioni che non vi riguardano, consegnerà il suo soltanto a tempo debito» aggiunge.

Per la prima volta, negli occhi di Chiara riesco a vedere qualcosa di vivo. Una paura forte e vibrante.

«E comunque i librai sono quelli che i libri li vendono» precisa Giulia.

«Chi se ne frega» le risponde Riccardo.

«Ragazzi, vedetela come una sorta di sfida. Più progressi farete, prima andrete via di qui e prima riavrete le vostre cose. Mi sembra una motivazione più che sufficiente affinché facciate del vostro meglio» dice Veronica con un sorriso incoraggiante, ma neanche uno di noi sembra avere voglia di ricambiare.

Dopo la batosta della cassaforte ci hanno mandati in camera per mettere a posto le nostre cose. Se avessi ancora il mio Kindle a quest'ora sarei impegnata a leggere.

So bene che l'obiettivo della mia permanenza al campo è proprio quello di riuscire a farmi recuperare il senso della realtà, almeno quel tanto che mi permetta di occuparmi di Max come dovrei, ma non pensavo che Veronica avrebbe optato per un taglio così drastico. Se avessi saputo che mi avrebbero tolto i libri, non avrei mai accettato di venire. Sento che senza impazzirò, sì, impazzirò di sicuro. Mi vedo più vicina all'esaurimento di quanto non lo sia stata da quando mamma e papà sono morti. E a Max non servirà di certo una sorella ricoverata in uno di quegli ospedali psichiatrici per casi disperati.

Probabilmente devo iniziare a prendere in considerazione l'idea che stare in questo posto potrebbe arrecarmi più danni che benefici. Forse dovrei andare via prima che la situazione peggiori.

«Potresti smetterla di fare avanti e indietro?» mi chiede Andrea distogliendomi dai miei deliri.

«Scusa» mormoro mettendomi a sedere sul letto. «Non me ne ero accorta.»

Questo deve essere soltanto il primo di una lunga serie di sintomi a conferma che sto a tutti gli effetti perdendo la ragione.

«Hai qualcosa da leggere?» chiedo mentre la osservo sistemare i propri vestiti nella sua parte di armadio. Non sembra proprio il tipo da grandi classici, ma la speranza è sempre l'ultima a morire.

Lei arriccia le labbra pensierosa e poi fruga nei meandri della sua valigia, una delle più grandi e capienti che mi sia mai capitato di vedere. Non mi stupirebbe se riuscisse a starci anche un cadavere lì dentro. Tira fuori una bottiglia di shampoo, una di balsamo e una piccola scatola che contiene delle pillole, poi si avvicina per passarmi il tutto. Di fronte alla mia espressione perplessa si stringe nelle spalle.

«Scusa, non ho niente di meglio» si giustifica. «Però ti assicuro che quel foglietto illustrativo è il più lungo che un'industria farmaceutica possa mai aver concepito. Ci metterai almeno due ore a leggerlo tutto. Io non sono mai riuscita a finirlo» conclude prima di tornare alle sue cose. «Magari poi puoi anche farmi un riassunto, mi potrebbe tornare utile.»

Resto senza parole per un lungo, lunghissimo momento prima di appoggiare shampoo e balsamo sul comodino e tirar fuori il foglietto illustrativo.

«Pillole anticoncezionali?» chiedo mentre tengo la cartina su cui sono indicati i giorni della settimana tra le mani.

«Proprio così» conferma con tutta la naturalezza del mondo. «Queste servono a me però, se non ti dispiace» aggiunge avvicinandosi di nuovo per riappropriarsi del blister.

Il foglietto illustrativo riesce a tenermi impegnata davvero per parecchio tempo. Andrea aveva proprio ragione, è davvero il bugiardino più lungo che mi sia mai capitato di vedere. Ho visto certi manuali di istruzioni molto meno dettagliati di questo.

«Hai già finito? Scoperto niente di interessante?» mi domanda quando alla fine glielo restituisco.

«Mmm vediamo» dico cercando di riordinare le idee per capire cosa potrebbe esserle utile sapere a riguardo. «Sai che in caso di vomito devi riprendere la pillola?»

«Che schifo» replica facendo una smorfia. «Cercherò di ricordarlo.»

«Com'è che a te non avevano niente da sequestrare?» le chiedo.

Esita un attimo prima di rispondere.

«Be' non credo potrei farmene niente delle mie carte di credito qui in mezzo al nulla, no? Dubito che i corrieri consegnino da queste parti.»

«Immagino di no.»

Sarà passato almeno un quarto d'ora se non di più e Andrea sta ancora tirando fuori roba dalla sua enorme valigia. Sa che ho ripreso a fissarla, eppure non pare darle fastidio.

«Sembri una a cui è morto il gatto» mormora con fare scherzoso.

«E tu sembri una che sta traslocando» ribatto cercando di stare al gioco.

«Mi spiace che quei due ti abbiano presa in giro prima» aggiunge, tornando seria.

Vorrei non toccare l'argomento, perché non mi va molto di ricordare come mi sono sentita. Scrollo le spalle, fingendo indifferenza.

«Non fa niente, ci sono abituata in realtà. Solo che di solito posso fare finta che non sia mai accaduto e andare per la mia strada. Da qui invece non è altrettanto semplice» mormoro.

Deve avere un'attenzione maniacale per quanto riguarda i vestiti, perché li piega con cura e li mette nell'armadio accanto al letto, come se si trattasse di cimeli di inestimabile valore. Non ho mai avuto accanto persone che dessero tanta importanza agli abiti.

Riprende a parlare, dopo aver sistemato l'ennesimo capo: «Non credo l'abbiano fatto con cattiveria.»

«Oh, certo. Nessuno lo fa mai con brutte intenzioni. Più o meno.»

«Immagino che non ci abbiano preso comunque, riguardo ai numeri» considera, tirando fuori l'ultima t-shirt prima di riporre la valigia vuota sotto al letto. «Non indicano il numero di libri che hai letto, dico bene?»

«Certo che no» replico e guardo le cifre scure che mi accompagnano ormai da mesi. Anche a voler tenere conto del numero dei libri letti, trovo più semplice tenere traccia del tempo passato. Il trascorrere del tempo, per quanto possa essere discutibile la questione a seconda dei punti di vista, è a tutti gli effetti considerato un dato oggettivo. Dei libri che ho

letto invece ho perso il conto e non saprei nemmeno da dove iniziare se dovessi stilare una lista. Un'impresa impossibile.
«E cosa significano allora?» chiede Andrea guardinga, mettendosi a sedere sul letto. Sa bene di avere appena fatto una domanda importante, ma si comporta come se non mi avesse chiesto niente di che.
«Non ho molta voglia di parlarne.»
«Capisco.»
Per qualche istante ce ne restiamo entrambe senza dire niente.
«Odio questo posto» borbotta tra sé e sé. «Non capisco perché dal tribunale abbiano deciso di mandarmi in una specie di campo per ragazzi fuori di testa – senza offesa, tu sembri normale – a morire di noia. Dubito che qui ci sia qualcuno in grado di aiutarmi. Tutta colpa dei miei e di mio fratello. Ogni volta che l'universo mi ricorda quanto la mia vita sia un enorme disastro, so sempre chi ringraziare.»
«Famiglia difficile?» sussurro, incuriosita.
«Ci puoi giurare. Ho un fratello più grande e una sorella più piccola che a quanto pare sono il ritratto di tutto ciò che un genitore possa desiderare. Sono universalmente considerati perfetti e sembra che l'unico scopo della loro esistenza sia compiacere i nostri genitori. Io ovviamente sono quella sbagliata solo perché non passo le giornate a cercare di accontentarli in ogni modo possibile» dice, scuotendo la testa. «Soltanto perché cerco di pensare a me stessa e a ciò che è più giusto, vengo considerata la pecora nera.»
Personalmente non so cosa darei per avere dei genitori con cui litigare, ma lo tengo per me. Non ho voglia di angosciarla o di fare a gara per stabilire chi delle due ha più problemi dell'altra.
«Tu hai fratelli o sorelle?» mi domanda. Mi interrogo sul perché nessuno invece chieda mai alla gente appena conosciuta se abbia o meno i genitori.
«Sì, ho un fratello più piccolo. Si chiama Max.»
«Scommetto che è una bella palla al piede.»
«No, in realtà è piuttosto adorabile.»

Ogni volta che penso a mio fratello sento la sua mancanza in modo atroce. Da quando è nato non siamo mai stati separati troppo a lungo. Chissà cosa sta facendo in questo momento e se un po' gli manco.

«Quanti anni ha?»

«Otto.»

«Ecco, questo spiega tutto. A quell'età siamo tutti adorabili. Io, Laura e Luca siamo cresciuti litigando. O meglio, loro due sono cresciuti litigando con *me*.»

«Mi spiace.»

«Ci ho fatto l'abitudine.»

Ce ne restiamo a chiacchierare per parecchio tempo. Andrea si apre con me come fossimo due amiche di vecchia data e io le sono infinitamente grata. Riesce a tenere la mia mente occupata mentre mi racconta dei suoi genitori e dell'impero gestito da suo padre, un uomo d'affari importante che è a capo di una società multimilionaria. I soldi sotto il suo tetto non sono mai mancati. È cresciuta nel lusso, in una casa cinque o sei volte più grande della mia, con tanto di piscina, campi da tennis e domestici. A lei e ai suoi fratelli non è mai stato negato niente, sono stati viziati come ogni bambino desidera e lei ne è consapevole. Possiedono persino ognuno un proprio fondo fiduciario che, a detta sua, potrebbe permetterle di vivere senza lavorare fino alla vecchiaia.

Mi confessa poi che i veri problemi tra lei e i suoi genitori sono arrivati nell'ultimo anno, ma non fa parola del motivo per cui queste discordanze abbiano avuto origine e io non glielo chiedo, immaginando che voglia tenerlo per sé.

Andrea smette di parlare soltanto quando Francesca passa a chiamarci per la cena e, mentre scendiamo di sotto e andiamo incontro agli altri nella sala da pranzo, noto che inizia di nuovo a recitare la parte della ragazza sorridente e spensierata, impassibile. Sembra quasi un'altra persona.

14

Emanuela è passata a lasciare della carne alla pizzaiola che ha preparato per noi e Francesca l'ha scaldata nel forno prima di chiamarci a mangiare. Non appena entro in sala da pranzo, trovo Daniel seduto vicino a Matteo e mi accomodo accanto a lui mentre Andrea si sistema al mio fianco. Noi ragazzi ci siamo messi a sedere nell'ampia tavolata vicino alle finestre, sulla destra. I tutor invece si sono sistemati in un tavolo non molto distante, ma abbastanza da concederci di chiacchierare senza che ci ascoltino, probabilmente per darci modo di stare più sereni, senza imporci la loro presenza.

«Ehi, che fine avete fatto voi due?» ci chiede Daniel.

«In che senso?» domanda Andrea.

«Siamo stati tutti nell'atrio nelle ultime ore, ma voi non vi siete fatte vedere.»

«Non sapevamo che foste tutti di sotto» replica lei con franchezza.

«Tutto ok?» mi chiede poi Daniel sottovoce, sembra preoccupato.

«Mmm» mormoro tenendo lo sguardo sul piatto mentre taglio una zucchina in piccoli pezzi. Non ho molta voglia di parlare, non con Riccardo e Lorenzo seduti a pochi passi da me. Ho paura che non avendo niente di meglio da fare si mettano di nuovo a prendermi in giro e non voglio che Daniel intervenga ancora in mia difesa, quindi preferisco evitare di attirare l'attenzione.

Me ne resto ad ascoltare le chiacchiere altrui, masticando con più attenzione del solito per fare in modo di avere sempre la bocca piena.

Daniel sta discutendo con Matteo riguardo a una qualche specie di gioco da tavolo. Più li sento parlare più penso che

questi due sembrano essere fatti l'uno per l'altro. Capisco perché Veronica abbia evitato di metterli in camera insieme, non è stato solo per separare Lorenzo e Riccardo.
Chiara non proferisce parola. Si è seduta un po' più in là lasciando qualche posto vuoto, in modo da prendere le distanze da noi. Gioca con il cibo nel suo piatto come se fosse di gomma. Alzo lo sguardo più volte, ma non riesco mai a vederle mandare giù nemmeno un boccone.
Giulia si è seduta accanto ad Andrea, secondo me sperando in un po' di supporto femminile. Peccato che lei, non appena si è accorta che io non avevo voglia di parlare, si sia messa a discutere con Lorenzo e Riccardo, ignorandola del tutto.
Il tempo sembra trascorrere in modo lento e inesorabile e senza i miei libri io riesco a estraniarmi a mala pena. Torno in me soltanto quando sento qualcosa di morbido e soffice accarezzarmi le gambe.
Per qualche assurdo momento penso che sia stato Daniel oppure uno dei ragazzi, ma non appena abbasso lo sguardo, mi trovo di fronte al labrador più grosso che abbia mai visto. Si è sistemato accanto a me e mi sta praticamente fissando, come se si aspettasse qualcosa. Abbaia un paio di volte, mi domando se sia saggio accarezzarlo.
«Oh, lui è Zus» mi spiega Daniel, prima di scostare la sedia per mettersi a grattargli con affetto la testa. «È il cane di Francesca. Non preoccuparti, è enorme, ma è del tutto innocuo.»
Daniel torna a parlare con Matteo e Zus si mette a osservarmi di nuovo. Quando mi decido a coccolarlo un po' inizia a scodinzolare felice. Vorrei anche io che qualche carezza amorevole fosse sufficiente a farmi sentire così contenta.
Una volta finito di mangiare, Veronica e Francesca provvedono a sparecchiare e ci danno il permesso di alzarci da tavola. Prima di lasciarci andare, però, ci dicono che per il periodo che staremo di qui, dovremo aiutare con alcuni lavoretti domestici e chiedono che due di noi si offrano volontari per lavare i piatti, aggiungendo che faremo a turno tutti quanti, nessuno escluso.

Veronica lascia la stanza e torna subito dopo con uno di quei calendari enormi in cui c'è sufficiente spazio per le annotazioni accanto a ogni giorno della settimana.
«Allora chi vuole iniziare?» chiede guardandoci uno a uno. «Si farà vecchia maniera, uno insapona e uno sciacqua, così vi terrete compagnia.»
Nessuno sembra avere voglia di farsi avanti.
«Non possiamo usare i piatti di plastica i prossimi giorni?» propone Lorenzo.
«Anche io voto per i piatti di plastica» aggiunge Riccardo appoggiandolo come di norma. Mi chiedo se ci sia qualcosa su cui non vadano d'accordo.
«Davvero volete passare i prossimi due mesi a mangiare su dei piatti di plastica, usando forchette e coltelli di plastica e bicchieri di plastica?» domanda Giulia sollevando un sopracciglio, neanche la plastica fosse radioattiva. «Siete dei barbari. Non è riciclabile.»
«E tu sei una snob rompipalle» sbotta Riccardo.
«Ragazzi» li ammonisce Veronica con tono perentorio. «Io e Francesca possiamo anche fare i turni senza la vostra collaborazione, ma in quel caso saremo noi a formare le coppie. A voi la scelta.»
«Ci pensiamo io e Olivia questa sera» interviene Daniel. Veronica resta a fissarlo qualche secondo più del dovuto. Poi guarda a me, interrogandomi con lo sguardo per capire se sono d'accordo.
«Per me è ok» rispondo a mezza voce. Mi chiedo solo perché Daniel abbia scelto me e non Matteo, visto che potrebbero parlare per ore dello stesso argomento senza neanche riprendere fiato.
Veronica provvede a segnare i nostri nomi sul calendario. Lorenzo segue il buon esempio di Daniel e chiede ad Andrea di fare coppia con lui il giorno dopo. C'era da immaginarselo, lui è proprio uno di quei tipi che ci prova sempre e lei è senza alcun dubbio un portento nell'attirare l'attenzione maschile su

di sé. Chiara, pur di evitare Giulia e Riccardo, propone a Matteo di stare insieme a lei e lui ovviamente accetta senza farselo ripetere due volte. Nonostante sembri essere qui con noi soltanto per metà, non deve esserle sfuggito quanto quei due sappiano essere spiacevoli.

Quando ha finito di sistemare il calendario, Veronica congeda gli altri mentre io e Daniel andiamo in cucina a compiere il nostro dovere. Accanto a un fornello a quattro fuochi e a una piastra di dimensioni modeste, ci sono il lavabo e due banconi in alluminio. Mi fanno ripensare alla cucina del ristorante che ho visto quando i nonni hanno portato me e Max a cena nell'agriturismo di una coppia di amici. Alle nostre spalle invece ci sono un tavolo e una dispensa.

«Vuoi insaponare o sciacquare?» mi domanda lui non appena arriviamo di fronte al lavandino e alla mole di piatti sporchi.

«Insaponare» replico prendendo detersivo e spugna.

«Bene.»

Apro il rubinetto dell'acqua calda e riempio la vasca del lavabo di sinistra. Lascio scorrere il detergente sotto al getto in modo da fare un po' di schiuma e poi inizio a immergerci i piatti. L'odore del limone mi fa ripensare a casa.

«Sembri un'esperta» conviene Daniel, ironico. Gli lancio un'occhiataccia e lui sorride.

Inizio a strofinare i piatti con cura. L'acqua tiepida è un vero toccasana per le mie mani infreddolite. Sarà anche piena estate, ma dubito che da queste parti percepiscano questa stagione allo stesso modo in cui lo facciamo in città.

«Dunque sei sicura che sia tutto ok?»

Si sistema al mio fianco mentre gli porgo i primi piatti da sciacquare. Lo spazio è piuttosto stretto e le nostre spalle si sfiorano, procurandomi i brividi.

«Una meraviglia» borbotto in risposta, forse con più acidità del dovuto.

Lo sento sospirare. «Penso sia difficile per tutti.» Parla al plurale eppure ho come l'impressione che lui, in prima persona, si tagli fuori dal resto del gruppo. Come se fosse qui per un motivo diverso. Forse è solo una mia impressione, ma sento che qualcosa mi sfugge, nonostante continui comunque a credere che la sua scelta di venire sia stata dettata da un istinto folle e suicida.

Non so davvero cosa dirgli, mentre traffico con la spugna dentro l'acqua perciò mi limito a un mormorio di assenso.

Il silenzio scende tra noi, mentre lui sciacqua le stoviglie e le impila per bene nello scolapiatti che c'è nel ripiano sopra al lavabo. Quando sono con lui mi sento come se non ci fosse bisogno di parole inutili o superflue, mi basta sapere che è accanto a me per sentire quello strano qualcosa che sembra riuscire a farmi stare bene. È come se non avessimo bisogno di parlare, per riuscire a capirci.

«È simpatica la tua compagna di stanza?» chiede poi, mettendo fine a quel momento di quiete.

«Sì, non è male. A te invece» lo punzecchio «non sembra essere andata bene, eh?»

Scrolla le spalle e riprende al volo un piatto che stava per scivolarmi dalle mani. «Lorenzo e Riccardo non sono poi tanto male. Non c'è da prenderli troppo sul serio.»

«Come no» mormoro infastidita, ripensando ai loro commenti di oggi pomeriggio. Purtroppo non sono del suo stesso avviso, ma di solito non mi precludo mai la possibilità di poter cambiare idea.

«Sono dei coglioni, ma sanno essere divertenti» insiste Daniel. «Se tu e Andrea foste venute di sotto a socializzare te ne saresti accorta.»

Lo interrompo. «Piacevoli come un calcio negli stinchi.»

Daniel ridacchia. «Non ti daranno fastidio se non glielo permetterai» dice. «Fidati.»

Continuo ad avere i miei forti dubbi al riguardo e non capisco come faccia a essere tanto certo di quello che dice dal momento che ha passato con loro solo poche ore, ma non ho voglia di parlarne né di dargli più importanza di quanta non ne meritino.

«Di certo non risolverai la questione restandotene in silenzio assoluto ogni volta che sono nei paraggi, sai?» seguita. Bofonchio. «Se lo dici tu.»

«Fidati di me, non voglio vederti stare male. Devo dirti una cosa, comunque» aggiunge cambiando tono, ma non riesco a togliermi dalla testa le prime parole che ha detto e per un attimo resto spaesata. «A quanto pare Matteo ha portato tutto quello che serve per giocare a D&D.»

"Fidati di me" la sua voce riecheggia nella mia testa con la stessa intensità di un urlo. "Non voglio vederti stare male." Credo che il mio cuore si stia fidando già un po' troppo di lui, anche senza che io glielo abbia permesso. «D&D?» mormoro, confusa. Di che diavolo sta parlando?

«Dungeon and Dragons» spiega contrariato, scuotendo la testa come se mi considerasse senza speranze. Mi volto a fissarlo allibita e il suo sguardo divertito mi trapassa. «Fai sul serio? Davvero non ne hai mai sentito parlare? È il Santo Graal dei GDR.»

«Dei cosa?»

Non mi sono ancora ripresa del tutto.

«Giochi di ruolo. Il master, i dadi, le schede dei personaggi... hai presente, no?»

Non riesco proprio a seguirlo, è tornato a essere quel Daniel che parla un'altra lingua.

«No. Non ho tempo da perdere appresso a dei giochi per bambini» replico.

Dallo sguardo sbalordito che mi lancia, credo di averlo fatto proprio arrabbiare. «Non è un gioco per bambini» sottolinea.

A giudicare dal suo tono irritato non deve essere la prima volta che fa un'affermazione del genere a riguardo. Faccio per porgergli un piatto, ma lui allunga il braccio dalla mia parte, lo immerge nell'acqua, e mi schizza la t-shirt di proposito. Lo fulmino con lo sguardo e alzo gli occhi al cielo. Sto per chiedergli se sia rimasto bloccato mentalmente ai cinque anni d'età quando mi bagna ancora e mi sfida apertamente a rispondere all'attacco.

«È come dire che Harry Potter è per bambini» mi provoca, le labbra contratte in un ghigno arrogante. Lo sto odiando.

«È come dire che *questa* è una cosa da bambini?» gli chiedo sollevando le mani dalla schiuma e asciugandole sulla sua maglietta, strusciando da cima a fondo sul suo petto con cura prima i palmi e poi i dorsi.

Di fronte al mio gesto Daniel resta allibito per qualche istante, come se non si fosse aspettato che avrei colto la provocazione, e poi scoppia a ridere. Non posso fare a meno di ridere anche io e all'improvviso mi sento molto più leggera, come se tutto lo stress accumulato nelle ultime ore avesse deciso di lasciarmi tornare a respirare.

«Lo sai che se lo facessi io sarebbero considerate molestie sessuali?» dice tra una risata e l'altra, facendomi arrossire al solo pensiero.

«Dài che abbiamo quasi finito» ribatto io, tornando a insaponare gli ultimi piatti per poi passare a posate e bicchieri. Ce ne restiamo in silenzio mentre portiamo a conclusione il nostro lavoro. Una volta finito, lascio andare via l'acqua sporca e do una ripulita veloce.

«Hai visto se c'è uno strofinaccio per asciugarsi le mani da qualche parte?» chiedo poi voltandomi verso di lui.

«Potresti sempre usare la mia maglietta» replica portando il petto in fuori. «So che muori dalla voglia di vedere cosa c'è sotto.»

Prima ancora che possa pensare a cosa ribattere, però, mi coglie del tutto alla sprovvista. Appoggia con delicatezza le mani ancora bagnate sulle mie spalle e le lascia scorrere fino ai polsi, facendomi di nuovo venire la pelle d'oca. Sul suo volto compare un sorriso furbo che svanisce in fretta alla vista dell'inchiostro dei numeri sul mio braccio che inizia a sbiadire. La sua espressione si fa seria. Sento che vorrebbe sapere qualcosa di più al riguardo, ma continua a trattenersi e non riesco a capire perché. Non è la prima volta che si astiene dal farmi delle domande che chiunque al posto suo mi avrebbe fatto. Ho quasi l'impressione che i suoi occhi color cioccolato stiano cercando di scavare dentro ai miei. Il mio cuore sembra quasi fermarsi e sento il bisogno di distrarlo perché so che, se solo gli permettessi di guardare oltre la superficie, ad attenderlo troverebbe un abisso infinito.

Cerco di stemperare la tensione imitando il suo gesto e passo le mani ancora gocciolanti tra i suoi capelli sempre scompigliati, cercando di sistemarli come si deve mentre lui torna a sorridere di gusto.

«Te l'ho detto che erano impegnati.»

Il nostro scambio viene interrotto da Riccardo che ci sta fissando dalla soglia della porta. Lorenzo e Andrea sono insieme a lui. Non li ho proprio sentiti arrivare e, a giudicare dall'espressione sorpresa sul volto di Daniel, nemmeno lui si era accorto di nulla. Ritraggo in fretta le mani, finendo di asciugarle sui pantaloncini. Scommetto che la mia faccia è della stessa sfumatura di rosso che assumono le orecchie di Matteo ogni volta che è in imbarazzo.

Andrea mi guarda con un'espressione divertita. In realtà sembra che tutti e tre si stiano godendo alla grande la scena. Dio solo sa a cosa stanno pensando.

«Forza *libraia*, è ora di andare a dormire» dice Andrea.

«O se volete possiamo fare un cambio di compagni di stanza. Andrea viene a dormire con me e Daniel va a dormire con la libraia» propone Lorenzo rivolgendo ad Andrea un sorriso più ambiguo che mai.

Lei gli va accanto, accompagnata dal rumore che fanno i suoi tacchi ogni volta che toccano il pavimento. Gli si avvicina talmente tanto che penso che stia per baciarlo, ma poi si ferma a pochi centimetri dalle sue labbra.

«Ti piacerebbe» mormora sottovoce, ostentando una sicurezza senza pari.

15

ndrea e io ci ritiriamo nella nostra camera. Mi tolgo i vestiti guardando la parete, in modo da darle le spalle. La mamma si lamentava sempre del mio essere troppo pudica, ma io non sono mai riuscita a venirne a capo, per quanto lei abbia cercato di farmi sbloccare. Indosso la solita t-shirt sformata che mi arriva all'altezza delle cosce e gli shorts che metto spesso per dormire. Quando alla fine mi volto e vado a riporre quello che avevo addosso nell'armadio, noto che Andrea invece se la sta prendendo con calma, come se fosse a casa sua.

Ha sistemato il vestito su una stampella e sta litigando con la zip. A quanto pare non riesce a chiuderla, sembra che si sia inceppata. Sto per chiederle se ha bisogno di una mano ma, non appena mi accorgo che è rimasta in biancheria intima, lascio perdere e distolgo in fretta lo sguardo.

In realtà la nudità non mi disturba di per sé, ma la percepisco come un qualcosa di privato, che richiede confidenza e intimità. Forse non ci darei nemmeno troppo peso se io e Andrea fossimo amiche e se ci conoscessimo meglio ma, visto che per me è ancora quasi un'estranea, non riesco a sentirmi a mio agio.

Ritocco col pennarello i numeri che ho sul braccio e poi mi infilo sotto le coperte, rimpiangendo di non avere con me un pigiama più pesante.

Me ne resto a osservare il soffitto senza dire niente. Con la coda dell'occhio seguo i movimenti di Andrea che viene a recuperare shampoo e balsamo dal mio comodino e poi va a fare una doccia, chiudendosi alle spalle la porta del bagno che abbiamo in camera.

Come vorrei avere qualcosa da leggere. Per quanto cerchi di addormentarmi proprio non ci riesco. Ieri sera c'era troppo silenzio, adesso c'è troppo rumore. L'acqua che scorre, Andrea che si ostina a canticchiare nonostante sia stonata, il ronzio del phon acceso.

Quando poco più tardi finisce e apre la porta, uno sbuffo di vapore caldo riempie tutta la stanza.

«Ti dispiacerebbe farmi una treccia?» mi chiede. «I miei capelli hanno bisogno di essere domati, se li lascio liberi, domattina potrei metterci ore a sciogliere tutti i nodi.»

«Certo» mormoro sollevandomi un po' mentre lei viene a sedersi sul mio letto e porta con sé un profumo deciso di pesca e di cocco. Mi sorride e mi porge il necessario.

Inizio a spazzolarle i capelli e poi li divido in due sezioni per farle una treccia a spina di pesce. Le sue spalle nude, lasciate scoperte dalla camicia da notte di seta che indossa, sembrano scolpite e la sua pelle liscia e abbronzata rasenta la perfezione. Persino di spalle è semplicemente bellissima. Andrea è una di quelle ragazze che tutte nel profondo sogniamo di essere e di fronte alla sua figura mi sento fragile, esile, come se la mia vita fosse all'improvviso diventata ancora più stretta e il mio seno esiguo abbia deciso di farsi ancora più piccolo.

Non sono sicura di saper dare un nome alla sensazione che mi domina. Invidia? Ammirazione? Forse si tratta di qualcosa che si trova a metà strada tra le due.

Quando finisco di intrecciarle i capelli, Andrea mi ringrazia e torna al suo letto.

«Hai già sonno? Sei così silenziosa» sibila dopo aver spento la luce del suo comodino.

«Ho voglia di leggere» replico.

«Come mai leggi così tanto?»

La sua domanda è più che lecita, ma io non sono sicura di volerle dare una risposta. Da un lato, potrei anche dirle il vero motivo per cui lo faccio, visto che lei si è aperta con me oggi pomeriggio. Dall'altro però, continuo a non aver voglia di parlarne, ma ho paura che se glielo facessi presente un'altra volta finirebbe col prendersela, dunque nel dubbio resto zitta.

«Ho avuto un'idea» dice dopo alcuni interminabili minuti di silenzio. «Che ne diresti se provassi a raccontarti una storia? Non so se sono in grado di farlo, ma posso sempre tentare. Ti aiuterebbe?»

Ci penso su, cercando di capire quale sia la cosa giusta da dire in questo caso, ma non mi lascia il tempo di farlo e continua: «Quando io e i miei fratelli eravamo piccoli era Amelia, la tata, a raccontarci le favole. Ogni sera ci riunivamo tutti nella sua camera, nonostante la mamma non volesse vederci frequentare le stanze del personale. È incredibile, sai? Non aveva voglia o tempo per badare a noi, lasciava praticamente tutto il lavoro ad Amelia senza rimorsi, eppure non voleva che ci addormentassimo nel suo letto.»

«Perché sei così gentile con me?» le domando di getto, mettendo da parte riflessioni e congetture.

«Che vuoi dire?»

Sembra stranita dalla mia esternazione. Cerco di farle intendere meglio cosa voglio dire, perché non voglio essere fraintesa.

«Non che non lo apprezzi, mi fa piacere, ma ho come l'impressione che non parlassi davvero con qualcuno da mesi.»

Mi mordo la lingua. Forse non avrei dovuto essere così diretta. Non ho preso in considerazione la possibilità che possa offendersi, ma ultimamente parlare con le persone mi mette in difficoltà. Mi sembra di aver perso la capacità di rapportarmi con gli altri. Le eccezioni posso contarle sulle dita di una mano.

«In un certo senso è così» confessa.

La sento sospirare nel buio.

«Davvero?» Non riesco a nascondere lo stupore. Eppure all'apparenza dà di sé l'idea di essere una ragazza brillante e piena di amicizie. Il classico tipo che incontreresti a una festa.

«Io e la mia migliore amica abbiamo litigato a ottobre. Non ci parliamo più da allora» mi confida.

Percepisco il suo corpo muoversi nella penombra. La immagino mentre si volta verso di me e l'atmosfera diventa più intima, amichevole.

«Mi spiace, sul serio. Però continuo a non capire.»

Di nuovo un respiro più profondo da parte sua, come se le costasse fatica parlarne. «Tu sei probabilmente la prima persona che incontro in quest'ultimo periodo che non mi conosce e che non mi giudica. Non so perché, ma sento che posso parlare con te.»

Sono meravigliata, lo ammetto, perché dopo quello che mi è successo, non mi sento più la stessa persona affabile e aperta di un tempo. Come fa, dunque, lei, a vedere questo? L'unica cosa di cui sono davvero capace ormai, è sparire tra le pagine di un libro. Non riesco a badare nemmeno a me stessa e con Max ho dimostrato di essere un vero disastro, figuriamoci se sono in grado, anche alla lontana, di poter offrire a qualcuno il mio sostegno. Una volta ero brava ad ascoltare.

«Anche se ci conosciamo appena?» insisto.

«Forse proprio per questo motivo.»

Mi sposto anche io, mettendomi su un fianco, e premo la testa sul cuscino dopo aver sistemato le mani al di sotto. È confortante questo silenzio ora, perché mi permette di percepire meglio la complicità che si sta creando.

«In un certo senso ti capisco» mormoro. «Piacerebbe anche a me andare in un posto dove nessuno mi conosce, dove poter fingere di essere qualcun altro.»

Sarebbe fantastico potermi permettere il lusso di dimenticare chi sono, cosa ho perso e quali responsabilità mi porto sulle spalle.

«A chi non piacerebbe?» ribatte lei in tono ironico. «Allora, vuoi che ti racconti una storia oppure no?»

«Ne sarei felice.»

Andrea raccoglie un po' le idee e poi si schiarisce la voce prima di cominciare. Parafrasando la storia di Dickens, racconta una sua insolita versione del celebre *Canto di Natale*. La sua giovane protagonista è una ragazza molto sola che, dopo aver ricevuto troppe delusioni dalla vita, decide di isolarsi dal resto del mondo e di non concedere più la propria fiducia né il proprio affetto ad anima viva, andandosi a rintanare in un rifugio abbandonato al centro di un bosco.

Una notte, però, uno spiritello arriva a disturbarne il sonno. Il suo desiderio è che la ragazza vada via, perché tutti i suoi pensieri negativi impediscono alla natura e alla vita del bosco di proliferare. Da quando la ragazza è arrivata lì, infatti, attorno al rifugio si è formata una distesa di erba e fiori morti via via sempre più grande, tra cui è possibile intravedere anche i cadaveri di piccoli passerotti con l'unica colpa di essersi avvicinati troppo per sbaglio.

La ragazza non vuole sentire ragione, non la tocca il fatto che, se decidesse di restare, l'intero bosco morirebbe, e cerca di cacciare lo spiritello in ogni modo e maniera, perché è convinta che la cosa migliore sia restare per conto suo, ma lui accetta di andare a una condizione. La ragazza suo malgrado è costretta a scendere a compromessi, e io ascolto con molta attenzione le vicende che la portano a rivivere una delle notti del suo passato, ravvivata dal calore della famiglia perduta, e che la portano poi a vedere due possibili prossimi futuri. Uno in cui lei è di nuovo felice, ed è riuscita a ritrovare se stessa grazie all'amore e al calore delle persone vicine e lontane, e uno in cui ha deciso di continuare a scegliere la solitudine e in cui del bosco, come di sé, non è rimasta altro che cenere.

Andrea smette di parlare e capisco che il suo racconto è finito così, che non ha una conclusione vera e propria. Per essere una che non ha mai raccontato una storia, ha dimostrato un grande talento, oltre che una fervida immaginazione. Se al mio posto ci fosse stato Max le avrebbe già domandato cosa è capitato dopo, avrebbe voluto conoscere il destino della ragazza e del bosco. Io invece non sono sicura di voler sapere come si conclude la storia. Preferisco immaginare che sia finito tutto nel migliore dei modi, ma il pensiero del bosco morto, della cenere, mi fa raggelare il sangue nelle vene, perché in fondo è la fine che farà ogni uomo, prima o poi. La sensazione che provo nel mio petto è schiacciante, mi manca il respiro, ho come l'impressione che nell'esistenza le cose brutte siano inevitabili e che niente al mondo possa fermare il dolore. Fa male.

Quando finalmente riesco ad addormentarmi sogno alberi caduti e cieli senza sole, rose morte e nuvole grigie. Al centro, in mezzo alla pioggia fitta, nient'altro che io, sola, abbandonata e senza alcuna speranza.

* * *

Il mattino seguente Andrea indossa di nuovo la solita maschera. Non si preoccupa di sfoggiarla anche in mia presenza. Lo sa bene che ho capito che la sua è tutta una farsa, del resto è stata lei a concedermi di guardare oltre, ma non le importa.

Veronica ci fa riunire nella stanza dedicata alle sedute di gruppo ma, anziché farci sedere, ci dà indicazione di accostare le sedie alle pareti e di restare in piedi, poi tira fuori un gessetto bianco e traccia una linea sul pavimento in parquet per il lungo, come a voler separare la camera in due parti.

«Questa mattina voglio farvi fare un gioco. Sono sicura che vi aiuterà a schiarirvi le idee» annuncia. «Funziona così: io farò una serie di domande, nel caso in cui doveste ritrovarvi in ciò che dico, fate un passo avanti e avvicinatevi alla linea, poi tornate alla posizione di partenza prima della domanda successiva. È tutto chiaro?»

«A che scopo?» domanda Giulia infastidita stropicciandosi il palmo della mano sul quale questa mattina ha disegnato un tredici in varie sfumature di blu.

«Questo lo capirete presto» le risponde Veronica. «Forza, avvicinatevi» dice indicandoci la linea col capo.

Facciamo tutti qualche passo avanti, dubbiosi. Mi piacerebbe conoscere la malsana persona che ha ideato questa sorta di tortura. Cerco di pensare a come tutto questo potrebbe tornare utile. Dubito seriamente che qualcuno del gruppo ammetterà davvero di ritrovarsi in qualcosa di ciò che dirà.

«Bene. Allora cominciamo con qualcosa di facile. Chi di voi sente la mancanza degli oggetti che gli sono stati portati via ieri?»

Mi ricredo, questa è facile. Ci muoviamo tutti verso la linea di qualche passo, con la sola eccezione di Andrea e Chiara, poi torniamo al posto, in attesa della prossima domanda.

«Chi di voi non vede l'ora di tornare a casa?»

Anche questa domanda è fin troppo semplice. Dove vuole arrivare? Ci facciamo tutti avanti senza la minima esitazione. Giulia scuote la testa e alza gli occhi al cielo borbottando tra sé e sé riguardo a quanto sia ridicolo tutto questo e io mi trovo d'accordo con lei. Forse Veronica ci ha presi per dei bambini e non per degli adulti.

«Chi di voi pensa di essere qui senza una vera motivazione?»

Ancora una volta ci facciamo avanti tutti quanti. Non avevo il minimo dubbio. Consapevoli o meno del nostro gesto, siamo convinti che non servirà proprio a nulla e che quindi tutto questo sforzo da parte nostra sarà inutile. E poi, avanti, nessuno ammetterebbe di fronte a degli sconosciuti di avere qualcosa che non va.

«Chi di voi pensa di avere un problema che necessita di attenzioni?»

Chiara, che si stringe attorno al corpo una morbida sciarpa di lana, è l'unica a farsi avanti. Do un'occhiata a Daniel che si sta fissando le scarpe pur di evitare lo sguardo di Veronica. Andrea si sta torturando le dita della mano, come se fosse in conflitto. Lorenzo e Riccardo si stanno scambiando sguardi d'intesa, entrambi probabilmente pensano che il loro essere tanto belli e seducenti sia più una sorta di dono piuttosto che un problema a cui porre rimedio. Giulia invece si sta esaminando le unghie, fingendo disinteresse. Matteo sembra essere l'unico tra noi che non teme lo sguardo di Veronica.

Devo ammettere che la questione si sta facendo più difficile adesso. Siamo caduti in un tranello. Io stessa mi vergogno. So di avere le mie ragioni per essere arrivata a prendere la decisione di venire qui e di far parte di tutto questo. Da quando i miei genitori sono morti, nella mia testa e nel cuore regna il caos, ma il modo in cui Veronica ha posto la domanda mi turba. Un problema che necessita di attenzioni è qualcosa di serio, che comporta responsabilità.

«Almeno su qualcosa siete quasi tutti d'accordo, mi fa piacere» ci dice senza nascondere l'ironia.

Purtroppo è così. Ammettere davanti a tutti qualcosa che fatichiamo a confidare persino a noi stessi non è per niente facile.

Non mi piace. Non sono mai stata una codarda, ma allo stesso tempo ho paura. Sono già stata giudicata una volta qui dentro, e non voglio ritrovarmi nella stessa situazione.

«Andiamo avanti. Chi di voi dedica almeno un'ora al giorno al suo passatempo preferito, o se ne sta comunque per conto proprio, senza interagire con gli altri?»

Questa volta i nostri piedi si avvicinano alla linea, quasi in sincronia. «Restate dove siete se dedicate al vostro passatempo, oppure se state da soli, per più di due ore.» Nessuno di noi si muove. «Tre ore» continua Veronica. Ancora niente. «Dalle quattro alle cinque ore.» Andrea fa un passo indietro e si allontana da noi che non riusciamo a fare a meno di fissarla, come se ci avesse traditi. «Sei ore o più» conclude Veronica. Restiamo ancora tutti lì, vicino alla linea, poi quando Veronica ci fa cenno, torniamo in posizione.

«Chi di voi può dire di avere davvero almeno un amico?»

Questa volta non tutti vanno verso la linea. Io e Andrea restiamo indietro fin dal principio e, quando i nostri occhi si incontrano, lei accenna un sorriso. Vorrei essere capace di fare finta che non mi importi, ma del resto isolarmi è stata una mia scelta. Sento addosso lo sguardo di Daniel, ma lo evito. Forse

proprio lui, sì, potrei arrivare a considerarlo un amico. In uno strano modo tutto suo, mi è stato vicino da quando ci siamo incontrati, neanche un paio di settimane fa. Sposto gli occhi e incontro i suoi. Mi perdo.
«Restate dove siete, se potete dire di averne almeno tre». Chiara indietreggia. «Quattro o più che non siano amici virtuali» aggiunge Veronica. Tutti si fanno indietro a esclusione di Lorenzo e Riccardo.
«Chi di voi, almeno una volta, si è sentito un emarginato?»
Il mio cuore accelera per la tensione quando faccio un passo avanti insieme agli altri. Questa volta Lorenzo e Riccardo sono gli unici a non avanzare. Mi chiedo come mai invece Andrea, che mi sembra sempre tanto perfetta e a suo agio in ogni situazione, sia andata vicino alla linea.
«Chi di voi si è sentito dire più volte, da persone diverse, che ha un problema?»
Tutti ci facciamo avanti. «Bene» mormora Veronica. «Giusto a scopo indicativo, dovete sapere che in media le persone non dedicano più di qualche ora al giorno ai loro passatempi preferiti e non hanno particolari problemi a socializzare e farsi degli amici o a sentirsi parte del gruppo.»
«Magari allora non siamo persone comuni» interviene Matteo. Veronica gli sorride come si fa con i bambini piccoli quando non capiscono qualcosa di molto semplice.
«Voglio farvi un'ultima domanda. Chi di voi pensa ancora di non avere un problema o di non avere motivo per stare qui?»
Lorenzo e Riccardo ovviamente si fanno avanti e Giulia gli va appresso imperterrita. Il resto di noi esita e, prima ancora che qualcun altro abbia tempo di decidere se andare o meno verso la linea, Veronica sorride entusiasta e ci fa cenno di sistemare di nuovo in cerchio le sedie.
«Be' è già qualcosa» afferma soddisfatta.
Io, invece, mi sento sconfitta e amareggiata. Avevo sottovalutato il gioco, pensando che fosse uno scherzo, e invece è stata più dura di quanto avessi creduto. Forse ho sminuito

tutta quanta la situazione. Non sono stupida, so benissimo che non è un buon segno, e che devo fare qualcosa per risolvere questo conflitto interiore dentro di me.

Guardo Chiara e ho sempre più il timore di poter diventare come lei. Mi rendo conto che fra noi c'è una linea molto più sottile di quel che vorrei. Se non cerco di fare qualcosa in tempo, sarà così che mi ridurrò, diventerò il fantasma di me stessa.

Tuttavia non sono neanche sicura di avere la forza necessaria per reagire. Sono sola, non c'è Max, non c'è la nonna, e queste persone accanto a me sono l'unico appiglio che ho in questa nuova realtà che fatico ad accettare. La cosa strana è rendermi conto che alcuni di loro sono anche più fragili di me, una realtà che non pensavo potesse essere possibile.

Il mio sguardo vola di nuovo verso Daniel. Lui se ne sta in piedi, appoggiato contro la parete, gli occhiali ben fermi sul naso.

Alzo il mento e anche lui mi fissa, il mio stomaco si contrae. Vengo travolta da una sensazione tutta nuova: per la prima volta vorrei scomparire tra le braccia di qualcuno e non tra le pagine di un libro. Se non ci fosse nessun altro nella stanza, potrei benissimo trovare il coraggio sufficiente per andare da lui e per nascondermi nel suo abbraccio senza troppi indugi o ripensamenti.

Non mi sentivo tanto vicina a qualcuno da tempo.

16

Siamo di nuovo tutti seduti in cerchio. Veronica e Francesca stanno confabulando tra loro e non mi piace per niente. Questi sono i momenti che detesto di più. Quando siamo riuniti insieme ho sempre la sensazione che dietro questi "innocenti" incontri di gruppo, in cui loro si comportano da amiche, in realtà ci sia qualcosa di più, che però a noi non è concesso afferrare fino in fondo. Cerco di focalizzare l'attenzione sul soffitto, dondolandomi sulla sedia, ma il vociferare attorno a me mi impedisce di isolarmi.

«È importante che, prima o dopo, tutti voi riusciate ad accettare di avere un problema e ad affermarlo con tranquillità. Mi rendo conto che non deve essere facile scendere a compromessi con voi stessi, ma è per questo che siamo qui, per aiutarvi» esordisce Veronica in tono fermo, trattenendo lo sguardo per qualche secondo su ognuno.

Scende finalmente il silenzio e lei sembra felice di aver ottenuto la nostra attenzione ma, prima che possa proseguire col discorso, Filippo bussa alla porta, nonostante sia già aperta. Lei gli fa segno di avvicinarsi con un caldo sorriso di benvenuto. Lui prende una sedia con tranquillità e ci spostiamo un po' tutti, per permettergli di unirsi al nostro cerchio.

«Ho invitato Filippo a partecipare perché sono sicura che il suo contributo possa essere prezioso» ci spiega Veronica.

Qualcosa mi suggerisce di stare allerta. La nonna mi accuserebbe di essere troppo scettica come al solito, ma da quando sono caduta in uno dei tranelli di Veronica, non riesco più a fidarmi, metto in dubbio qualsiasi suo comportamento. Non posso più permettermi di concedere la mia fiducia con troppa leggerezza.

«Passeremo le prossime settimane a scavare a fondo nelle vostre vite, perciò abbiamo deciso di fare un piccolo esperimento. Curiosi?» continua lei e io sento puzza di bruciato. Tanta puzza.

Veronica apre il pugno, mostrandoci un dado dall'aspetto bizzarro, come non ne ho mai visti. I volti di Matteo e Daniel si illuminano. Sospiro. Basta davvero poco per accendere l'attenzione di due nerd come loro, ma non penso che lei abbia intenzione di utilizzare i dadi come loro vorrebbero. Ho sempre più il sentore che tutto questo sia stato studiato ad hoc per impressionarci e farci aprire come altrimenti non saremmo mai spinti a fare. Veronica è proprio brava nel suo lavoro.

«Questo è un dado da gioco a otto facce» ci spiega lei, poi indica il semicerchio formato dalle nostre sedie. «Iniziando dalla mia destra, Riccardo rappresenta il numero uno, Lorenzo il numero due e via dicendo.»

Ci guardiamo tutti fra noi, con l'aria spaesata, nel tentativo di capire dove voglia arrivare. Mi tormento una ciocca di capelli, mentre con gli occhi accarezzo il contorno dei numeri sul mio braccio, osservandoli uno a uno, cercando così di scaricare la tensione. Mi rendo conto che stanno sbiadendo e l'improvvisa necessità di porre rimedio riesce solo a farmi agitare di più.

«Lo lancerete a turno» spiega Francesca. «E ogni volta che uscirà il vostro numero, avrete l'opportunità di fare una domanda a uno di noi tre. Potete decidere voi se chiedere qualcosa a me, o a Veronica, oppure a Filippo. Sentitevi liberi di domandare qualsiasi cosa vi passi per la testa» conclude.

Questa sorta di gioco sembra più divertente del precedente, che è stato soltanto in grado di farci sentire esposti e in imbarazzo. Lancio un'occhiata a Lorenzo e Riccardo, perché sono certa che loro non vedano l'ora di iniziare a fare domande scomode, magari anche intime.

«Lo scopo è permettervi di conoscerci meglio. Cominciamo» dice infine Veronica, con un sorriso incoraggiante sul volto, prima di lanciare il dado sul parquet, in mezzo al cerchio.

Viene fuori il numero sette, quello di Giulia. Sembra distratta, forse volutamente, vista l'espressione corrucciata che assume quando si rende conto di avere il primo turno. Tutti la stiamo fissando, carichi di aspettativa.
Io sono il numero quattro.
«Oh» mormora, un'espressione a metà tra stupore e fastidio. Sposta lo sguardo da Francesca a Veronica più volte, indecisa. «Si può passare il turno?» chiede, rivolgendosi a Filippo.
Lui ride. Non è proprio la domanda che si aspettava.
«Davvero non ti viene in mente nulla da chiedere? Devo sembrarti un tipo banale» le risponde. Lei si stringe nelle spalle.
«Non fa niente, nessuno deve sentirsi obbligato. Tira il dado» la invita, cercando di mostrarsi accondiscendente. Lei esegue e questa volta esce il numero sei, dunque tocca a Matteo.
«Tu non sei un terapeuta, eh?» chiede a Filippo.
«Sei un bravo osservatore» afferma lui. «No, non sono un terapeuta, sono uno "normale".»
Non aggiunge altro, lasciandoci sulle spine. Mi sembra ovvio che lo abbia fatto di proposito, per spingerci tutti a fare gioco di squadra se intendiamo saperne di più. Cercano di incoraggiarci a collaborare tra noi e questo è interessante.
Matteo si alza per tirare il dado e viene fuori il mio numero. Bene.
«Quindi perché sei qui?» riprendo io.
«Qualche anno fa ero nella stessa situazione in cui oggi si trovano alcuni di voi.»
Di nuovo tace. Mi mordo la lingua perché mi viene voglia di dirgli: "vai avanti", ma non lo faccio perché ormai ho fatto la mia domanda e andrei contro alle regole imposte se adesso ne facessi un'altra. Provo a guardare Daniel, come ultimamente mi capita sempre più spesso, per cercarne l'approvazione, ma lui sta fissando il dado, l'attenzione rivolta al parquet, il viso piuttosto pallido. La cosa mi colpisce parecchio, ma non in positivo.
Sono talmente catturata da lui che perdo il turno successivo,

non mi accorgo nemmeno di chi fa la domanda seguente a Filippo, ma cerco di prestare di nuovo attenzione quando arriva la sua risposta.

«Passavo tutto il mio tempo a correre e, se non stavo correndo, stavo comunque pensando alla corsa e a quando avrei potuto correre ancora. Ero diventato piuttosto bravo. *Dovevo* correre, era una necessità, una valvola di sfogo, qualcosa di cui non riuscivo più a fare a meno.»

Il dado viene lanciato ancora e si ferma sulla faccia numero tre.

«E allora?» domanda Andrea in tono esasperato, senza mezzi termini. Immagino che abbia tratto le mie stesse conclusioni e che, nonostante l'effettiva curiosità, trovi la cosa frustrante.

«Mi stavo facendo del male senza rendermene conto» dice lui, con la malinconia sul volto. «Il problema era che non volevo smettere, smettere mi faceva sentire incompleto e senza scopo. Veronica mi ha aiutato a uscirne, mi ha davvero cambiato la vita.»

Andrea smuove il dado con un piede, senza alzarsi, facendolo soltanto girare su stesso, sulla faccia che corrisponde al numero di Daniel.

Vedo la sua espressione indurirsi e gli occhi puntarsi su Filippo in maniera quasi rabbiosa. Non l'ho mai visto comportarsi in questo modo, non penso sia nel suo carattere. Mi sembra che persino Veronica si sia irrigidita, ma forse è solo una mia sensazione.

«Hai qualcuno nella tua vita? Non so... una ragazza che magari riesce a tenerti lontano dai guai?» gli chiede.

Lo osservo e mi accorgo di quanto sia teso, nonostante si stia sforzando si sembrare calmo e rilassato.

Filippo si schiarisce la voce e per un attimo mi sembra di avvertire del disagio da parte sua. «Ha importanza?» chiede.

Daniel cerca di sorridere, ma il suo volto si contrae in una smorfia poco piacevole. Non risponde e lancia di nuovo il dado, come se non gli importasse niente. Vorrei tanto che mi guardasse, forse perché così riuscirei a capire cosa gli passa per la testa. Ormai lo considero come un punto fermo, un amico, un confidente, e vorrei che questo mio sentimento fosse ricambiato, che si fidasse di me come io di lui.

«Dunque sei stato anche tu un paziente di Veronica?» domanda Chiara, riscuotendomi. C'è poco da fare, la nostra attenzione ormai è tutta su Filippo.

Lui annuisce. «È soprattutto grazie a lei se sono qui oggi, e ho persino preso cinque o sei chili oltre al mio peso forma» aggiunge, con una risata divertita.

Sento una risatina generale che non riesco ad apprezzare. Avrei scherzato anche io in un'altra circostanza, ma non in questa. Gli altri sembrano suggerire che ci possa essere un ulteriore coinvolgimento tra loro, al di là di ciò che è professionale, e non capisco come sia possibile. Forse è perché non la conoscono quanto me. Veronica non farebbe mai una cosa del genere. È troppo dedita al lavoro, non penso che si concederebbe mai il rischio di fare qualche sciocchezza con un paziente. Eppure sarebbe la logica spiegazione del comportamento di Daniel nei confronti di Filippo. Lo osservo attentamente, cercando di studiarne le reazioni. È davvero convinto che abbia una relazione con sua madre?

Il dado si ferma di nuovo sul suo numero e lui sospira, rassegnato. Non ha molta voglia di continuare a stare al gioco, ma si costringe a farlo.

«Dottoressa, coinvolge spesso i vecchi pazienti nei suoi progetti o solo quelli con cui ha un rapporto speciale?» domanda poi, con un sorriso angelico dipinto sul volto che non fa che confermare i miei sospetti. Il riferimento a un'ipotetica relazione adesso è piuttosto chiaro.

La risatina degli altri si fa più sonora. Filippo appare un po' in imbarazzo, Francesca a disagio. Finora Daniel non era mai stato intenzionalmente provocatorio di fronte a tutti, se non per difendermi. Che sia vero quello che insinua?

Veronica, dal canto suo, non fa una piega. «Solo se lo ritengo necessario» ribatte, senza scomporsi di un millimetro. «Penso che la presenza di Filippo qui non possa che fare bene a tutti voi. Lo sappiamo che vi stancherete presto di parlare con noi» considera, facendo un cenno rivolto a sé e a Francesca. «Sappiamo bene che, qualsiasi sia la situazione, dentro e fuori dai momenti di terapia, i pazienti tendono sempre a sentirsi psicoanalizzati dai propri terapeuti. È per questo che ho chiesto a Filippo di unirsi a noi. Con lui potete parlare, è bravo ad ascoltare e, di certo, non avrete il timore di essere giudicati in nessuna maniera nel caso decidiate di farci quattro chiacchiere.»

Il dado rotola ancora. È di nuovo il turno di Giulia. «E chi ci garantisce che non venga a riferire a voi quello che gli diciamo?» borbotta, indispettita. «Non siamo stupidi.»

«Non lo farei mai» la rassicura lui. «Mi rendo conto di quanto delicata sia la situazione e non mi sognerei mai di tradire la fiducia di qualcuno di voi.»

Giulia arriccia le labbra, non sembra che sia riuscito a convincerla, ma ai miei occhi le sue parole sembrano sincere. Filippo ispira fiducia. Dà l'idea di un tipo a posto, e mi chiedo se Daniel abbia delle ragioni concrete per pensare altrimenti. Chiara sembra sulla mia stessa lunghezza d'onda, perché sorride con evidente simpatia. Anche Andrea ha un'espressione aperta sul volto, ma nascondere ciò che prova davvero sembra il suo gioco preferito, dunque non posso fare affidamento su quel che vedo.

Giulia lancia di nuovo il dado, e viene decretato che è il turno di Lorenzo. Temo la sua domanda, ma invece di continuare a tormentare il povero Filippo, lui si sposta su Veronica, stupendomi. Pensavo gli avrebbe fatto qualche domanda sul sesso, invece evidentemente l'ho giudicato troppo male.

«Cosa fai quando non tormenti i pazienti?» domanda a Veronica, con fare malizioso.

Come non detto. Lei per fortuna non coglie e sorride. «In realtà non c'è molto a cui io mi dedichi al di fuori del lavoro. Ho divorziato da qualche anno e ho un figlio che ha più o meno la vostra stessa età» risponde, senza nemmeno accennare a voltarsi verso Daniel.

«Un figlio della nostra età?!» esclama divertito Riccardo, nonostante non tocchi a lui fare domande. «Ma guarda» aggiunge. «Ti avrei dato al massimo trentasei anni o giù di lì.»

Tutti ridiamo e Lorenzo soffoca un *"milf!"* con un finto colpo di tosse. Daniel, al mio fianco, finge di ridere e si passa una mano fra i capelli, nel tentativo di nascondere l'imbarazzo. Il bisogno di prenderlo per mano mi travolge, ma il mio gesto sarebbe sotto agli occhi di tutti e l'ultima cosa che vorrei è mettermi in mostra.

L'atmosfera si fa tesa, ma lei non si scompone. Devo ammetterlo: si sta comportando davvero bene, non fa una piega, mai, e ci prende molto sul serio. Di sicuro avevano già messo in conto tutti e tre che gli sarebbero state poste domande come questa, ma ammiro comunque il loro coraggio perché io non avrei mai la forza di scoprimi in questo modo. Si tratta di mettersi a nudo, di lasciare che qualche sconosciuto ti giudichi senza aver neanche fatto il minimo sforzo per conoscerti. Per me sarebbe impossibile e questo mi fa provare un rinnovato rispetto verso i tre che ci faranno da tutori in questo cammino psicologico verso chissà dove.

«Divorziare, immagino. Non avevo mai preso in considerazione nemmeno l'ipotesi, prima che accadesse. Ero una di quelle persone che non immagina che cose del genere possano succedere. Per molto tempo l'ho considerato quasi un fallimento personale, poi però ho capito che è inutile provare rabbia o rancore, o persino impiegare in certe cose più energia del necessario. Semplicemente è la vita ed è impossibile avere il controllo di tutto quanto.»

Daniel stringe i pugni in silenzio, sforzandosi di non reagire in alcun modo. Immagino quanto debba essere dura per lui. Anche se gli altri non lo sanno è anche della sua vita che stiamo parlando.

Chiara lancia il dado. Giulia sbuffa quando si accorge che tocca di nuovo a lei. Sembra sia destino, a quanto pare. Passa qualche interminabile momento in cui nessuno dice nulla e in cui lei ci guarda, il vuoto negli occhi, poi scrolla le spalle.

«E la cosa più brutta che è capitata a te?» dice infine rivolgendosi a Francesca, non riuscendo a trovare nulla di più originale. Francesca le sorride in modo pacato, poi si ferma per scrutarci con dovizia, si inumidisce le labbra e si sistema gli occhiali, sollevandoli appena.

Sono contenta che sia stata messa in mezzo anche lei, perché di fatto non sono riuscita ancora a inquadrarla. Mi ritengo una che ha la sensibilità necessaria per capire le persone al volo, visti i tipi di personaggi, sempre diversi, che mi capita di trovare nei libri, ma con lei ho avuto qualche problema, perché è un tipo piuttosto riservato. O così sembra.

«Quando avevo ventiquattro anni ho perso mia sorella» asserisce, senza indorarci la pillola.

L'intera stanza è immobile e io mi accorgo di aver trattenuto il fiato. Il cuore mi batte fortissimo e l'unico rumore che rompe il silenzio è quello dei singhiozzi di Chiara, che piange perché non è riuscita a trattenere la commozione, ma lo fa in modo contenuto, nel vano tentativo di non attirare l'attenzione, come se per lei fosse normale, soffrire senza far rumore.

«Su col morale, forza! Niente musi lunghi» ci dice Francesca, tornando a sorridere per sdrammatizzare.

Il dado viene mosso ancora e mi ritrovo a supplicare di non essere io la prossima. Preferivo le domande lascive e arrabbiate a queste, fin troppo personali. Non mi aspettavo che si sarebbero affrontati certi argomenti, per me terribilmente dolenti. Scoprire di avere in comune così tanto, proprio con quelle stesse persone che sono qui per sostenerci, mi fa sentire più vicina a loro e mi costringe a rivedere la mia pessimistica convinzione che non possano aiutarmi.

Per fortuna non tocca a me, ma a Riccardo. Giuro che se fa una domanda con un qualche tipo di riferimento sessuale a Francesca, mi alzo e lo strozzo con le mie stesse mani. Sono tesa quando lo sento parlare e il sollievo che provo quando finisce di formulare la domanda mi stupisce. È incredibile, sto prendendo a cuore anche lei e solo perché ci ha confidato cosa l'ha fatta soffrire di più nella vita.

«Be', si sa come succede, no? Il giorno prima ridevamo insieme, litigavamo perché si era impadronita del mio maglione bianco e blu senza nemmeno chiederlo in prestito, e il giorno dopo lei non c'era più e per i miei genitori era come se non ci fossi più nemmeno io.»

Nella stanza permane il silenzio e quando infine Riccardo decide di tirare di nuovo il dado, sembrano passate ore intere. Senza che riesca a farne a meno, proprio come temevo, mi colpisce un rinnovato dolore per la scomparsa dei miei genitori. Purtroppo so fin troppo bene come funziona. Ricordo ogni più piccola cosa che è accaduta il giorno prima dell'incidente aereo, le parole della mamma, le espressioni sulla faccia di papà, i discorsi banali che facevano, i vestiti che indossavano. Non c'è un solo istante o dettaglio che non mi sia rimasto ben impresso nella memoria. E la cosa che fa più male è proprio questa ineluttabilità che torna sempre, pronta a ferirmi come un'onda che ripiega sulla riva e scava nella sabbia, ancora e ancora. Un attimo prima loro facevano parte del mondo, avevano un ruolo fondamentale nel mio piccolo tutto, l'attimo dopo erano stati spazzati via come niente.

Tocca di nuovo a me adesso. Me la sarei proprio risparmiata, eppure quella domanda mi sfugge dalle labbra prima ancora che riesca a mordermi la lingua. «E ora come stai?»

La sua espressione è dolce quando mi fissa a sua volta: lei sa e questo mi mette molto in difficoltà, ma non c'è cosa al mondo che in questo istante vorrei più di poter capire e imparare dalla sua risposta. Forse perché spero con tutta me stessa che lei sia riuscita, laddove a me sembra di aver fallito.

«È stata parecchio dura per me. Ora la ricordo con molto affetto, anche se non smetto mai di sentire là sua mancanza» esclama. «Se sono riuscita ad arrivare dove sono oggi, è grazie al fatto che ho scelto di lottare» conclude, il tono colmo d'affetto sincero.

Avrei tanto altro da dire e da chiederle, ma sono cose che non riuscirei a condividere con le altre persone in questa stanza. Tuttavia il suo sguardo è capace di comunicare molto più di quanto non farebbero le parole e capisco che è questo il motivo per cui è diventata quello che è ora: ha scelto di superare il suo dolore aiutando gli altri a fare lo stesso. E io? Potrei fare altrettanto? Non credo che ne avrei la forza, d'altronde non riesco nemmeno ad aiutare mio fratello nelle cose più semplici. Ritorno a rimuginare nel mio cantuccio, sperando ancora una volta che non si tocchi più l'argomento e grazie al cielo sembra che anche gli altri ne abbiano avuto abbastanza, così mi ritrovo a fare domande simpatiche e divertenti quando è di nuovo il mio turno, rilassata dall'atmosfera amichevole che si è venuta a creare. Nella stanza non c'è più quell'aria tesa e pesante, la situazione si è parecchio ammorbidita, eppure io, nonostante sorrida, non sono più capace di mandare via il senso di impotenza che mi ha di nuovo assalita. Ho l'impressione che non se ne andrà mai.

* * *

Abbiamo appena finito di mangiare. Il pranzo è stato migliore di quanto pensassi: un primo a base di pasta e sugo fatto in casa e un secondo salutare a base di verdure lesse e formaggi vari. Andrea e Lorenzo si sono occupati dei piatti. Pensavo di vederli tornare con quel solito sguardo complice che condividono spesso sui volti, invece quando ci raggiungono nella sala comune sembrano turbati. Chissà cosa è successo tra loro.

Sento il bisogno di evadere. Da quando Francesca ci ha parlato di sua sorella lo stomaco mi si è contratto a tal punto che ho fatto fatica persino a mangiare. Senza aspettare la mia compagna di stanza e il suo malumore, salgo di sopra a passo svelto, mi fiondo nella nostra camera ed entro in bagno. Apro completamente il rubinetto dell'acqua fredda e la guardo scorrere, limpida e copiosa. La raccolgo con le mani a coppa e poi mi abbasso per immergerci il viso e mi sento subito meglio. Per un attimo ho avuto l'impressione che mi mancasse ancora il respiro.

«Ehi, tutto ok?» mi chiede Andrea scostando la porta per farsi avanti e controllare come sto.

«Sì, non è niente, e tu?» rispondo. Mi squadra da cima a fondo prima di arrendersi e di stringersi nelle spalle. Non sembra entusiasta, ma mi dà un po' di tregua.

«Potrebbe andare meglio» replica, senza dire altro. A quanto pare nemmeno lei è in vena di confidenze.

In men che non si dica siamo tutti davanti all'ingresso dello chalet. Noto che Andrea si è cambiata le scarpe e ha indossato un paio di vecchie ballerine di pelle blu scuro. Forse dovrei avvisarla che nel giro di pochi minuti le si riempiranno di terriccio, ma desisto pensando che, con tutta probabilità, considerate le scarpe che le ho visto indossare fino a oggi, ha scelto proprio le ballerine perché non aveva niente di più consono.

Francesca fa di nuovo la sua comparsa e mi basta un'occhiata per capire che deve avere una certa dimestichezza con queste cose: indossa delle comode scarpe da trekking, si è raccolta i capelli e abbigliata di conseguenza. Stringe a sé un cestino di vimini piuttosto ampio che contiene un coltellino e impugna un bastone di legno.

«Pronti ragazzi?» domanda con tono incoraggiante. «Forza, seguiteci.»

Lei e Filippo iniziano a fare strada finché non raggiungiamo il sentiero sterrato preso per arrivare allo chalet qualche giorno fa e poi lo percorriamo sul lato opposto. A circondarci ci sono soltanto alberi, distese infinite di pioppi e faggi.

L'aria sa di buono e mi sento di nuovo sopraffatta da tutto questo verde. Ha una sorta di potere catartico. Riesce a calmarmi e a farmi sentire in pace. Penso a quanto sarebbe meraviglioso potermi fermare a sedere su quella vecchia corteccia alla nostra sinistra, sotto all'ombra di quel pino selvatico, a leggere un buon libro, meglio se di carta. Non vorrei altro. In questo istante, mi basterebbe questo per essere felice. Filippo e Francesca chiacchierano tra loro mentre andiamo avanti sul percorso, noi li seguiamo tenendoci a pochi passi di distanza, e loro ogni tanto ci danno qualche indicazione sulla flora caratteristica del posto, cercando di farci memorizzare qualche punto di riferimento. Ogni cento metri circa, si sono occupati di legare dei nastri di raso arancio ai tronchi degli alberi per segnare il sentiero principale, in modo che possiamo tornarci anche da soli. Ci ripetono più volte che seguire i sentieri è fondamentale e che non possiamo permetterci di inoltrarci su percorsi alternativi non segnati, altrimenti rischiamo di perderci e di farci male o di incontrare animali selvatici.

Mi separo dal gruppo di qualche passo per starmene per conto mio in fondo, e mi rendo conto che Chiara non è venuta con noi. Mi colpisce la strana idea che forse sarei dovuta restare insieme a lei. Ed è buffo che proprio io mi stia preoccupando per lei, come se potessi avere il potere di farla stare meglio. Andrea si accorge che ho preso le distanze e mi lancia un'occhiata preoccupata, ma capisce subito che non sono in vena di stare in compagnia e va a chiacchierare con Lorenzo. Forse vuole stipulare una tregua con lui.

Cerco di inspirare ed espirare lentamente mentre procedo con calma. Mi guardo intorno con meraviglia e ripenso alla battuta che ha fatto Daniel il primo giorno, quando ha detto che ci sarebbero volute settimane prima che ritrovassero il suo cadavere tra i boschi. Sorrido tra me e me.

Neanche lo avessi chiamato col pensiero, lui si allontana da Matteo per venirmi vicino. Ho paura che stia per farmi una predica sul mio comportamento asociale, ma per fortuna sembra avere in mente qualcos'altro.

«Non abbiamo finito il nostro discorso ieri sera» mi dice. Per un attimo penso che stia facendo un qualche tipo di allusione all'acqua e al sapone e sento le guance arrossarsi. Lui sembra non farci caso. Il suo sguardo è su Francesca, che si è chinata a esaminare un fungo nel sottobosco. «Ricordi? Ti parlavo di D&D.»

«Il gioco da tavolo?» chiedo.

«Già» replica tornando a posare lo sguardo su di me. «Dobbiamo assolutamente scoprire dov'è e recuperarlo.»

«Dobbiamo?» lo stuzzico.

«Certo. Sempre se ti va di aiutarci, ovvio» ribatte tornando a osservare Francesca che con cura torce il fungo alla base per staccarlo dal terreno e sistemarlo nel cestino.

«E io cosa ci guadagno?»

«La mia eterna gratitudine, non basta?» risponde con un ghigno. Gli assesto una leggera gomitata tra le costole.

«Ritenta. Sarai più fortunato.»

«Il piacere di giocare?» dice inarcando entrambe le sopracciglia.

«Non ho idea di come si giochi.»

«Oh, non c'è problema. Cercheremo di spiegartelo noi, e poi ci sono sempre i manuali.»

Ora ha tutta la mia attenzione.

«Manuali, hai detto?»

«Già. Matteo ha detto di averne portati quattro.»

La cosa inizia a farsi molto interessante. Non è proprio il mio genere di lettura, ma potrebbe essere un rimedio utile per assorbire quei pensieri terribili che non vogliono saperne di lasciare la mia mente. Ho bisogno di distrarmi, dunque riuscirei a farmi andare bene tutto, persino degli stupidi manuali. «E sono composti da tante pagine?» domando.

«Abbastanza da farti contenta.»

«Allora ci sto, a patto che possa tenerli io quando non si gioca» propongo. Pur di avere da leggere farei qualsiasi cosa. Mi riprometto che cercherò di non esagerare, soltanto qualche pagina al giorno sarà sufficiente a placare il mio bisogno.

Daniel alza il pugno trionfante.

«Certo, tutto quello che vuoi» risponde. «Basta poco per corromperti» aggiunge, prendendomi in giro. «Cosa non faresti per un po' di carta e inchiostro, eh? Potrei osare di più, a pensarci bene.»

Scuoto la testa e gli do un'altra gomitata, questa volta con meno grazia e delicatezza mentre lui fa cenno a Matteo di raggiungerci.

«Olivia è dei nostri» lo informa.

«Fantastico!» risponde Matteo euforico, alzando troppo la voce. Francesca e Filippo si voltano cercando di capire il motivo di tanto chiasso e le sue orecchie si tingono di rosso in un battito di ciglia. Daniel lo guarda malissimo e fulmina con lo sguardo anche Filippo. È piuttosto evidente che non gli va proprio a genio.

«Fa' attenzione. Vuoi farci scoprire ancora prima di iniziare?» sbotta sottovoce. «Mi auguro tu sia meno maldestro a fare il Dungeon Master» aggiunge scuotendo la testa. Matteo borbotta qualcosa di incomprensibile.

«Allora, qual è il piano?» chiedo cercando di tenere basso il tono di voce.

«Per prima cosa pensavamo di controllare lo sgabuzzino al piano di sopra.»

«C'è uno sgabuzzino?» domando sorpresa.

«Sì, Daniel lo ha trovato questa notte» spiega Matteo.

«Questa notte?»

«Be', non le chiudono mica a chiave le nostre camere, no?» replica Daniel sulla difensiva. «Mi è bastato aspettare che si facesse tardi e poi sono andato in giro a curiosare così l'ho trovato. C'è solo un problema, l'interruttore della luce vicino alla porta non funziona. Forse la lampadina si è fulminata. Bisogna trovare qualcosa per illuminare la stanza.»

«Perché non andarci di giorno?» chiedo.

«Ho provato ad andare questa mattina presto, ma a quanto

pare non ci sono finestre all'interno, oppure sono oscurate. Comunque dal corridoio non arriva abbastanza luce con tutte quelle camere chiuse attorno.»

«È davvero così importante trovare questo gioco?» borbotto allibita, senza riuscire a frenare la lingua. I ragazzi nemmeno mi degnano di una risposta, si limitano a fissarmi come se avessi detto un'eresia, così alzo le mani al cielo in segno di resa. «Se solo avessi il mio iPhone... userei la torcia integrata» mormora Daniel con nostalgia.

«Le torce integrate ci sono anche sui dispositivi Android» controbatte Matteo, come a volerne prendere le difese.

«Sì e ci sono anche i virus» replica lui, con uno sguardo di sfida negli occhi. Prima che Matteo possa ribattere ancora sull'argomento decido di intervenire.

«Non ha nessuna importanza. I cellulari sono in cassaforte, rammentate?»

«Già» replica Daniel infastidito. «Grazie per avercelo ricordato.»

Sono incredibili questi due. Si mettono addirittura a discutere su quale sistema operativo sia il migliore, come se avesse la minima rilevanza.

«Troveremo una soluzione. Nessuno di voi ha pensato di portarsi una torcia vera?»

«Non avevamo programmato di rimanere senza cellulare» dice Matteo, come se quella fosse un'ovvia risposta alla mia domanda.

«Avete avuto modo di vedere se magari c'è un accendino o uno di quegli aggeggi per accendere il gas, giù in cucina?»

«In cucina? E chi ci ha mai messo piede?» chiede Matteo, neanche avessi proposto di andare a cercare del fuoco su Marte.

«È un'ottima idea invece» interviene Daniel. «A chi tocca lavare i piatti questa sera?»

«A Riccardo e Giulia, ma domani a pranzo è di nuovo il turno di Lorenzo e Andrea. Sempre che non si uccidano prima questa sera» considero. Finché non decideremo i turni per bene, le faccende verranno assegnate a seconda dei volontari.

«Ottimo. Vorrà dire che chiederemo a loro di darci una mano.»

«Ci si può fidare di quelli?» domanda Matteo, scettico e anche un po' intimorito. A quanto pare non sono l'unica ad avere paura dei bulli.

Do un'occhiata ad Andrea e vengo investita da un'altra inaspettata ondata di invidia nei suoi confronti. Lei è una forza della natura, sono sicura che sia in grado di affrontare al meglio qualsiasi tipo di difficoltà. Dubito che qualcuno l'abbia mai paragonata a una tavola da surf o che abbia fatto qualche battuta su una presunta nuvoletta nera di sfortuna che si porta appresso. Doveva essere una sorta di rock star nel suo liceo. Io invece ho avuto proprio una pessima adolescenza, non tornerei indietro per niente al mondo.

«Tranquillo, ci pensiamo io e Olivia. Giusto?»

Daniel interrompe il flusso dei miei pensieri e, quando alzo lo sguardo ad attendermi trovo i suoi occhi, colmi d'aspettativa. Gli sorrido e annuisco.

Ripenso a quella volta in cui scherzando gli ho detto che non poteva chiamarmi Liv. Credo che sia l'unico che mi chiama o che si riferisce a me utilizzando il mio nome per intero, ma non mi dispiace affatto. È quasi come se fosse una cosa solo nostra, una sorta di segreto tra me e lui. Sa bene che non dicevo sul serio quel giorno, eppure non se n'è dimenticato, ne sono sicura. Continua a mostrare un'attenzione e una delicatezza nei miei confronti che mi lasciano interdetta. Penso sia l'unico che si prende il disturbo di preoccuparsi davvero di ciò che penso e che mi tratta in questo modo da quando c'è stato l'incidente. Daniel non fa domande, Daniel non mi chiede ciò che penso o ciò che provo, Daniel non fa allusioni alla tragedia. Non avrei mai pensato che dietro a quei capelli disordinati e agli occhiali da nerd ci potesse essere una persona tanto sensibile.

Oppure sono io che sto sognando tutto quanto, forse è solo la mia testa che mi gioca brutti scherzi e sto ricamando troppo su questi piccoli dettagli che altri al mio posto considererebbero insignificanti. Magari lui nemmeno se ne rende conto. Un'opzione altrettanto plausibile.

17

Il giorno dopo si dà il via alle sedute di terapia individuale. Lorenzo e Riccardo vengono trattenuti da Veronica e da Francesca e il resto di noi si riunisce nella stanza in cui al mattino si è deciso di vederci tutti insieme. Filippo prende diversi strumenti riposti nell'armadio che c'è nell'angolo vicino a una delle finestre: quattro chitarre, una molto piccola che a suo dire si chiama "ukulele", un basso, un paio di flauti dolci in legno e un tamburo.

Nel mucchio riesco anche a riconoscere la custodia della chitarra di Daniel. Filippo tira fuori proprio quella – una Yamaha acustica dipinta di blu – e va a sedersi nel posto che di solito occupa Veronica, poi prende un aggeggio piccolo e nero e si mette a pizzicare le corde, chiedendoci di far silenzio. Armeggia un po' con i chiavistelli finché non è soddisfatto del suono e in seguito fa la stessa cosa anche con le altre chitarre e con l'ukulele, infine torna a impugnare la Yamaha di Daniel sotto il suo sguardo infastidito.

«Bene. Qualcuno di voi sa suonare una di queste?» chiede con un sorriso incoraggiante. «Daniel?»

«Oggi non ne ho voglia, grazie» replica lui in tono stizzito, sul viso un sorriso falso e forzato. Lo vedo stringere i palmi l'uno contro l'altro dietro alla schiena per trattenere la rabbia e mi sento in pena per lui, qualunque sia il suo problema.

«Ok. C'è qualche altro strumento che sapete suonare?» domanda Filippo riavviandosi i ricci.

«Io ho preso qualche lezione di basso, anni fa» replica Matteo. Daniel lo guarda con stupore e nemmeno io riesco a trattenermi. Lui fa una smorfia. «Mio padre voleva che diventassi famoso.»

«Fantastico!» esclama Filippo porgendogli lo strumento. «Che ne dici di accordarlo e di darmi una mano con gli altri?»

Matteo accetta il basso e l'accordatore con riluttanza, senza riuscire a nascondere che non ne ha per niente voglia.

Filippo gli chiede di collaborare per fare una piccola dimostrazione e, dopo aver discusso per almeno cinque minuti in cerca di una canzone che conoscano entrambi – cinque minuti durante i quali Giulia ha proposto svariati brani di Taylor Swift ottenendo soltanto occhiate vacue –, ne trovano finalmente una dei Red Hot Chili Peppers che sembra andare a genio a tutti e due, *Otherside*. Matteo parte col basso, sposta le dita sul manico con disinvoltura, ma si sente che è un po' arrugginito. A giro completo si unisce anche Filippo iniziando persino a canticchiare. La chitarra di Daniel ha un suono dolce e deciso e la voce un po' roca di Filippo è piuttosto piacevole. Una volta concluso, Matteo sorride e si rilassa, a dimostrazione che tuttavia suonare non gli dispiace affatto.

«Qualcuno ha voglia di imparare?»

Senza pensarci troppo mi ritrovo ad alzare la mano, come a scuola, e Filippo mi passa una delle chitarre. Anche Giulia, come me, si fa avanti, più euforica che mai.

«Nessun altro?» chiede lui, speranzoso. Andrea, per tutta risposta, si fissa le unghie. Chiara si mostra incuriosita, ma non sembra avere voglia di interagire.

«Bene. Oggi allora vi mostrerò quali sono gli accordi base e come farli.»

Lo ascoltiamo mentre ci spiega come funziona la chitarra a grandi linee e poi ci passa dei fogli a quadretti su cui ha raffigurato vari accordi. Per primo ci mostra un la maggiore. Non sembra difficile da riprodurre, ma quando provo a mettere le dita sulla tastiera dove indicato e a far suonare le corde col plettro, viene fuori una sorta di rumore poco nitido e strozzato, ben lontano da quello perfetto che ci ha fatto ascoltare poco fa.

Non mi lascio scoraggiare e riprovo cercando di fare uno dei ritmi semplici che Filippo ci ha mostrato. Daniel, in assenza di qualcosa che lo tenga impegnato, mi osserva con un sorrisetto sulle labbra. Sembra essersi rilassato un tantino, per quanto mi sembri comunque ancora teso.

«Lo trovi così divertente?» gli domando infastidita da quel suo sguardo di scherno.

«Niente affatto» replica lui stringendosi nelle spalle. «È così per tutti all'inizio» aggiunge.

«Ma ...?» chiedo.

«Ma cosa?» ribatte, restando a guardarmi basito per qualche istante. Io sostengo il suo sguardo finché non si arrende e non mi dà conferma dei miei sospetti riguardo al suo essere tanto evasivo. Sapevo che aveva altro da dire. «Secondo me hai le mani troppo piccole» afferma.

«Cosa?!»

Ma che idiozia.

«Non sto dicendo che non siano belle mani, solo che non sono mani da chitarrista.»

Lo guardo allibita, non sapendo cosa ribattere.

«Non puoi saperlo» replico infine.

Daniel si avvicina e mi dice di porgergliene una, come se volesse farmi vedere qualcosa. Io scuoto la testa e nascondo la mano destra dietro la schiena, reggendo la vecchia chitarra classica solo con la sinistra.

«Non mordo» mormora con un sospiro.

E chi me lo assicura? Seppur con qualche esitazione decido di accontentarlo, appoggio la chitarra su una delle sedie vuote e gli mostro entrambe le mani, agitandogliele davanti alla faccia. Daniel mi afferra con prontezza il braccio sinistro e si porta le mie dita davanti al viso, in modo da poterle esaminare meglio. Osserva la mano per alcuni istanti senza dire niente, analizzandola centimetro per centimetro, poi fa leggermente leva sul mio polso per farla ruotare in modo da poterne osservare anche il dorso e con l'indice ne sfiora ogni parte con estrema delicatezza. Mi rendo conto di aver trattenuto il respiro soltanto quando i miei polmoni chiedono aria a gran voce.

«È davvero una mano minuscola» mormora dopo qualche attimo. «Le dita sono corte e nodose. Guarda...» dice appoggiando il palmo della sua contro quello della mia e facendomi venire la pelle d'oca. «Vedi?»

La sua mano è più grossa, le dita sono più lunghe e poco più larghe. La differenza è evidente, ma questo non significa niente, escludendo che ho il cuore in gola.

«C'è qualche problema, Liv?» chiede Filippo, facendo esplodere la piccola bolla invisibile dentro al quale senza accorgercene c'eravamo rifugiati.

Daniel e io ci allontaniamo di scatto, e ognuno di noi torna a occupare il proprio spazio vitale.

«Nessun problema» rispondo, cercando di nascondere l'imbarazzo.

«Secondo me ha le mani troppo piccole per la chitarra» gli spiega Daniel, incerto. «Stavo solo controllando.»

Filippo alza un sopracciglio, scettico, ma poi ridacchia e gli strizza l'occhio con complicità. Questo non mi sembra proprio adeguato alla situazione. Cos'è, un complotto ai miei danni?

«Fa' vedere.»

Alzo una mano per mostrargliela e anche lui la esamina, ma senza dilungarsi o toccarla come ha fatto Daniel, per fortuna.

«In effetti non penso che abbia tutti i torti» conviene e poi ci fissa entrambi. «Quindi cosa suggerisci? Esaminarle la mano fino a che non finisce il tempo a vostra disposizione per questa sorta di lezione?»

Ok, è chiaro che lo sta prendendo in giro. Daniel si irrigidisce. Deglutisco, senza fiatare, mentre gli altri presenti scoppiano a ridere, dandogli corda. Penso che non fosse proprio questo il suo intento.

«Dovresti provare con l'ukulele» suggerisce Daniel, allora, borbottando appena. Si alza per andarlo a prendere e me lo porge.

«Ci pensi tu quindi a farle vedere gli accordi?» gli chiede

Filippo, cogliendolo alla sprovvista.

Daniel esita, ma alla fine annuisce e Filippo va ad aiutare Giulia che nel frattempo ha iniziato a battibeccare con Matteo.

«Piccole mani, piccola chitarra» dice Daniel con un ghigno sul volto.

Mi trattengo dal fargli un gestaccio quando mi accorgo che Chiara ci sta osservando, da lontano, con qualcosa negli occhi che fa male soltanto a vedersi. Vorrei tanto sapere cos'è stato a ridurla in questo modo.

* * *

Durante il pranzo, Daniel e io parliamo con Lorenzo e Andrea riguardo al nostro piano per recuperare il gioco. Sembrano restarci male entrambi quando lui spiega loro che si tratta di un gioco di ruolo fantasy e non di uno di quelli che di solito si tirano fuori alle feste quando si è tutti ubriachi, come lo strip poker o quella specie di dama che al posto delle pedine ha i bicchierini da liquore, ma ci concedono il loro aiuto comunque e riescono a procurarci una scatola di fiammiferi.

Il piano – se così lo si può chiamare – è di vederci verso mezzanotte fuori dalle nostre stanze per andare a frugare nello sgabuzzino. Dopo un pomeriggio di passeggiate per il bosco, è dura rimanere sveglia, ma ci riesco grazie ad Andrea che mi racconta altri aneddoti riguardo alla sua vita e, quando si fa ora, mi avventuro in corridoio a piedi scalzi, seguendo il suggerimento di Daniel.

Lui e Matteo mi stanno aspettando davanti alla porta dello sgabuzzino. Quando Daniel mi vede sorride entusiasta, è evidente quanto sia contento del fatto che stia partecipando alla loro piccola bravata. Nessuno di noi dice una parola, per evitare di fare rumore, ma l'agitazione è palpabile. Matteo resta fuori a fare da vedetta, io e Daniel entriamo, armati di fiammiferi. Per sicurezza ci chiudiamo la porta alle spalle, in modo che, se dovesse arrivare qualcuno dei tutori, Matteo possa inventarsi qualche scusa per non destare sospetti su di noi.

Prima ancora che riesca a prendere uno dei fiammiferi vado a sbattere contro qualcosa. Non si vede proprio nulla, è buio pesto e l'aria puzza di stantio, mi sembra quasi di riuscire a respirare la polvere. Daniel riesce ad accendere un fiammifero e la fioca fiammella illumina l'ambiente circostante. Non fa molta luce, ma è sempre meglio di niente. A quanto pare sono andata contro un carrello delle pulizie dotato di stracci, pezze e detersivi.

Fianco a fianco ci addentriamo nella stanza e Daniel va verso sinistra dove c'è una vecchia scaffalatura in metallo appoggiata al muro, più che altro piena di cianfrusaglie inutili e impolverate.

«Secondo me nessuno mette piede qui dentro da mesi» bisbiglio. «Non credo che siano venuti a nascondere il gioco proprio qui.»

«Già» replica Daniel sottovoce con un sospiro rassegnato. «Magari però possiamo trovare qualcosa di utile.»

La stanza è stracolma di roba: nell'angolo sul fondo, c'è un vecchio divanetto con sopra uno scatolone di cartone aperto.

«Fammi luce, vediamo cosa c'è qui dentro» mi dice Daniel. Accendo un altro cerino, perché quello precedente è già andato, durando nemmeno un minuto. Li faremo fuori in fretta.

Avvicino la fiamma alla scatola e Daniel inizia a frugare in fretta al suo interno, tirando fuori oggetti perlopiù inutili. Un paio di scarponi da trekking enormi e sporchi di terra, un'agenda dello scorso anno, un vecchio lettore Cd, una sciarpa. Proprio mentre il fiammifero si spegne sento Daniel esultare in silenzio. Ne accendo subito un altro.

«Guarda!» esclama pieno di entusiasmo. «Due walkie-talkie. Questi sì che ci saranno utili.»

«Immagino che ci servano anche delle batterie però» gli faccio notare.

In risposta lui prende il lettore Cd e apre il piccolo scomparto dove vanno inserite le pile. Finirò per bruciarmi i polpastrelli se non sto attenta, lo sento.

«Ecco qui» mormora di fronte alle due stilo. Le esamina meglio, così può cercare di capire se abbiano rilasciato acido, ma per fortuna sembrano intatte anche se questo non ci assicura che siano cariche. Le estrae e se le mette in tasca.

«Quanti fiammiferi ci sono rimasti?» chiede.

Illumino la piccola scatola e noto con incredulità che li abbiamo quasi finiti.

«Restano gli ultimi due.»

«Meglio tornare indietro allora.»

Accendo il penultimo e faccio cenno a Daniel di seguirmi. Tornare alla porta si rivela più difficile del previsto e proprio nel momento in cui striscio l'ultimo sulla parte ruvida della scatola e la fiamma prende vita, si sentono delle voci e lui ci soffia sopra.

Resto immobile, i nervi a fior di pelle e il cuore in gola. Riesco a percepire il respiro nervoso di Daniel accanto a me. Ascoltiamo la conversazione in silenzio: Filippo chiede a Matteo cosa ci fa ancora in piedi a quest'ora e lui risponde che, dato che non riusciva a dormire, stava andando di sotto a bere un bicchiere d'acqua, poi sentiamo un rumore di passi che si allontanano.

«Credi che siano scesi entrambi?» chiedo talmente a bassa voce che per qualche secondo dubito persino che Daniel mi abbia udito.

«Non lo so.»

Indecisi sul da farsi, aspettiamo finché non li sentiamo risalire. Filippo dà la buonanotte a Matteo e finalmente riesco a rilassarmi un tantino. Non appena decidiamo di andare avanti facendoci strada per uscire a tentoni tra le cianfrusaglie che ci ostacolano, la porta dello sgabuzzino viene aperta da qualcuno e il mio cuore inizia a battere sempre più forte. Forse c'è una piccola possibilità che possa essere Matteo.

«C'è qualcuno qui dentro?» chiede Filippo.

Per poco non mi lascio sfuggire un gemito. Daniel allunga il braccio e mi prende per mano, come a volermi tranquillizzare e allo stesso tempo ricordare che non si vede nulla neanche con la porta aperta, e che lui non può essersi accorto di noi da dove si trova.

Filippo tira fuori il cellulare. La mano di Daniel stringe la mia un po' più forte. Entrambi capiamo che con tutta probabilità sta cercando la funzione per attivare la torcia mentre borbotta tra sé e sé. Per nostra fortuna sembra non riuscire a trovarla. Fa qualche passo in avanti, incerto, illuminando lo spazio che si trova davanti con la flebile luce rilasciata dal piccolo schermo. Daniel mi lascia la mano e mi appoggia il braccio sulla vita, facendo pressione affinché mi sposti verso di lui. Mi abbandono, facendomi trasportare dai suoi gesti e in breve, senza far rumore, riusciamo a metterci contro la parete. Daniel mi prende di nuovo per mano per allentare la tensione, riuscendo soltanto a farmi agitare di più.

Filippo cerca di fare luce come meglio può, ma non sembra aver voglia di mettersi a cercare per tutta la stanza. Si arrende in fretta e decide di tornare indietro. Si chiude la porta alle spalle e, proprio quando inizio a calmarmi di nuovo, riesco a sentire una chiave che scatta nella serratura due volte. Siamo fregati.

18

Non saremmo mai dovuti venire a cercare quello stupido gioco. Adesso passeremo di sicuro dei guai.

«Non posso crederci» borbotto sottovoce.

«A cosa?» mi chiede Daniel. Sembra tranquillo, come se non fosse evidente che ci siamo cacciati in un bel guaio.

«Non avrei dovuto farmi convincere ad aiutarvi.»

Se ci fosse luce sufficiente, sono certa che vedrei la sua faccia corrucciata e quella sua espressione ironica. Non sopporto quando mi prende in giro, anche se con leggerezza, mi fa stare male più di quanto vorrei.

«Ma...»

«Ma niente» lo interrompo, brusca. «Come faremo adesso a uscire di qui? Forse dovevamo farci notare da Filippo, così non avremmo dovuto svegliare tutti.»

«E perché dovremmo svegliare tutti?» mi domanda, il tono apertamente divertito.

Vorrei prenderlo a pugni, non capisco se sta facendo lo stupido o se davvero non ci arriva. La prima mi sembra più probabile. Vuole davvero che gli spieghi tutto?

«In che altro modo potremmo farci sentire?!» sbotto.

Daniel inizia a ridere di gusto e a un certo punto si porta la mano alla bocca per soffocare il suono, lo percepisco con chiarezza. È odioso quando si comporta così. Fa il saputello e io mi sento una scema.

«È inutile che ti preoccupi di non farti sentire, idiota» sbotto alzando un po' la voce. «Ci scopriranno comunque! Tua madre mi caccerà senz'altro e tanti cari saluti ai miei buoni propositi.»

«Shh! Continua a parlare a bassa voce. Non ci scoprirà nessuno» mi rassicura.

«Certo, come no. E chissà cosa penseranno poi» aggiungo.
«Cosa dovrebbero pensare?»
«Usa l'immaginazione» replico contrariata. «Secondo te crederanno che stavamo soltanto cercando uno stupido gioco?»
Daniel si mette a ridere ancora più forte.
«Ottima idea. Meglio non dire niente del gioco, così potremo continuare a cercarlo senza destare sospetti.»
«Al diavolo il gioco. Non è divertente.»
«E invece sì.»
«E invece *no*.»
«Sei adorabile» dice tra una risata e l'altra. Una circostanza discutibile in cui mettersi a fare dei complimenti.
«Ti odio» ribatto in tono stizzito. Nessuno è mai riuscito a farmi irritare così tanto eppure, nonostante il fastidio, mi sento viva.
«Al massimo penseranno che stavo cercando di approfittarmi di te. Nessuno crederà che sia stata una tua idea.»
«Ho già detto che ti odio?»
«Mio dio, Olivia. Sei uno spasso, giuro.»
Sento il cuore in gola e ho le guance in fiamme. Almeno il buio serve a qualcosa. Spero che non riesca a sentire il battito accelerato del mio cuore, che percepisco rimbombare persino nella testa.
«Sei un idiota» ribadisco.
«Magari dovremmo baciarci davvero per qualche minuto, prima di venire allo scoperto.»
«Non se ne parla» sbotto, più imbarazzata che altro. Non mi sembra il momento adatto per confessargli che l'idea non mi dispiace per nulla, anche se immagino che Andrea avrebbe molto da dire a riguardo.
«Giusto il tempo che ci vuole affinché si arrossino le labbra e perché si gonfino un po'. Hai presente? Così non avranno dubbi.»
È piuttosto evidente che sta cercando di provocarmi. Prendo atto dei suoi non molto velati attacchi al mio senso del pudore

e decido di stare al gioco e di dargli pane per i suoi denti. D'altronde peggio di così non può andare, forse sdrammatizzare, o almeno provarci, è davvero la cosa migliore.

«Scommetto che a mia nonna verrebbe un colpo a sentire una cosa del genere» mormoro, con finto timore.

«Magari potremmo anche stropicciare un po' i vestiti» rincara la dose lui, ignorando la mia constatazione.

«E chissà come reagirebbe il nonno» continuo.

Ripenso a quando, qualche anno fa, la mamma è rientrata prima dal lavoro e mi ha beccato con Fabio, il ragazzo a cui davo ripetizioni di inglese, sul divano del salotto. Per quanto cercasse sempre di essere comprensiva nei miei confronti, in quell'occasione mi ha fatto una ramanzina che penso non dimenticherò fino alla fine dei miei giorni.

«Aspetta, ho avuto un'idea geniale! Potremo sfilarci i vestiti e rimetterceli al contrario» suggerisce Daniel.

Inorridisco. È matto, non ci sono più dubbi.

«Fai sul serio?!»

Un fremito involontario mi scuote da capo a piedi quando sento il mio corpo sfiorare il suo. Un piccolo movimento, non studiato, che però ha il potere di farmi perdere la ragione.

«Rifletti un attimo. Sarebbe ancora più credibile, no?»

Per niente. Non so come reagirei se dovessi percepire la sua pelle nuda contro la mia.

«Ho come l'impressione che tu stia *davvero* cercando di approfittarti di me» dico, con voce malferma.

«Tutto pur di salvare D&D. Se scoprissero che lo stavamo cercando, sono sicuro che troverebbero il modo per infilarlo in cassaforte.»

Resto in silenzio per qualche minuto, indecisa sul da farsi. Pensavo di riuscire a gestirlo, ma l'ho sottovalutato. Se deve esserci qualcosa fra noi, non voglio che accada con una scusa tanto stupida come questa.

Cerco di fare qualche passo verso la porta, evitando di dargli ancora corda, Daniel però mi ferma.

«Avanti, usciamo di qui e facciamola finita» dico. Cerco di divincolarmi dalla sua presa, ma lui non sembra aver voglia di lasciarmi andare.

«Aspetta. Prima i baci e i vestiti. Non ricordi?» mi chiede. Lo sento farsi avanti. Siamo così vicini che il suo respiro mi arriva sul viso e riesco a percepire il suo profumo pungente.

«Magari avevi ideato tutto questo fin dall'inizio» bisbiglio, stuzzicandolo a mia volta.

«Forse, chissà. Purtroppo è fondamentale per la riuscita del piano.» Adesso che ha smesso di ridere non riesco più a capire se faccia sul serio oppure no. «Dài, non ti costa nulla. Avrai baciato altri ragazzi, no? Un bacio non vale niente, non più di una stretta di mano.»

«Una stretta di mano» ripeto, basita dal paragone.

«Esatto, non è niente di speciale. Cos'è che non ti convince? Siamo al buio, nemmeno sei costretta a guardarmi.» In questo momento invece pagherei pur di vedere che espressione ha sul volto. «Va be', non volevo arrivare a questo, ma a mali estremi, estremi rimedi. Matteo ha trovato un vecchio libro nel suo armadio, deve essergli sfuggito quando hanno messo a posto la camera. Se ci stai, è tuo.»

Un bacio in cambio di un libro. Questo è un ricatto bello e buono e la tentazione è forte.

«La cosa si fa intrigante, allora. Di che libro si tratta?»

Non dovrei cedere, lo so, ma il suo profumo mi avvolge e mi piace. In fondo baciarlo è ciò che desidero e se posso guadagnarci qualcosa è anche meglio.

«Di uno bello grosso» risponde. La risposta è piuttosto ambigua e, dalla risatina maliziosa che cerca di soffocare, capisco che lo ha fatto apposta.

«È proprio un'occasione imperdibile» affermo, adesso in tono deciso, quasi acido, però.

«Ah, sì?»

«Si potrebbe persino pensare a una sveltina, che dici? Perché fingere? In fondo è solo sesso. Non ti costa nulla. Lo avrai fatto con altre ragazze, no? Non vale niente, non più di un abbraccio, a giudicare dalla tua logica» ribatto, con una decisione e una voce tagliente di cui non pensavo neanche di essere capace. «Avanti, baciami!» lo incito, per sfidarlo. Mi sembra già di sentire il suo sapore sulle labbra e il desiderio che mi stringe lo stomaco in una morsa mi scorre dentro con impeto, facendomi provare un'emozione nuova.

Lo sento farsi ancora più vicino e mi accosto a mia volta. Daniel mi poggia le mani sui fianchi e il cuore prende di nuovo a battere più forte, senza controllo. Sicuramente a quest'ora deve aver capito che il mio era solo un bluff. O forse no?

Con un movimento lento e inesorabile mi fa aderire a lui, ma non sembra voler chiudere la faccenda, così decido di rompere il ghiaccio facendomi avanti io, nella direzione verso cui penso sia la bocca. Purtroppo però devo aver preso male le misure, perché la mia fronte sbatte contro la sua, sento i suoi occhiali cadere sul pavimento e lui ricominciare a ridere come un dannato scemo. Questo ragazzo io proprio non lo capisco. È evidente che io abbia qualche problema a relazionarmi con Daniel più che con qualsiasi altra persona al mondo.

«Cavolo, me l'hai quasi fatta» dice, tra una risatina e l'altra. Gli do uno spintone. «Mi avresti baciato davvero? Non ci credo.»

Mi sento sprofondare. Mi stava soltanto prendendo in giro? Da che stava galoppando impazzito, il mio cuore smette di battere per un secondo, scioccato dall'ironia e incredulità che riesco a percepire nel suo tono. Non so cosa rispondergli, perciò taccio. Non vorrei scoppiare in lacrime come una stupida ragazzina alla sua prima cotta non ricambiata.

«Per il sesso sono sempre disponibile, comunque» aggiunge, continuando a ridere. «Anche qui, ora. Sono tutto tuo.»

Decido di non rispondere neanche stavolta, in attesa che smetta di sghignazzare e torni a fare la persona seria. Mi schiarisco la voce, però, sperando così di dargli l'idea che lo stia volutamente ignorando. In realtà sono concentrata nel tentativo di controllare le ginocchia tremanti, ma questa non è cosa che lo riguardi.

«Olivia?» mi chiama, incoraggiandomi a rispondere. «*Liv?*»

Non dico una parola, perché non ho intenzione di farmi umiliare ancora. Forse non si rende conto di quanto io sia arrivata a desiderarlo. Lo vorrei al punto che il pensiero di aver perso questa, seppur sciocca, occasione, mi fa star male. Queste sue risate divertite stanno facendo a pezzi la mia autostima. Vorrei prenderlo a schiaffi e mi fa rabbia l'idea che è proprio per via di questo suo modo di fare che è arrivato a piacermi così tanto.

«Ho la chiave» sbotta, d'un tratto.

I miei pensieri fermano il loro flusso impazzito e rimango senza fiato, l'aria ferma nei polmoni.

«Che cosa?!» quasi urlo.

Mi tappo subito la bocca, ricordandomi all'improvviso dove ci troviamo.

«Stavo scherzando. Ho la chiave della porta. E poi non dovresti mai accettare di fare qualcosa che non vuoi fare, per nessuna ragione al mondo.»

Sto per fargli notare che non stavo per fare nulla che non volessi, ma mi mordo la lingua pur di non dargli questa soddisfazione.

«Hai la chiave» mi limito a ripetere.

«Sì» replica lui. Lo sento avvicinarsi di nuovo e mi irrigidisco, perché la sua mano mi afferra il braccio, poi scende sempre di più fino a prendere la mia. Non di nuovo! Se mi sta ancora prendendo in giro questa è la volta buona che gli rifilo davvero un bel calcio ben assestato. Dove lo becco, lo becco, non ha importanza. Solleva le mie dita e le gira col palmo all'insù. Poggia un oggettino duro per darmi la prova della sua sincerità.

«Senti?»

Riesco a percepire il metallo freddo sulla pelle. Vorrei mettermi a urlare, si è preso gioco di me tutto questo tempo. Nel tentativo di prendermi una piccola rivincita, decido di giocare d'astuzia a mia volta. Approfittando del buio, gliela sottraggo e me la nascondo negli shorts, per poi deglutire in modo teatrale cercando di farmi sentire.

«Olivia? Che hai fatto?»

«L'ho ingoiata.»

«Bene. Vorrà dire che dovremo darci dentro sul serio e mettere in atto il piano B» dice. «Cavolo, se volevi soltanto arrivare a questo potevi dirlo, mi sarei sacrificato senza che ci fosse bisogno di fare tante cerimonie. Non sarà di certo facile espellerla, sai?»

«Ma reagisci mai come le persone normali?!» chiedo incredula, dopo averlo interrotto. «Non l'ho ingoiata davvero, la chiave. Volevo solo farti credere di averlo fatto.»

«Avresti dovuto essere più convincente.»

Dio, quest'uomo è impossibile! Non so come faccia, ma credo sia l'unico essere umano sulla faccia della Terra ad avere l'abilità di indispettirmi così.

«Sei l'idiota più idiota che abbia mai conosciuto.»

«Devi ammettere che il piano B non era poi così male» bisbiglia. «Soprattutto la parte riguardante il sesso con te. Mi sarei accontentato anche di un bacio però.»

Mi sta prendendo ancora in giro, ne sono sicura, anche se il suo tono è serio, inflessibile. Sospetto però che faccia parte del gioco per farmi arrabbiare.

Odio questa situazione che mi impedisce di poterlo guardare in faccia, odio questo buio e detesto ancora più profondamente le reazioni sconosciute che riesce a suscitare nel mio corpo quando mi parla. Non sono più una ragazzina alla prima esperienza, eppure Daniel mi fa proprio sentire una sciocca.

Lo ignoro deliberatamente, cercando di nuovo di andare in direzione della porta. Spero di non sbagliare e di non sbattere contro qualcosa, altrimenti giuro che mi sotterro. Già immagino la scena: addio dignità.

«Olivia, aspetta. È meglio restare qui ancora un po'. Se facciamo rumore rischiamo di farci sentire e Filippo potrebbe di nuovo venire fuori a controllare.»

Purtroppo ha ragione. Faccio appena in tempo a pensarlo, quando qualcosa di grosso mi intralcia il passaggio. Per fortuna alle sue parole ho rallentato, perché altrimenti l'avrei preso in pieno e sarei inciampata.

«Fantastico» bofonchio, poi percepisco un rumore. «Che stai facendo?» gli chiedo quando capisco che si sta muovendo nel buio.

«Vado a sedermi sul divano. Almeno mi metto comodo.»

Cerco di seguirlo senza rendermi ridicola. Non so cosa darei pur di avere una stupida torcia o qualche altro fiammifero. A forza di non vedere nulla mi sento persa e in più c'è sempre e comunque il rischio di venire scoperti che mi mette addosso un'ansia pazzesca. Non riuscirò a stare tranquilla finché non sarò al caldo nel mio letto.

Daniel sposta la scatola in cui stavamo frugando poco fa e poi rimuove il telo di plastica protettivo dal divano, alzando una nuvola di polvere così fitta che mi entra nelle narici provocandomi qualche colpo di tosse. Cerco di reprimere anche uno starnuto prima di mettermi a sedere. Non ci sono topi qua in giro, vero? A giudicare dalla sensazione che dà al tatto, il divano deve essere in pelle.

«Spero che almeno ne sia valsa la pena» dice Daniel con un sospiro. «Se i walkie-talkie funzionassero sarebbe un grande vantaggio.»

«Se lo dici tu.»

«Sei ancora arrabbiata? Ammettilo, è stato divertente. Volevo dirtelo subito di avere la chiave, ma tu non mi hai lasciato parlare. E poi, a essere sincero, non credevo che ti fossi bevuta anche tu la mia balla sull'aver trovato la porta aperta. Insomma, che ci abbia creduto Matteo è un conto, ma pensavo che tu fossi più scaltra.»

Accarezzo la pelle del divano con fare distratto e mi metto comoda prima di rispondergli. Una parolaccia sarebbe la replica più adatta, ma mi controllo e cerco di usare dell'ironia. Il sarcasmo sembra afferrarlo sempre molto bene. «In realtà sono una stupida. Mi sorprendo ogni volta che riesco a mettere un piede davanti all'altro per camminare.»

«Molto spiritosa» replica infatti, infastidito.

Non riesco a rilassarmi, ci provo, ma non ce la faccio. Mi agito contro il cuscino, incapace di tranquillizzarmi per via della vicinanza tra noi. Il calore che emana Daniel mi attrae e mi rendo conto che vorrei appoggiare la testa sulla sua spalla e farmi abbracciare da lui. L'istinto di averlo vicino combatte contro quello di non fargli capire quanto mi condizioni la nostra prossimità, perciò mi stringo nelle spalle e cerco di riprendere a respirare in modo normale.

Forse è meglio fare conversazione per far sì che il tempo passi più in fretta.

«Hai preso la chiave a tua madre?» gli domando quindi.

«Già. Mentre stavamo parlando ieri ho visto un grosso mazzo di chiavi appoggiato sulla scrivania e ne ho sfilata una quando lei era distratta, sperando potesse essere utile. Avrei preferito che fosse quella dello studio dove c'è la cassaforte, ma a forza di tentativi ho scoperto che apriva questa porta.»

«Un genio del crimine.»

Non volevo essere acida, ma quando sono nervosa non riesco a tenere a freno questo lato di me. Mi mordo l'interno della guancia, sperando che non abbia colto la mia inquietudine.

«Devo dire che sarebbe un nascondiglio niente male, invece.»

«Oh, certo. È la fine del mondo» rispondo prendendomi gioco di lui. Ancora. Alla fine lo sto solo ripagando con la sua stessa moneta, quindi non dovrei sentirmi in colpa, eppure un pizzicore doloroso mi pungola il petto.

«Scommetto che Lorenzo e Riccardo sarebbero d'accordo con me» sussurra, forse sovrappensiero. Lo sento muoversi, la sua coscia sfiora la mia e io avvampo. *Respira*, mi dico, *piano, ma respira.*

«Tipico. I maschi riescono a pensare soltanto a una cosa» farfuglio.

«Ai videogiochi?»

Gli do uno schiaffo sul ginocchio e lui non si tira indietro, piuttosto fa lo stesso con me. Sghignazziamo quando io rispondo: «Al sesso.»

«Ah, quello» risponde fingendosi stupito, come se tutte quelle allusioni a sfondo sessuale di poco fa le avesse fatte qualcun altro.

«Già, quello.»

All'improvviso percepisco la sua testa poggiarsi sulla mia spalla e divento rigida come una lastra di marmo. Il naso mi sfiora appena il collo esposto, in una muta carezza.

«Non è che noi ragazzi siamo gli unici a pensarci, sai?»

«Ah no?»

Dio, fa' che non si accorga dell'effetto che ha su di me.

«Adesso chi è che ha tirato fuori l'argomento?» mi provoca.

Touché, che abbia preso il mio come un invito?

«Sei tu ad aver detto che Lorenzo e Riccardo stravedrebbero per questo posto. E non ci sono molte altre cose che si possono fare in una stanza al buio sopra a un divano.»

Le labbra si spostano sulla mia mandibola e percepisco la sua bocca poggiarsi sul mio viso, ora accaldato. Non so grazie a quale miracolo, ma stringo le mani l'una contro l'altra e resisto alla tentazione di passare le dita tra i suoi capelli per poterne sentire la morbidezza.

«Non mi sembra che stiamo facendo sesso» commenta e il suo respiro mi scalda la guancia.

Reagisco molto male: «Certo che sei proprio un idiota.»

Ridacchia. «Già.»

«Un idiota che per poco non ci ha fatto finire in guai seri per via di uno stupido gioco...» e che mi sta facendo impazzire.

«Non è solo uno stupido gioco, Olivia, è *il* gioco. È sacro. Come magari per te lo è un libro di Jane Austen.»

Vorrei dirgli di allontanarsi mentre mi parla, ma faccio il contrario di quello che penso e inclino la testa verso la sua, appoggiandomi adagio contro di lui. È davvero piacevole sentire il calore del suo corpo.

«Adesso capisco come mai tua madre ti ha costretto a venire qui insieme a noi altri.»

«Non è vero, cosa ne puoi capire tu» risponde, improvvisamente sulla difensiva. Il suo corpo si irrigidisce e, anche se non si scosta di un millimetro, credo di averlo fatto allontanare. Mi mordo un labbro troppo forte e sento il sapore del sangue.

Mi ritrovo a supplicare che non se la sia presa davvero, perché altrimenti sarei costretta a spiegargli che è l'effetto del suo corpo contro il mio a rendermi così stupida.

«Credevo che avessimo una sorta di tacito accordo io e te. Pensavo che se io non ti avessi riempita di domande e se non ti avessi compatita per quel che ti è successo – come con tutta probabilità fanno tutti quelli che ti stanno intorno – tu avresti fatto lo stesso con me. Credevo che apprezzassi, ma a quanto pare sei come tutti gli altri, sempre pronta a giudicare» rincara dopo un attimo e il mio cuore va in frantumi.

Resto senza parole di fronte a questo suo sfogo. Non so cosa dire, non avrei mai voluto ferirlo, non era proprio mia intenzione e di certo non mi aspettavo una simile reazione da parte sua.

«Mi dispiace» mormoro.

Mi sento come se mi avesse appena dato uno schiaffo in pieno viso. Non mi sbagliavo su di lui, si mostra sempre disposto a scherzare, ma è una solo una facciata. Adesso vorrei soltanto non aver mai aperto bocca. Ho paura di avere rovinato la nostra amicizia e come se non bastasse Daniel non aggiunge altro, resta in silenzio, riuscendo a farmi sentire anche peggio.

Mi rannicchio lontano da lui, nel tentativo di trovare una posizione più comoda. Penso a qualcosa da dire per rimettere a posto le cose, ma in men che non si dica mi addormento senza neanche rendermene conto e mi risveglio soltanto quando sento chiamare il mio nome.

«Olivia? Svegliati» mormora Daniel.

Devo essermi mossa nel sonno, perché sento di nuovo il calore del suo corpo a contatto col mio e il suo cuore che batte proprio sotto al mio orecchio. Un ritmo lento e regolare che mi scalda l'anima. Non penso che potrò mai dimenticare il suo profumo, ormai impresso nella mia mente e su di me.

«Che è successo?» chiedo sollevandomi all'istante, mio malgrado.

«Ci siamo addormentati.»

«Oh» borbotto allarmata. «Pensi che sia già mattina?»

«Non lo so. Usciamo di qui.»

Cerchiamo di sistemare di nuovo il telo protettivo sopra al divano come meglio possiamo e poi, con non poca difficoltà, riprendiamo ad avanzare alla porta. Daniel la apre con cautela ma, prima di spalancarla del tutto, la socchiude appena quanto basta per poter osservare fuori.

«Sembra che non ci sia nessuno» bisbiglia nella mia direzione. «Forza, andiamo.»

Esce dallo sgabuzzino e io gli sono subito dietro, il cuore in gola. Lo osservo mentre reinserisce la chiave nella serratura per dare due scatti, proprio come ha fatto prima Filippo.

Mi accompagna davanti alla mia camera con fare normale, come se avesse dimenticato la discussione tra noi. Mi affida un walkie-talkie insieme a una delle pile prima di muovere un passo indietro con l'intenzione di andare via.

«Tienilo al sicuro» mormora sottovoce. Annuisco per fargli intendere che ho capito. Mi volta le spalle per raggiungere la sua stanza, ma lo fermo, trattenendolo per un braccio.

«Che c'è?» domanda spazientito.

«Mi spiace per prima» dico. «Non volevo. Scusa. Non sono come gli altri.»

«Non fa niente.»

«Te ne sono molto grata, sai? Per il modo in cui mi tratti in merito a quello che mi è successo» aggiungo. Le sue labbra si distendono in un sorriso sincero. «Non avrei dovuto dire quelle cose.»

«No, è colpa mia. Stavi solo scherzando, era ovvio. Non avrei dovuto arrabbiarmi» replica. «Buonanotte, Olivia.»

«Lo sai che puoi chiamarmi Liv, non è vero?»

Sorride ancora. «Preferisci che ti chiami Liv?» chiede. Mi stringo nelle spalle e lui alza una mano in modo un po' impacciato, per mettermi una ciocca di capelli dietro all'orecchio. «Allora se permetti continuerò a chiamarti Olivia. Mi piace come suona il tuo nome.»

Annuisco sorridendo a mia volta. Rischio quasi una paralisi facciale mentre aspetto che arrivi alla sua camera, prima di aprire la porta della mia. Nessuno ci ha scoperti alla fine. Stento quasi a crederci. Mi aspetto una raffica di domande da parte di Andrea, ma deve essersi addormentata anche lei durante l'attesa.

Mi infilo il pigiama cercando di non far rumore, poi mi metto a letto e nascondo il walkie-talkie sotto al cuscino. Prima di riprendere sonno ripenso al suono del cuore di Daniel e mi chiedo quando avrò modo di stargli di nuovo vicino così.

19

Pinguini. Pinguini felici, pinguini infreddoliti, pinguini che fanno il bagno, pinguini che prendono il sole. Veronica si aspetta che le parli di me e che le racconti di come ho trascorso gli ultimi mesi dai nonni. Vuole che le dica come mi sento, ma io riesco soltanto a pensare al mio vecchio calendario con i pinguini, uno per ogni mese.

«Hai intenzione di restare in silenzio per tutto il tempo?» mi chiede con un sospiro.

«Non so proprio cosa dire» mormoro, cercando di ridestarmi.

«Sul serio.»

«Potresti iniziare dicendomi come ti senti.»

«Come mi sento?» ripeto. «Io non lo so» sussurro, non riuscendo a nascondere il disagio che provo. «Loro sono morti. Non torneranno. Come mi dovrei sentire?»

Veronica mi fissa per qualche istante dalla sua poltrona, posizionata poco più in là, di fianco al divanetto dove ha lasciato che mi stendessi io, poi prende a mordicchiarsi il labbro superiore. Mi fa pensare alla foto di febbraio, quella col pinguino che sta per tuffarsi in acqua, ma che sembra incerto di fronte all'ignoto. Mi viene da chiedermi se si sia mai tuffato dopo che il fotografo ha immortalato il momento o se invece alla fine si sia tirato indietro. Magari ha saputo lasciarsi andare. Oppure forse, mentre stava per indietreggiare, è scivolato sul ghiaccio ed è finito in acqua comunque.

«Senti, Liv, voglio essere sincera con te» dice. «Di solito noi terapeuti non prendiamo mai in cura persone che conosciamo. Sai, è sconsigliato perché il coinvolgimento emotivo è inevitabile, mi segui?» Annuisco. «Credimi, devi affrontarlo. Non puoi comportarti come se non fosse mai successo, non puoi continuare a reprimere i sentimenti. Ti stai facendo del male.»

«Lo so» riesco a sussurrare a mezza voce. Restare distesa, nel vano tentativo di dare l'idea che stia riuscendo in qualche modo a rilassarmi o che mi senta a mio agio, mi sembra ridicolo, dunque mi sollevo, mettendomi a sedere. L'ambiente mi sembra essersi fatto improvvisamente più piccolo e soffocante. Mi sento in trappola. «Me ne rendo conto, ma non riesco a farci nulla. Non so più cosa farne di me. Speravo che me lo dicessi tu, sono qui per questa ragione, no?»

«Questo lo capisco, ma non è così che funziona. Io non ho una magica soluzione a tutti i tuoi problemi. Quello che sto cercando di dirti è che ho voluto prenderti in cura io stessa proprio perché ho conosciuto Alice. Volevo bene a tua madre come a una sorella. Credimi se ti dico che penso a lei ogni giorno. Ogni volta che mi capita qualcosa che sia degno di nota, prendo ancora il cellulare per mandarle un messaggio.» Veronica si alza in piedi e si mette a camminare per la stanza, riuscendo a trasmettermi tutta la sua inquietudine. «Ogni volta che ho un problema, penso subito a lei. Aveva sempre una soluzione per ogni cosa. Ecco vedi, ho solo pensato che sarebbe stato più facile per te parlare con una persona che poteva condividere il tuo stesso dolore, ma forse ho sbagliato. Forse Francesca sarebbe più adatta» conclude, fermandosi per scrutarmi, le braccia conserte.

«No» è tutto ciò che riesco a dire. Per quanto sia sicura che anche Francesca possa comprendermi, e forse addirittura meglio di lei, il pensiero che Veronica ci conoscesse già mi fa sentire come se fosse mia madre a volere che io mi impegni in questo, e mi dà forza.

«Perché no? Siamo qui da mezz'ora e non hai detto una parola. Ogni minuto che passa penso sempre di più di avere avuto una pessima idea a volermi occupare di te di persona.»

«Io n-non ce la farei a p-parlarne con un'estranea» balbetto, improvvisamente tremante e senza fiato.

«Allora parlane con me, Liv. Parlami.»

Cerco di riordinare le idee, di capire cosa dire, ma è come se nella mia testa fosse appena esplosa una bomba: ci sono solo frammenti, pensieri che sfioro, ma che non riesco ad afferrare.

«Non ce la faccio» mormoro con un filo di voce.

Veronica va alla scrivania, poi torna con un bicchiere d'acqua, me lo porge invitandomi a bere. La mia presa è incerta, lo afferro con le dita che continuano a tremare, non riesco a controllarle. Lei viene a sedersi sul divanetto accanto a me e mi poggia le mani sulle spalle.

«Fai un respiro profondo» mi dice. Scuoto la testa, cercando di allontanarla.

«S-sto bene.»

«Liv, permettimi di aiutarti. Per favore. Prendi quanta più aria riesci e poi lasciala andare, ok? Segui la mia voce. Inspira, ecco sì. Brava, così. Adesso espira.»

Seguo le sue istruzioni passo dopo passo e nel giro di qualche minuto riesco a smettere di tremare e il mio battito torna regolare.

«Molto bene» mormora Veronica allungando una mano per togliermi una ciocca di capelli dal viso. «Ho un'idea» mi dice con un sorriso. «Facciamo un patto, ti va? Da oggi, quando arriverà il momento delle nostre sedute, voglio che ti lasci andare. Non voglio che mi parli dei tuoi genitori se non te la senti, non devi sentirti obbligata. Puoi parlare di tutto ciò che vuoi: dei tuoi libri, di tuo fratello, dei nonni, o anche dell'università, persino del tempo se vuoi. Insomma, non importa l'argomento. Fa' finta che sia una tua amica. Lasciami entrare nella tua vita. Concedimi un po' di fiducia.»

«Non devo parlare per forza dei miei se non ce la faccio?»

«No. Pensi di riuscirci? Mi sembra un buon compromesso.»

«Credo di sì» replico.

Sembra un buon compromesso anche a me. Parlare del più e del meno in fondo non mi costa nulla. Probabilmente si aspetta che a forza di chiacchiere mi apra e finisca col parlarle spontaneamente di ciò che provo, ma non sono sicura che sia così semplice.

«Adesso puoi andare, ok? Puoi dire ad Andrea di venire qui da me?»

«Certo» replico alzandomi in piedi.

«Un'altra cosa» dice Veronica. «Se ti capita di nuovo di avere una crisi come poco fa, vieni a cercarmi. Ok?»

Sto per rispondere che non ho avuto nessuna crisi, ma mi blocco prima di aprire bocca.

«Di Daniel si occuperà Francesca, quindi?» chiedo prima di andare via. So bene che non sono affari miei, ma in fondo non è stata lei, pochi istanti fa, a dirmi di trattarla come se fossimo amiche?

Veronica mi studia per qualche istante prima di rispondere.

«Daniel ha solo bisogno di una strigliata» replica. «Non è poi tanto diverso dagli altri ragazzi della sua età, ma voglio che capisca perché sono preoccupata per lui prima che sia troppo tardi. Voglio soffocare il problema sul nascere. Non voglio che in nessun modo, ora o in futuro, possa mandare a rotoli la sua vita per via del padre.»

«Capisco» dico.

In realtà non so con esattezza a cosa si stia riferendo Veronica, posso soltanto tirare a indovinare, ma non voglio farle altre domande. Da un lato penso che non risponderebbe, dall'altro ho quasi paura che lo faccia e non voglio che mi dica troppo: se Daniel avrà voglia di condividere i suoi problemi con me dovrà essere lui a parlarmene. Non voglio invadere la sua sfera privata, sarebbe come colpirlo alle spalle, come se mi approfittassi di lui e ho già sbagliato una volta. Perderlo mi causerebbe un dolore immenso da cui non sono sicura che mi riprenderei più, sono ancora troppo fragile per poter affrontare un'altra sofferenza.

«Non pensavo che avrebbe accettato di venire qui, sai? Penso che tu gli piaccia» aggiunge Veronica con un sorriso quasi compiaciuto sul volto. «Ho visto come ti guarda.»

«Come mi guarda?» chiedo, colta alla sprovvista. Il suo sorriso si fa un po' più ampio.
«Lo sai come. Noi donne lo sappiamo sempre» dice.

* * *

L'inizio delle sedute di terapia individuale ha destabilizzato un po' tutti. A cena non c'è traccia della leggerezza che permeava la sala il primo giorno. Tutti sembrano intenti a pensare a qualcosa, non fanno che rimuginare, parlano meno, mangiano con lo sguardo incollato sul piatto, con svogliatezza, e io non sono certo da meno. Be', tutti a parte Giulia e Andrea. Giulia continua la sua farsa come se non avesse dovuto affrontare chissà quale discorso riguardo alla sua crisi di identità. Andrea invece sta soltanto continuando a indossare la stessa maschera di sempre.

Sarei pronta a giurare che esiste un'Andrea diversa per ogni occasione. Un'Andrea per la scuola, un'Andrea per la famiglia, un'Andrea per gli amici. Dubito che sia se stessa il più delle volte e penso che lei e Giulia non siano tanto diverse, dopotutto. Andrea è soltanto più brava a nasconderlo ed è abbastanza intelligente da proporre diverse versioni di sé. Giulia invece deve odiarsi proprio tanto per far finta di essere addirittura una sconosciuta. Mi chiedo cosa ci sia dietro a quei riccioli tanto biondi quanto finti. Chissà, magari ha soltanto bisogno di un amico, di qualcuno che le ricordi chi è davvero. Una cosa è certa, dovrei smetterla di fare congetture riguardo ai problemi altrui e dovrei pensare più a me stessa, ma del resto è fin troppo semplice cedere alla tentazione di distrarmi in questo modo.

È una cosa strana a cui pensare, ma è un po' come se ognuno di loro fosse un libro da scoprire e da sfogliare, da analizzare nei dettagli. E proprio come se fossero romanzi, appartengono ai generi più svariati. Andrea ha tutta l'aria di essere un thriller psicologico, uno di quelli in cui si è convinti di capire tutto, e che invece continua sempre a stupire a ogni pagina. Lorenzo e Riccardo mi fanno pensare ai romanzi rosa, di quelli che ad alcune ragazze piacciono tanto. Entrambi, a loro modo, sembrano proprio essere l'incarnazione del bello e dannato di turno. Affascinanti, spiritosi e probabilmente con qualche trauma alle spalle che spieghi perché si comportano da stronzi. Giulia invece mi sembra essere uscita da uno di quei romanzi enigmatici per adolescenti.

E poi naturalmente c'è lui, c'è Daniel. Che genere sarebbe, Daniel, se fosse un libro? Sarebbe un romanzo d'avventura? Oppure fantastico? Magari sarebbe una combinazione di entrambi. Lo vedrei bene nei panni dell'eroe impavido, nella veste del prescelto, di colui che salva la principessa dalle grinfie del drago. Mi viene da ridere se ripenso alla conversazione su *Super Mario* fatta nel caffè a Firenze.

«A che cosa stai pensando?» mi chiede uscendo dalla sua apatia e cogliendomi alla sprovvista.

«A niente di speciale» rispondo con nonchalance.

«Ti sembra di riuscire a darmela a bere così facilmente? Avanti, voglio saperlo. Non farti pregare. Un soldo per i tuoi pensieri.»

«Non hai soldi da offrire» gli faccio notare.

«Questo è un dettaglio assolutamente irrilevante. Allora? Vuoi farti pregare ancora per molto? O devo offrire qualcosa in cambio anche soltanto per parlare con te?» chiede facendomi venire in mente il libro di cui mi ha parlato ieri.

«Non mi hai ancora dato ciò che avevi promesso» ribatto.

«Ogni cosa a suo tempo. Adesso è ora di condividere quel che passa per quella tua testolina.»

«Va bene, hai vinto. Stavo pensando a che genere letterario apparterrebbe ognuno di voi se fosse un libro.»

«Cosa? Sul serio? Fai sempre pensieri così complicati? E che genere sarei io?» domanda ammiccando. «Aspetta. Non me lo dire» aggiunge, ripensandoci. «Voglio provare a indovinarlo.»

Lo osservo mentre si porta una mano sotto al mento, a imitare la tipica posa del pensatore.

«Be', di certo sarei una saga» dice. «E non una trilogia, no, qualcosa di più impegnativo. Sarei una saga di sei libri, sette magari, o anche di più.»

«Cosa sta blaterando?» mi chiede Andrea.

«Sta cercando di indovinare che genere letterario sarebbe se fosse un libro» le spiego.

«Oh. Io so che genere sarei» replica con un sorriso scaltro. «Sarei un romanzo epistolare. Oppure un libro di fiabe» aggiunge facendomi l'occhiolino.

«Sarei un libro che parla di magia. E di guerra. E di strane creature fantastiche» continua Daniel, ancora assorto nelle sue strambe supposizioni.

«Stai per caso dicendo che saresti tipo *Harry Potter*?» gli chiede Matteo.

«No, di certo no. Sarei qualcosa tipo *Il signore degli anelli* o *Le cronache del ghiaccio e del fuoco*.»

«Insomma, una noia mortale» interviene Giulia. Il mio discorso sembra aver risvegliato tutti dal loro torpore. «Io invece sarei senz'altro *Il buio oltre la siepe*. Un classico senza tempo» aggiunge orgogliosa.

«Per un attimo pensavo che dicessi che non avresti potuto essere un libro e che saresti stata di sicuro uno dei libretti dei testi di un album di Taylor Swift» la rimbecca Riccardo, prendendosi gioco di lei.

«Disse Mister *50 sfumature di grigio*!» ribatte Giulia.

Cerco di immaginare Riccardo nei panni di un ipotetico Mr Grey, ma per quanto lo trovi senza dubbio attraente, non ce lo vedo per niente.

«Perché proprio *Il buio oltre la siepe*?» le chiedo io, genuinamente incuriosita dalla sua scelta.

«Perché è un bellissimo libro» replica lei infastidita, la voce più squillante che mai. «Deve per forza esserci un altro motivo?»

«È il suo libro preferito, non è vero?» le chiede Andrea.

«Non so di cosa tu stia parlando» borbotta lei in risposta.

«Scommetto che è il libro preferito della tua principessa

campagnola.»

«E se anche fosse?! È comunque un libro meraviglioso! Vero, Liv?!»

«Vero» rispondo sotto lo sguardo divertito di Andrea.

«E io? Che tipo di libro sarei?» chiede Matteo rivolto a tutti e a nessuno in particolare.

«Non credo che saresti un libro» dico io. «Saresti più ...»

«...Un fumetto!» esclama Daniel, completando la mia frase. Inevitabilmente arrossisco quando i nostri sguardi si incrociano e lui mi sorride con complicità.

«Saresti *Kick-Ass*» precisa poi Daniel.

Matteo sembra fermarsi a pensarci su per qualche istante e poi inizia ad annuire soddisfatto, come a dire che non gli dispiacerebbe affatto essere *Kick-Ass.*

«E tu saresti *Il cavaliere oscuro*» aggiunge fissando Daniel con gli occhi stretti, come se avesse avuto l'intuizione del secolo.

«Oh sì, amico, ci puoi scommettere» replica Daniel estasiato. La situazione gli sta decisamente sfuggendo di mano.

Osservo Chiara che fissa il suo piatto in disparte. Sta di nuovo giocando col cibo, immersa in un luogo che noi non possiamo raggiungere, parecchio lontano da qui. Ha scomposto la già misera porzione di arrosto in pezzetti minuscoli. Guardarla mi fa pensare a un libro vuoto, uno da cui sono state cancellate tutte le parole. Forse ha solo bisogno di qualcuno che la aiuti a riempirlo di nuovo.

«Olivia?» la voce di Daniel mi fa tornare alla realtà. «Non ci hai detto che libro saresti *tu.*»

La sua constatazione mi coglie alla sprovvista e mi lascia perplessa. Ha ragione, ero talmente concentrata su tutti loro che a me non ho proprio pensato.

Andrea mi scruta, un'espressione concentrata sul volto. «È difficile» mormora. Daniel la imita e all'improvviso mi accorgo di avere addosso gli occhi di tutti e vado nel panico.

«Qualcosa tipo *Jane Eyre*?» domanda Andrea.

Daniel fa una smorfia, come per suggerire che la scelta non gli pare azzeccata.

«Ragazzi» borbotto io. «Io sono soltanto una che i libri li legge» preciso, invitandoli in modo implicito a desistere, per quanto mi renda conto che la mia affermazione c'entri poco con questo nuovo gioco a cui adesso mi pento di aver dato inizio.

«Avanti, *libraia*, sta' al gioco» mi apostrofa Riccardo con un sorriso e un'inflessione calda e familiare nella voce di cui non credevo potesse essere capace, non nei miei riguardi almeno.

«Proprio perché leggi così tanto non ti dovrebbe essere troppo difficile farci contenti» aggiunge Lorenzo.

Io apro la bocca e la richiudo all'istante. Come faccio a dire loro che, nonostante Lorenzo abbia ragione da vendere, nella mia testa c'è il vuoto più totale? Sono certa che rimarrebbero delusi.

«*Mary Poppins*!» esclama Matteo, come se la sua fosse la risposta giusta a tutte le domande del mondo.

I ragazzi si voltano verso di lui con le espressioni più allibite che io abbia mai visto sulle loro facce.

«Il gioco è trovare un libro che sia affine a lei, non sparare titoli a caso» interviene Giulia in tono squillante e scorbutico.

Matteo si stringe nelle spalle cercando di mostrarsi indifferente, ma le sue orecchie arrossate per via dell'attenzione indesiderata che ha attirato su di sé lo tradiscono. La sua timidezza mi suscita simpatia, è più forte di me.

Speravo che la sua uscita infelice potesse convincere gli altri ad arrendersi, ma a giudicare da come sono tornati a esaminarmi, immagino che la questione sia fuori discussione.

«*Assassinio sull'Orient Express*, magari?» suggerisce poi Giulia.

«E questo adesso cosa c'entra?» prorompe Andrea, il tono esasperato.

«*Le mille e una notte*» sopraggiunge Daniel con fermezza, lasciandoci tutti spiazzati.

«Ma non è la storia di una tizia che cerca di non farsi uccidere dal futuro marito?» domanda Giulia dubbiosa.

«Sì, tra le altre cose» le risponde Daniel, che sembra non avere più intenzione di togliermi gli occhi di dosso. «La protagonista racconta all'uomo una storia diversa ogni notte tenendo da parte però la parte finale per la notte successiva, in modo da lasciare sempre vivo il suo interesse e così da impedirgli di fare a meno di lei.»

Daniel mette una spigliatezza tale nelle sue parole che nessuno osa sentenziare. E in qualche strano e assurdo modo io in Shahrazad mi ci vedo. Proprio come lei, sto cercando di aggrapparmi a quel che resta della mia vita con tutte le forze.

Io, però, ho un problema: non riesco a prevedere come finirà la mia, di storia. Ne ho rimandato così tanto il prosieguo che mi sono persa tra le pagine.

Quando distolgo lo sguardo, cercando di far evadere la mia mente da certi sentieri fin troppo tortuosi, mi accorgo di come Andrea stia guardando Daniel. Penso sia la prima volta che non riesce a trattenersi e, anche se in mezzo agli altri, lascia trasparire un sentimento sincero. Per qualche motivo che proprio non riesco ad afferrare, c'è qualcosa in Daniel che non le piace. Se non avessi imparato a conoscerla un po', direi che si tratta di invidia.

20

Non avrei mai immaginato che sarei arrivata a fare una simile affermazione, ma devo ammettere che la calura estiva della città mi manca parecchio. Mi viene da ridere soltanto a pensarci. Se qualcuno, un paio di settimane fa, mi avesse detto che avrei sentito la mancanza dell'afa e dei rumori mi sarei fatta una grossa risata. Di solito nessuno ci fa caso, ai rumori, a meno che non siano fastidiosi. Non ci facevo caso nemmeno io finché non sono arrivata qui. In questi giorni ho solo capito che il silenzio è molto più seccante del trambusto. A casa il baccano mi aiutava a distrarmi e a sentirmi meno sola. Il tipo di silenzio che c'è tra questi boschi invece, porta con sé una pace che può essere piacevole soltanto per chi non ha pensieri sgradevoli con cui dover fare i conti.

«Il principe azzurro ti aspetta anche stasera?» mi chiede Andrea. Distolgo lo sguardo dal paesaggio al di là della finestra e lo poso su di lei. Si sta passando uno smalto rosso vinaccia sulle unghie dei piedi. «Non hai detto una sola parola da quando siamo tornate in camera e non fai che fissare l'orologio» aggiunge stringendosi nelle spalle come a farmi capire che la sua è soltanto una deduzione logica.

«Daniel deve darmi una cosa che ha trovato» replico sulla difensiva.

«Una cosa che ha trovato? È una sorta di modo carino per dire che avete intenzione di darci dentro?» mi prende in giro.

Mi metto sulla difensiva. «Non è come pensi tu.»

Sorride. «Su, non fare quella faccia sdegnata. Ci siamo accorti tutti di come ve la intendete voi due.»

Possibile che tutti parlino di come mi guarda, di come *entrambi* ci guardiamo, e che io sia l'unica a non rendersene conto? Inizio ad agitarmi e, per placare la tensione, mi metto a giocare con una ciocca di capelli.

«Siamo solo amici» cerco di giustificarmi, nonostante io per prima stia iniziando a dubitarne. La possibilità di poter essere qualcosa di più mi accarezza e mi stuzzica, come un sapore nuovo sul palato.

«Forse, ma non resterete *solo* amici ancora per molto» replica lei con una risatina carica di malizia. «Anche se fosse, comunque, non ci vedo niente di male e non penso che dovresti vergognarti di ammettere che ti piace.»

«Va bene, può darsi che mi piaccia.» Lo sto ammettendo davvero?

Mi stringo nelle spalle, improvvisamente accaldata. Ora sì che le mie guance stanno avvampando. Ok, è vero, mi piace. Mi piace da impazzire, e ammetterlo, anche soltanto nel silenzio dei miei pensieri, mi regala un'inaspettata sensazione liberatoria, ma non per questo mi comporterò in modo diverso. Si tratta soltanto di un desiderio, di un'idea.

«Può darsi?» sbotta Andrea, mentre ride a crepapelle. «Te lo mangi con gli occhi, Liv!»

Mi sembra che lei sia la sola a divertirsi tanto in questo momento. Se continuo a costruire castelli di carta rischio di impazzire.

«Ok, ok. Confesso, sono colpevole. Mi piace e basta, ma non per questo vuol dire che debba esserci qualcosa di più.»

Prego che di fronte a me si materializzi un "mattone" gigantesco con tremila pagine nel quale poter sprofondare la testa, perché ho la sensazione di stare per esplodere. Andrea mi fissa con scetticismo.

«Non vedo il problema. Si vede lontano un miglio che morite dalla voglia di restare soli... di toccarvi e di fare l'amore» continua.

Soffoco una risata isterica, neanche fossi di nuovo una ragazzina di prima media. Parlare di sesso mi imbarazza sempre, è vero, ma non è questo quello che Andrea suggerisce.

Sta parlando di fare l'amore e da parte sua proprio non me l'aspettavo. È una cosa del tutto diversa, che non ho mai avuto modo di sperimentare fino in fondo. La mia nuova amica sta correndo troppo, è sicuro. Eppure questo non impedisce alla mia mente di divagare e per un attimo mi sembra quasi di vedermi lì, tra le braccia di Daniel, con indosso nient'altro che sospiri. L'immagine mi fa uno strano effetto, mi solletica e mi destabilizza insieme.

«Ci conosciamo appena» le faccio notare con la voce più stridula di quanto vorrei. Del resto per quanto ne sa lei ci siamo incontrati per la prima volta qui solo pochi giorni fa.

«Non ho mica detto che dovete sposarvi e avere dei bambini. Per divertirsi un po' non c'è bisogno di conoscersi a fondo. Anche se soltanto un cieco non si accorgerebbe dell'affinità che vi lega.»

«Non sono quel genere di ragazza» le rispondo senza riflettere. Mi rendo conto soltanto dopo aver aperto bocca che avrei potuto avere un po' di tatto in più.

«Non c'è niente di male» continua lei, imperterrita, dopo aver soffiato sulle unghie per far asciugare lo smalto. «E a ogni modo, anche per le storie serie da qualche parte si deve pur iniziare, non pensi?»

Daniel ci interrompe bussando alla porta con un tocco leggero, che riesco a sentire a malapena. Andrea alza lo sguardo soltanto un istante e mi sorride, incoraggiante, come una mamma premurosa che ci tiene a darmi il permesso di andare. Le faccio un goffo segno di saluto ed esco dalla stanza, tirando un sospiro di sollievo non appena mi chiudo la porta alle spalle. Daniel mi fa segno di seguirlo giù per le scale e, mentre scendiamo e andiamo verso la hall, mi accorgo che nasconde qualcosa sotto la felpa. Una volta arrivati si mette a sedere su uno dei divanetti e tira fuori un libro.

«*Ta-da!*» esclama con un sorriso a trentadue denti. Me lo porge, invitandomi a prenderlo, ma non appena allungo una mano per vedere di cosa si tratta lo allontana. «Come si dice?»

chiede.

Alzo gli occhi al cielo. «Grazie» mormoro.

«Non ho sentito, potresti dirlo più forte?»

«Idiota» borbotto guadagnandomi un altro sorriso sornione da parte sua.

«Speravo in un po' più di entusiasmo» replica lui.

Mi avvicino e tento di prendere il libro, ma Daniel non sembra avere intenzione di cedere senza lottare, così decido di giocare sporco e, pensando allo sguardo implorante che fa Max ogni volta che vuole ottenere qualcosa, cerco di imitarlo.

«Lo sguardo da cane bastonato è scorretto!» si lamenta lui. Sbatto le ciglia un paio di volte, poi un rumore improvviso attira la nostra attenzione.

Lui si porta un indice alle labbra per intimarmi di fare silenzio e si dà un'occhiata intorno. Sembra che non ci sia nessuno, ma sappiamo entrambi che non possiamo averlo immaginato. Mi prende per mano, come se ormai per noi fosse diventato un gesto normale, e mi fa strada verso la cucina. Mi accorgo che ha le nocche della mano sinistra livide e scorticate e mi chiedo cos'abbia in mente. Quando vedo la porta che dà sull'esterno, capisco. Provo ad aprirla, ma lui scuote la testa: è chiusa. Lo osservo mentre si mette a frugare tra i barattoli dentro uno degli stipetti della credenza finché non tira fuori una piccola chiave e apre la porta cercando di fare piano.

Esito prima di seguirlo all'aperto. Per fortuna ho tenuto i calzini ai piedi. Fuori la temperatura è ancora più bassa. Il vento freddo mi scompiglia i capelli. La luna è coperta dalle nuvole e credo che stia per piovere. Mi porto le mani alle braccia cercando di riscaldarmi mentre seguo Daniel che va a sistemarsi in un punto strategico, lontano dalle finestre.

«Come facevi a sapere dove trovare la chiave?» chiedo.

«Quando era il turno di Matteo di lavare i piatti ha visto Francesca tirarla fuori da quello stipetto per chiudere dopo aver fatto rientrare Zus» spiega lui con una scrollata di spalle, poi mi porge il libro.

«Che ti è successo alla mano?» gli domando.

«Oh» mormora lui, stupito, guardandola a sua volta. «Questo? Non è nulla. È stato un incidente.»

La sua risposta non mi convince, ma non voglio essere invadente.

«Non si vede niente» bisbiglio, riferendomi al libro. «Non riesco a leggere il titolo.»

«È una sorta di prontuario sulle farfalle» replica lui.

Mi avvicino il volume al volto e cerco di mettere a fuoco qualcosa senza successo. A stento riesco a scorgere il profilo di Daniel, riuscire a leggere è decisamente fuori questione.

«Farfalle?» domando.

«Già. Spiega tutto il loro processo di crescita, bruchi, crisalidi e quella roba lì. Ci sono anche fotografie di diverse specie.»

«Oh.»

L'argomento non mi dispiace, però non sembra proprio di facile accessibilità per me che non ho mai letto nulla del genere.

«Non è quello che ti aspettavi, eh?» sussurra.

«Non proprio» mormoro. «Ma non fa niente, va bene tutto.»

Qualsiasi cosa, pur di spegnere i pensieri, adesso che, oltre al peso di dover venire a capo di ciò che mi porto dentro, devo affrontare anche l'idea di quello che potrebbe succedere tra me e Daniel.

«Guarda il lato positivo, almeno sei sicura di non averlo già letto.»

«Già» replico con sarcasmo. Una folata di vento mi fa rabbrividire e inizio a battere i denti. Mi prenderò di sicuro un bel raffreddore e non c'è cosa al mondo che io odi più dell'influenza d'estate.

«Sei a maniche corte, vero?» mi chiede Daniel.

«Sì» rispondo continuando a strofinarmi le braccia con le mani per fare calore. Sto tenendo il libro tra le ginocchia per riuscire a scaldarmi. Cosa non darei per avere addosso qualcosa di più pesante.

«Resta qui, vado a vedere com'è la situazione» replica. Si allontana e torna nel giro di pochi istanti. «Ho sentito di nuovo lo stesso rumore di poco fa, ma non c'è nessuna luce accesa.»
«Dovremmo rientrare o congeleremo entrambi qui fuori.» Inizio a non sentire più le dita delle mani e, anche se sto cercando di strofinarle per scaldarle, dubito che la cosa possa funzionare a lungo termine: diventerò un ghiacciolo tra cinque minuti.
«E se fossero Veronica o Francesca? Ci hai pensato?» dice lui, ancora all'erta.
«Possiamo lasciare il libro qui da qualche parte. Troverò il modo di tornare a prenderlo di giorno.»
Per quanto mi faccia soffrire il pensiero di separarmi dall'unico oggetto che possa farmi stare meglio, non riesco a pensare ad altre alternative.
«Non mi riferivo al libro. Come spiegheremo la nostra gitarella al fresco?» replica Daniel.
«Forse dovremmo smetterla di sgattaiolare fuori dalle nostre stanze di notte. Succede sempre qualcosa» mi lamento io. Ora anche le dita dei piedi stanno iniziando ad avere problemi.
Sento Daniel che si muove nel buio, ma non riesco a vedere cosa stia facendo. Iniziare a fare una corsetta sul posto potrebbe essere una buona idea per non morire di freddo.
«Tieni. Prendi la mia felpa» dice porgendomela.
«Cosa? Non posso. Tienila tu» rifiuto subito. «Non c'è bisogno.»
«Avanti, Olivia, non farti pregare. Sembri avere molto più freddo di me» insiste lui.
La sua offerta è troppo allettante e non riesco a resistere. Prendo la felpa e la indosso. Ho ancora le gambe scoperte, ma mi sento subito meglio e mi delizio crogiolandomi nel calore che ha conservato, il *suo* calore. Una stilettata di desiderio mi scombina lo stomaco e riesce a rinvigorirmi.
«Grazie» mormoro.
Mi porto il cappuccio sulla testa, in modo da coprire anche il

capo e le orecchie, ma non posso fare a meno di sentirmi in colpa pensando al freddo che adesso deve sentire lui.

Sistemo il libro per terra contro il muro e gli vado accanto con passo incerto. Allungo le braccia nel buio alla ricerca del suo corpo.

«Olivia? Che fai?»

«*Shhh*» replico io.

Mi avvicino finché i nostri corpi non si toccano e con gesti impacciati gli porto le braccia al collo e appoggio la testa contro il petto, come se stessimo ballando un lento. Riesco a percepire la sua esitazione, che dura meno di un istante, quando si decide a mettermi a sua volta le braccia sulla schiena per stringermi.

«Non sono riuscita a farmi venire in mente una soluzione migliore di questa, dunque non lamentarti» mormoro pur di eludere la tensione tra noi.

«E chi si lamenta?» risponde lui con ironia.

Le nostre gambe si sfiorano, pelle contro pelle. Quando sento il battito del suo cuore sorrido, come se avessi ritrovato un vecchio amico. *Tum. Tum. Tum.* Batte con insistenza, lo sento accelerare e poi stabilizzarsi non appena Daniel si rilassa. Non sono l'unica a sentire le farfalle nello stomaco, a quanto pare.

Mi sento come se tra noi ci fosse una musica invisibile che ci avvolge in un abbraccio, così quando Daniel mi sussurra all'orecchio: «Ti va di ballare?» sento un fremito, e non si tratta del freddo questa volta.

Mi lascio trasportare dai suoi movimenti lenti e le orecchie mi si riempiono con le nostre risate, mentre mi fa fare una piccola giravolta sul posto, prima di stringermi di nuovo a sé.

Per un attimo mi dimentico del buio fitto e sollevo lo sguardo, desiderosa di incontrare i suoi occhi, come se potessi essere in grado di raggiungerli anche nell'oscurità, e invece sento la leggera pressione delle lenti sullo zigomo, il naso che mi sfiora la guancia, la sua bocca sulla mia.

Anche se si tratta di un piacere effimero, mi ritrovo all'improvviso a sentirmi completa, come se non avessi bisogno di altro per sentirmi felice nella vita. Una mera illusione in cui non mi dispiace per niente affogare.

Le labbra di Daniel accarezzano le mie, delicate, e la sua lingua arriva e sfiora la mia con dolcezza, facendomi perdere la bussola. Le gambe mi reggono a stento e il calore che mi pervade è tanto forte che potrebbe innescare un incendio.

Siamo costretti a interromperci in modo brusco quando Zus arriva correndo nella nostra direzione e abbaia contento.

«Ehi, bello» mormora Daniel, scostandosi da me e abbassandosi ad accarezzarlo. Mi sento come se avessi appena perso un pezzo. «Fa' silenzio, sta' buono.»

Zus scodinzola entusiasta e abbaia ancora.

«Zus? Andiamo, vieni dentro!» lo richiama Francesca in lontananza. Il cane ci guarda incerto sul da farsi. Daniel lo incita ad andare dandogli una leggera pacca sulla schiena e quello torna indietro dalla sua padrona, di corsa com'è arrivato.

«È una fortuna che Francesca l'abbia fatto uscire dalla porta principale» dice Daniel. «Diamogli il tempo di rimettersi a letto e poi rientriamo anche noi.»

«Ok» replico io, incapace di aggiungere altro.

Cogliendomi di sorpresa Daniel si avvicina e mi abbraccia di nuovo.

«Non ti dispiace, vero?» chiede stringendomi a sé senza indugio.

«No» rispondo riappoggiando il capo contro il suo petto. Profuma di bagnoschiuma al muschio e io vorrei baciarlo ancora e ancora, ma non trovo il coraggio di fare la prima mossa. Il silenzio rischia di prendere il sopravvento tra noi, forse ancora troppo concentrati su quello che è appena successo.

«Sai, credo di aver capito dove hanno messo le cose per giocare a *D&D*» dice lui, per spezzare la tensione.

«Dove?» chiedo, con la testa ancora da tutt'altra parte. Non è facile smettere di pensare al sapore delle sue labbra.

«Ho notato che c'è un cassetto che si chiude a chiave nella

scrivania dello studio.»

Mi mostro interessata, anche se vorrei soltanto sollevarmi sulle punte dei piedi per raggiungere la sua bocca. «Qualche idea su come aprirlo?»

«No. Ho provato a dare un'occhiata al mazzo, ma ci sono soltanto le chiavi delle stanze e dell'entrata principale. Nessuna traccia di una chiave più piccola.»

«Ci inventeremo qualcosa» replico per rassicurarlo.

«Forse è meglio rientrare adesso» mormora lui. «Non sento più le dita dei piedi.»

Purtroppo devo sciogliermi dalla stretta per tornare a riprendere il libro. Non vorrei dimenticarlo e mi coglie la paura che possa passare in secondo piano rispetto al ragazzo qui accanto a me. Questo mi getta nel panico. È da parecchio che non sento la necessità di uscire completamente dal guscio.

Seguo Daniel dentro. Non c'è traccia del passaggio di Francesca. Lui mi invita a proseguire in punta di piedi e, dopo che ha riposto la chiave nello stipetto, ce ne torniamo al piano di sopra. Sulla soglia della porta della mia stanza ci guardiamo a lungo. Finalmente, anche se non è molta, c'è abbastanza luce da permettermi di guardarlo negli occhi e mi perdo tra le cose che vedo: desiderio, insicurezza, indecisione.

«Scusa, per prima... io... mi sono lasciato trasportare» bisbiglia con un filo di voce.

Sorrido. «Non mi sembra che tu abbia niente di cui scusarti» affermo, reprimendo a stento un invito a baciarmi ancora.

Mentre lo scruto nella penombra non riesco a fare a meno di notare un alone su una delle lenti. Deve essere venuto fuori prima, quando sono venute a contatto col mio viso. Senza dire nulla gli tolgo gli occhiali e abbasso lo sguardo. Li strofino con la manica della sua felpa finché non riesco ad assicurarmi che siano puliti. Quando faccio per rimetticglieli, Daniel si china per baciarmi di nuovo, questa volta con più impeto, e io mi ritrovo con le spalle contro la porta. È strano non saper resistere al desiderio che provo. Mi fa sentire persa, come se non avessi più il controllo di me, ma è una sensazione piacevole.

A interromperci però arriva l'ennesimo rumore, che ci convince a separarci e a tornare ognuno nelle rispettive stanze. Quando rientro in camera, Andrea è ancora sveglia. Se ne sta seduta sul suo letto con uno strano sguardo sul volto. Più tempo passo insieme a lei, più ho la sensazione che ci sia qualcosa che la turbi nel profondo.

«Ce ne avete messo di tempo» dice dando un'occhiata distratta all'orologio sulla parete.

«Già. C'è stato un imprevisto» borbotto, con la sensazione di avere ancora le mani di Daniel tra i capelli.

«Vedo che hai riportato un trofeo.»

Penso stia alludendo al libro, ma quando seguo la direzione del suo sguardo capisco che sta parlando della felpa. Mi sono dimenticata di restituirla a Daniel.

Andrea mi osserva, aspettando che dica qualcosa a riguardo, ma alla fine decido di tacere, lasciando che tragga le sue conclusioni. Nascondo il libro sotto al materasso, poi mi infilo sotto le coperte senza togliere la felpa e respiro l'odore di Daniel di cui è ancora impregnata.

«Scommetto che ha ancora il suo profumo» bisbiglia lei, la voce stranamente priva di malizia, piena di qualcosa più simile alla malinconia.

«Sì» replico io.

«Siete riusciti a recuperare quella specie di gioco?»

«No. Daniel pensa che sia in uno dei cassetti della scrivania nello studio, ma è chiuso a chiave e non sappiamo come aprirlo.»

«Ci penso io se volete.»

«Ci pensi tu? In che senso?»

«Non è un problema per me forzare la serratura del cassetto con un paio di forcine per capelli.»

Resto interdetta per qualche secondo, non sapendo cosa dire. Vorrei chiederle come fa a essere tanto sicura di poterlo aprire

e come mai è in grado di farlo, ma mi trattengo.
«Bene. Penso che Daniel ne sarà entusiasta» rispondo alla fine.
«Gliene parlerò e penseremo a come fare per intrufolarci lì dentro. Grazie.»
«È un piacere.»
Ho come l'impressione che dietro alla sua proposta di dare una mano ci sia qualcosa di più, ma forse sono soltanto mie paranoie. Dubito che sia anche in grado di aprire la cassaforte e poi non c'è niente di suo lì dentro. O almeno questo è quello che ci hanno fatto credere il primo giorno. Eppure non riesco a togliermi dalla testa l'idea che abbia in mente qualcosa.

21

È buffo pensare a come il tempo allo chalet stia passando in fretta. Temevo che mi sarei annoiata da morire, che avrei desiderato ogni secondo della giornata di tornare a casa, invece non è così. Sono passate un paio di settimane ormai e devo dire che stare qui non è male come avevo immaginato. Per quanto sia comunque strano, non mi dispiace essere circondata da altre persone che, proprio come me, hanno dei problemi che non riescono ad affrontare. Mi fa sentire meno sola, più normale. Non conosco le cause alla base dei malesseri degli altri, non di tutti comunque, e non credo che qualcuno di loro possa davvero arrivare a capirmi, tranne Chiara forse, ma sto iniziando ad abituarmi alla situazione.

«Libraia, forse ti serve una mano» ridacchia Lorenzo mentre tento di prendere una scodella posizionata troppo in alto sullo scolapiatti. Lo fulmino con lo sguardo, incapace di capire se mi stia prendendo in giro o meno con quella sua risatina di scherno. Il fratello, oggi addetto alla sala da pranzo e a sparecchiare, non fa che sghignazzare alle nostre spalle e mi viene voglia di lanciargli lo strofinaccio addosso.

Loro, ecco, li sopporto ancora poco.

«Simpatici, davvero...» considero con una smorfia. Lorenzo mi porge la scodella senza fatica, adesso con un sorriso sincero e io mi trovo costretta a sorridergli a mia volta, nonostante il disagio.

Nei giorni scorsi, durante le sedute individuali, ho parlato con Veronica dell'università. Ho cercato di farle capire come mi senta confusa al pensiero di dover decidere se prendermi una pausa dagli studi o meno; a come non riesca più a continuare a studiare, andando avanti con i miei programmi di vita come se nulla fosse mai accaduto. Lei mi ha ascoltato senza fare pressioni di alcun tipo e senza sbilanciarsi in giudizi affrettati. Io stavo sull'attenti, in attesa di una di quelle domande tipiche che invece aspettavo mi facesse, ma non si è spinta oltre a un timido: «E questo come ti fa sentire?»

A cui ho risposto liquidandola.

«Abbastanza di merda.»

Quando non ce l'ho più fatta a parlare di me, ho ripiegato la conversazione sui libri e le ho raccontato delle mie ultime letture, entrando nel dettaglio, ed è stato lì che ho scoperto, con mia grande sorpresa, che la maggior parte dei romanzi di cui le parlavo li aveva letti anche lei. Abbiamo chiacchierato come due vecchie signore che si incontrano ogni settimana al club del libro. Abbiamo discusso delle trame, dei personaggi principali e anche di quelli secondari, poi ci siamo soffermate a chiacchierare di diversi scrittori e delle loro opere. Alla fine sono anche riuscita a rilassarmi e adesso, quando arriva il momento della seduta, non mi coglie più quell'ansia soffocante della prima volta che sono stata in questa stanza da sola con lei. Immagino lo scopo di Veronica fosse proprio questo fin dal principio. Capisco sempre di più perché per mamma fosse tanto speciale.

Sono anche consapevole del fatto che non aprendomi con lei del tutto, non sarò una delle prime ad andare via di qui, ma ormai mi sono quasi rassegnata all'idea di passarci tutta l'estate.

«Com'è questo posto d'inverno, quando c'è la neve?» mi sono ritrovata a chiederle.

«Bianco» ha detto lei. «Freddo.»

Ammetto che la cosa mi affascina più di quanto dovrebbe. A mancarmi, più di ogni altra cosa, persino più del mio Kindle, è Max. L'ho chiamato due giorni fa e abbiamo passato quasi un'ora al telefono.

«Liv, il centro è bellissimo!» ha esclamato pieno di entusiasmo. «Ci fanno giocare tutto il giorno. Ieri sono rimasto l'unico in squadra nella partita a palla avvelenata!»

«Proprio *tutto* il giorno?» ho ribattuto io, dubbiosa.

«No, no, non proprio tutto *tutto*. Ci fanno anche fare i compiti per le vacanze, un po', ma quelli sono sempre una noia. Liv?»

«Sì?»

«Quando torni a casa?» mi ha chiesto, con la vocina implorante che usa sempre quando vuole ottenere qualcosa.

«Ancora non lo so» ho risposto, cercando di stare sul vago. «Temo ci voglia un altro po' prima che Veronica riesca a, sai... *ripararmi.*»

Ho parlato anche con la nonna per qualche minuto e mi è sembrato di sentirla più rilassata. Le ho chiesto se ci fossero stati problemi con Max, di quel genere che di solito riesco a risolvere soltanto io, ma lei ha detto di non preoccuparmi e mi ha assicurato che non c'erano stati altri episodi.

Ci sono quasi rimasta male nel sentirle dire così. Per un attimo ho pensato che forse Max non aveva più bisogno di me e che la mia assenza lo stava soltanto aiutando. In fondo sono quella che lo tiene tra le braccia la notte e nient'altro, perché di giorno è come se non ci fossi. Passo tutte le giornate chiusa in camera a leggere e lo trascuro. Forse è per questo che non gli manco e la scenata della piscina è stata l'esempio lampante. Non riesco nemmeno a ricordare il numero delle volte che l'ho mandato via dalla mia stanza con una scusa, allontanando lui e allontanando me stessa, per quanto possibile, dal suo dolore che mi ricordava fin troppo il mio.

Per quanto possa sembrare assurdo, mi sono ritrovata spesso a invidiare mio fratello. Ricordo anche di un momento in cui ho pensato che avrei preferito avere la sua età, perché avrei di sicuro affrontato le cose in modo diverso, non mi sarei preoccupata di chiedere un abbraccio o di mostrare i miei sentimenti. Non avrei temuto di essere giudicata se fossi scoppiata all'improvviso in lacrime, senza motivo apparente. Lui merita molto di più da me. Forse dovrei iniziare a leggergli delle storie. Lui e la mamma leggevano insieme tutte le sere, e io stavo sempre lì ad ascoltarli. Nostra madre era una narratrice fantastica, in grado di farmi pendere dalle sue labbra come se non conoscessi già a memoria ogni parola. Potrei riprendere con le letture da dove si sono interrotti.

In questi giorni ho anche fatto qualche progresso con l'ukulele. Sotto lo sguardo vigile e attento di Daniel, sono riuscita a suonare bene i miei primi accordi. Adesso sto imparando come passare da un accordo all'altro seguendo il tempo. Ho chiesto a Daniel di farmi vedere, ma non ne ha voluto sapere. Ieri pomeriggio invece è venuta la cuoca dell'albergo per insegnarci come fare i cupcake. I ragazzi hanno snobbato la lezione e sono usciti con Filippo, ma io e Andrea ci siamo divertite un mondo e abbiamo riso come matte di fronte ai cupcake malriusciti di Giulia che, esasperata per il fallimento, ha finito per buttarli nella spazzatura.

«Poco male, no? Dubito che Taylor Swift sappia cucinare. Avete un'altra cosa in comune» ha commentato Andrea, divertita.

«Non c'è niente che lei non sappia fare. Ci vuole solo un po' di impegno» è stata la replica.

I migliori sono stati quelli che ha fatto Chiara, prima di sparire nella sua stanza con il volto ancora più livido e consumato del solito.

Quando abbiamo avuto occasione di stare lontano da orecchie indiscrete, io e Daniel abbiamo ideato una sorta di piano per intrufolarci nello studio di Veronica e, grazie al coinvolgimento dei walkie-talkie e all'aiuto di Lorenzo, abbiamo studiato i movimenti dei nostri sorveglianti ogni sera. Abbiamo scoperto che è sempre sua madre a occuparsi di chiudere a chiave, così io e Andrea siamo riuscite a distrarre Francesca mentre Daniel frugava nel mazzo di chiavi nella sua stanza di sopra, alla ricerca di quella per aprire lo studio. Abbiamo pensato che Francesca non si sarebbe accorta della mancanza di quella chiave in particolare, proprio perché non è lei a occuparsi della chiusura, e per ora è filato tutto liscio. Finalmente questa sera ci intrufoleremo nell'ufficio e domani rimetteremo tutto a posto.

Io e Daniel non abbiamo più avuto occasione di stare da soli e non avventarmi sulle sue labbra si è dimostrato più difficile del previsto.

* * *

«Ragazze, siete pronte? Passo.»
Io e Andrea ci scambiamo uno sguardo di intesa non appena sentiamo la voce di Matteo dal walkie-talkie.
«Sì, siamo pronte. Com'è la situazione? Passo.»
«Via libera, potete uscire. Passo e chiudo.»
Andrea esce dalla stanza e io la seguo, portando con me il walkie-talkie. Ad aspettarci fuori ci sono Daniel e Matteo. Ci scambiamo dei cenni per confermare le nostre posizioni e proseguiamo col piano.
Io, Andrea e Daniel entreremo nello studio e Matteo resterà di guardia sulle scale e ci avviserà col walkie-talkie in caso arrivi qualcuno.
In men che non si dica siamo dentro. Daniel e io invitiamo Andrea a fare il suo lavoro e la osserviamo con attenzione mentre apre la serratura utilizzando due forcine.
«Fantastica» mormora Daniel. Una punta di gelosia involontaria mi strappa un sospiro silenzioso.
Lei gli sorride compiaciuta e si sposta per fargli spazio. Non vedo traccia del disprezzo che mi è sembrato di percepire nei giorni scorsi.
Daniel apre il cassetto e il suo viso si illumina come il cielo durante la notte di Capodanno, quando viene rischiarato dalla luce di una miriade di fuochi d'artificio. I manuali e i due set di dadi sono proprio lì. Li prende tra le mani, trionfante, e se li stringe al petto esultando in silenzio.
«Cavolo è inquietante» mi dice Andrea arricciando le labbra. «Non ho mai visto un ragazzo tanto felice, nemmeno di fronte a un porno.»
Mi stringo nelle spalle. Per quanto mi riguarda non posso che

essere contenta di vederlo così allegro e soddisfatto dopo tanti sforzi e macchinazioni.

«Daniel e *Dungeons & Dragons*. Una storia d'amore migliore di *Twilight*» sussurro scuotendo la testa. Lui solleva lo sguardo dal suo bottino e mi fa una smorfia.

«È solo gelosia la tua» ribatte. Alzo gli occhi al cielo, cercando di evitare di pensare a quanto in realtà abbia ragione. È troppo egoistico, da parte mia, desiderarlo tutto per me? «Andrea, sei anche capace di richiuderlo il cassetto?»

«Certo» risponde lei, invitandolo a farsi da parte per eseguire. Proprio quando siamo pronti a uscire di lì, lei ci chiede di aspettare. «Ragazzi, che ne dite di dare un'occhiata anche allo schedario?» domanda, indicandolo col capo. «Non siete curiosi di sapere cosa scrivono le strizzacervelli su di noi?»

Daniel e io ci scambiamo uno sguardo esitante.

«E dai, non c'è niente di male» ci incita. «Ognuno di noi leggerà soltanto il proprio fascicolo» aggiunge facendosi strada verso lo schedario.

«Ok, ma sbrighiamoci» le dice Daniel.

Andrea usa ancora le sue forcine magiche e apre lo schedario senza difficoltà. Lì, suddivisi in ordine alfabetico per cognome, ci sono vari fascicoli. Daniel tira fuori il mio e quello di Andrea e ce li passa, poi prende anche il suo. Restiamo a fissarci tra di noi, senza avere il coraggio di aprirli.

«Non vi siete chiesti anche voi perché non tengono tutto al pc?» domanda Andrea, temporeggiando.

«Veronica è della vecchia scuola, preferisce avere tutto su carta e vuole che anche gli altri facciano così. Non si fida dei computer» risponde Daniel con estrema sicurezza.

«E tu come fai a saperlo?» ribatte lei, la fronte corrugata dal dubbio. Trattengo il respiro, sperando che lui non si tradisca.

«Me l'ha detto Francesca» spiega scrollando le spalle in tutta naturalezza. Gli darei l'Oscar per la brillantissima interpretazione. «Le ho domandato come mai prendesse appunti a mano durante una delle sedute, e me l'ha spiegato.»

«D'accordo, allora ci buttiamo?» ci chiede Andrea, ancora incerta.

Daniel ci precede e si decide ad affrontare il suo. Lo apre e si mette a leggere con attenzione, per poi sorridere tra sé soddisfatto, per solo il cielo sa cosa. Andrea e io invece continuiamo a non averne la forza. Mi domando come mai abbia insistito tanto se poi non ha nemmeno il coraggio di leggere.

«Ho avuto un'idea» mi dice. «Perché non ce li scambiamo? Io leggo il tuo, tu leggi il mio. Ci stai?»

«Cosa?» le domando nonostante abbia capito benissimo, assalita da un terrore improvviso. Mi viene da chiedermi se non fosse stato questo il suo scopo fin dal principio.

Vorrei dirle che è disonesto da parte sua. In fondo io so già tante cose di lei, invece lei ancora non conosce il motivo per cui io sono qui. Cerco di rifletterci per qualche istante.

«Ok, scambiamoceli» le dico infine. Forse è meglio così, che lo venga a sapere da un mucchio di fogli di carta piuttosto che dalla sottoscritta. Dopo tutto quello che ha condiviso con me, immagino sia suo diritto aspettarsi qualcosa in cambio.

Andrea mi porge il suo fascicolo e io le passo il mio. Apro la cartelletta gialla senza esitare e leggo gli appunti di Veronica. E più leggo più resto senza fiato. A quanto pare non avevo capito proprio niente di lei. L'Andrea che ho imparato a conoscere e che mi ha riempito di storie in questi giorni non somiglia nemmeno lontanamente a quella descritta da Veronica. Mi chiedo quale Andrea sia la più vera. La "mia" o quella di cui si parla tra queste pagine.

Quando lei alza lo sguardo dal mio fascicolo i suoi occhi da cerbiatto sono pieni di tante cose, ma fra tutte quella che riesco a distinguere meglio è la compassione. Mi domando cosa le stia mostrando il mio viso invece. Stupore? Sospetto?

«Ragazze, forse è il caso di andare adesso» dice Daniel mentre ripone il suo dossier nello schedario. Non sembra particolarmente turbato da ciò che ha letto. Annuiamo entrambe e gli passiamo i nostri dopo esserci scambiate qualche sguardo pieno di mille domande.

«Aspetta, voglio vedere una cosa» dice Andrea mettendosi a frugare tra le cartelle degli altri.

Daniel cerca di fermarla, mettendo un braccio sopra l'archivio, come a proteggerlo. «Non è giusto» le dice semplicemente. Andrea gli lancia un'occhiataccia.

«Senti, ragazzo dragoni e caverne, devo solo controllare una cosa, ne ho bisogno per prendere una decisione. Forse non ti sembrerà corretto, ma chi se ne frega» replica in tono acido. «Non sono fatti tuoi.»

«E sono fatti tuoi invece?» domanda lui che non sembra aver voglia di farsi mettere a tacere con tanta facilità.

«Ragazzi» mormoro io con voce implorante, cercando di pormi nel mezzo. Nessuno dei due dà segno di avermi sentito, continuano a guardarsi in modo ostile.

«Tutto bene lì dentro? Passo.»

«Sì, abbiamo trovato il gioco, tra poco usciamo» rispondo a Matteo. «Forza, dobbiamo andare. Non abbiamo tempo di metterci a discutere» ribatto cercando di fare da paciere.

«Se il tuo ragazzo qui mi lascia guardare quello di cui ho bisogno dopo possiamo anche andarcene» replica Andrea in tono tagliente. Non posso fare a meno di arrossire. «Vi ho aiutato. Me lo dovete» aggiunge.

Daniel ritrae il braccio, scocciato, e Andrea riprende a frugare tra i fascicoli finché non trova quello di Lorenzo. Daniel si trattiene a stento. Guarda me come a dirmi di occuparmene, ma io scuoto leggermente la testa. Non credo che Andrea smetterebbe nemmeno se fossi io a chiederle di farlo. Forse si è affezionata a me, è vero, ma per quel poco che la conosco non mi sembra affatto una che si lascia influenzare e, da quel che ho letto pochi attimi fa nel suo fascicolo, mi è solo più chiaro che è quel tipo di persona che se vuole qualcosa se la prende e basta, senza disturbarsi a pensare alle ripercussioni.

«Allora, hai finito?» le chiede Daniel, sempre più spazientito.

Si porta una mano alla nuca e si scombina nervosamente i capelli.

Andrea solleva lo sguardo soltanto per lanciargli un'occhiata carica di disprezzo e dopo qualche istante si decide a rimettere a posto il fascicolo di Lorenzo, sembra aver trovato quello che stava cercando.

«Sai, se voi ragazzi foste meno orgogliosi, noi donne non dovremmo ricorrere a certi stratagemmi per capire cosa vi passa per la testa.»

«Ed è mai passato per la tua, di testa, che magari Lorenzo non ti ha detto quello che hai scoperto lì dentro perché voleva tenerla per sé?» ribatte lui con impeto.

«No, risparmiami la predica. Voi maschi siete tutti uguali. Non avete proprio le palle di confessare certe cose a una donna.»

Daniel fa una smorfia, si ritrae come se quell'affermazione lo avesse colpito nel vivo, e non di certo perché appartiene al genere maschile, poi alza gli occhi al cielo mentre Andrea usa le forcine per chiudere di nuovo lo schedario. Mi è impossibile non pensare all'altra mattina, a quello che lui stesso ha insinuato che ci possa essere fra Veronica e Filippo. Mi rendo conto che, anche quando siamo rimasti da soli e avrebbe avuto modo di parlarmene, non mi ha mai detto nulla a riguardo.

«Possiamo andare» afferma infine Andrea, alzandosi in piedi e sorridendo, allegra come una scolaretta, come se non ci fosse mai stata nessuna discussione.

«Dammi una buona ragione per cui non dovrei dirlo a Lorenzo» la provoca Daniel frapponendosi tra lei e la porta. Andrea continua a sorridere imperterrita.

«Oh, ma per favore» sbotta liquidandolo con un gesto della mano, come se non volesse nemmeno fare lo sforzo di prenderlo sul serio. «Liv, vuoi ricordare a Daniel che è ora di andare?»

Resto a fissarla per qualche secondo senza sapere come comportarmi. Vorrei difendere Daniel, dirle che penso che abbia ragione e che non dovrebbe prendersela con lui, ma non ho voglia di contrariarla. Mi era sembrato di essere riuscita a scorgere la vera Andrea dietro a tutte le facce che le piace indossare, ma adesso ho di nuovo l'impressione di non conoscerla affatto. È stata tutta un'illusione, l'Andrea che ho visto io era soltanto una tra le tante, studiata nel dettaglio per farmi cadere vittima del suo inganno.

Adesso ai miei occhi è tornata a essere un'estranea di cui stento a comprendere il comportamento. Mi sento quasi come se fossi di fronte a un serpente. So che non riuscirò a scappare e ho paura che possa essere velenoso, dovrei stare in guardia, ma allo stesso tempo sono come pietrificata e ammaliata dal suo fascino e dalla sua ambiguità. Da un momento all'altro potrebbe strisciarmi addosso e accoccolarsi tra le mie braccia, oppure potrebbe avvolgersi intorno al mio collo e decidere di soffocarmi solo perché ne ha voglia.

Per fortuna Matteo, senza volerlo, interviene in mio favore.

«Ragazzi? Che fine avete fatto? Passo.»

«Arriviamo» rispondo. Faccio cenno a Daniel e Andrea di uscire. Lui sembra deluso dalla mia decisione di non schierarmi.

Una volta arrivati di sopra, Matteo e Daniel decidono di dividere il kit in tre parti. Io terrò uno dei manuali, Matteo conserverà l'altro e Daniel invece si occuperà di tenere al sicuro i dadi.

Sul punto di rientrare ci accorgiamo che c'è del movimento. Riccardo esce dalla stanza di Daniel e Lorenzo. Guarda fisso davanti a sé senza degnarci di attenzione, non c'è traccia del sorriso spavaldo che gli ho sempre visto stampato sul volto. Alla fine si volta verso di noi e posa lo sguardo su Andrea con un approccio tutt'altro che amichevole. Lei non sembra preoccuparsene minimamente, si limita a guardarlo come se fosse un insetto da schiacciare e non posso fare a meno di domandarmi cosa diavolo stia succedendo. Possibile che sia stata talmente presa da Daniel da non essermi accorta di questa specie di faida?

Lorenzo deve accorgersi dell'atteggiamento astioso del fratello perché gli poggia una mano sul braccio per attirare la sua attenzione, ma Riccardo si scansa dal suo tocco come se avesse temuto che lo contagiasse con qualche strana malattia, e se ne torna in camera sua senza dire una parola. Lorenzo lo osserva amareggiato, poi si volta con un'espressione sconfitta sul volto per fare un sorriso timido e incerto ad Andrea. Lei ricambia e non posso che pensare che un gatto, alle prese con un topo ignaro, avrebbe la stessa espressione.

«Si può sapere cosa sta succedendo?» le chiedo una volta rientrate nella nostra stanza.

«Non capisco di cosa tu stia parlando» risponde lei restando sulle sue.

«Va bene» sbotto. «Come ti pare.»

Sono stanca di stare alle sue regole e adesso che ho capito che con me si comporta proprio come fa con tutte le altre pedine sulla sua scacchiera non riesco a restare impassibile, non voglio più stare al suo gioco e mi sento una stupida per averle aperto una finestra sul mio cuore, acconsentendo a mostrarle il mio fascicolo. Per quel che ne so, potrebbe andare a raccontare a tutti quello che c'è scritto. Di certo non le importerebbe se fossi io a svelare cosa ho letto di lei, ne sono sicura.

Mi tolgo i calzini e mi infilo sotto le coperte, voltandomi dal lato della parete pur di non doverla guardare. Il muro spoglio di certo non mi pugnalerà alle spalle, probabilmente è un amico migliore di lei.

«Avanti, non prendertela» mi dice con quel suo tono canzonatorio che adesso stento a sopportare. «Non c'è molto da dire.»

Vorrei mettermi a ribattere a tono, ma decido di restare in silenzio. Mi riesce così bene dopo tutto. Continuo a darle le spalle, ma lei come sempre mi coglie alla sprovvista e viene a sedersi sul mio letto, facendo traballare il materasso e impedendomi di continuare a fingere che non esista.

«Oh, avanti, Liv, non siamo più amiche? Vuoi che chieda scusa al tuo *boyfriend?*»

«Va' via» borbotto.

«Mi dispiace, non volevo essere sgradevole, ma lui si è messo in mezzo ad affari che non lo riguardano.»

«Gli stessi affari che non riguardano nemmeno te» farfuglio.

«Non c'è niente di particolare importanza da sapere su Lorenzo. Sai il motivo per cui è qui, no? Volevo soltanto assicurarmi di poterlo mettere a posto prima di lasciarlo avvicinare.»

Decido di voltarmi per affrontarla. «Metterlo a *posto?* Per te siamo soltanto giocattoli, non è vero?» le chiedo con estrema calma. Lei resta in silenzio, forse sono finalmente riuscita a lasciarla senza parole. «Be' ti do una notizia dell'ultima ora: siamo persone. Non puoi prenderti gioco di noi a tuo piacimento e sperare che continuiamo a scodinzolarti intorno come docili cagnolini.»

«Cavolo» sussurra mettendosi a giocare con la treccia che le ho fatto con tanta cura solo qualche ora fa, il volto illuminato dalla debole luce della luna che viene dalla finestra. «Dietro a quel bel faccino acqua e sapone c'è molto più di quel che credevo.»

«Buonanotte, Andrea» replico stizzita prima di tornare a darle le spalle. E io che pensavo che per una volta si stesse sforzando di prendere la situazione sul serio. Che stupida. Sono caduta di nuovo nel suo tranello.

«Perché non mi hai detto dei tuoi genitori?»

«Non ho voglia di parlarne.»

«E allora perché io avrei dovuto dirti di Lorenzo?»

«Perché mi hai fatto leggere il tuo fascicolo?» le chiedo, eludendo la sua domanda senza senso. Vuole per caso paragonare qualsiasi cosa ci sia tra lei e Lorenzo con l'entità di quello che è capitato a me?

«Ero curiosa di leggere il tuo, visto che non mi hai praticamente mai detto niente su di te. Sapevo che avresti abboccato quando ti ho proposto di scambiarceli.»

«Brava, un'altra cosa è andata come avevi progettato nel tuo grande piano malvagio» controbatto. «Ma è stata l'ultima almeno per quanto mi riguarda.»

«Mi sembra che sia stato uno scambio alla pari comunque, non credi?» chiede. Stanca di risponderle me ne resto zitta. «Io ho scoperto che sei qui perché i tuoi genitori sono morti e non riesci a superarlo e a prenderti cura di tuo fratello e tu adesso sai che sono qui perché sono disposta a tutto pur di rovinare la vita ai miei stupidi genitori.»

La sento alzarsi dal mio letto per tornarsene nel suo.

«Dovrò sembrarti proprio una stupida ragazzina viziata» aggiunge divertita. Mi chiedo come faccia a scherzare su una cosa del genere.

«Non è così?»

«Dio, no.» Anche se non la sto guardando mi sembra quasi di vederla alzare gli occhi al cielo. «Non più di quanto Lorenzo e Riccardo non siano due che scopano e abbandonano le ragazze per divertimento.»

«Hai intenzione di dirmi a cosa ti stai riferendo adesso?»

«Sai, Liv, in realtà non ho voglia di parlarne» risponde, ripagandomi con la mia stessa moneta.

«Bene» replico con un sospiro di irritazione pura.

«Bene» ribatte lei. «Magari un giorno ne discutiamo, eh? Io ti confesso qual è il mio vero problema, tu mi racconti come sono morti i tuoi.»

La pungente ironia nel suo tono di voce è irritante.

«Certo» le rispondo io, con altrettanto sarcasmo. «E poi magari possiamo metterci a parlare dei nostri sentimenti.»

«Mi sembra un'idea fantastica.»

22

Il libro sulle farfalle è diventato la mia nuova ossessione. Da quando Daniel me l'ha dato, mi preoccupo di lasciare le tapparelle aperte prima di andare a dormire e mi sveglio non appena sorge il sole per mettermi a leggere. Non credevo ci fosse così tanto da sapere a riguardo, e mi sbagliavo di grosso. Dietro a quei piccoli insetti c'è un vero e proprio universo e mentre prima mi soffermavo a guardarle soltanto di sfuggita quando mi capitava di vederle, adesso sono impaziente e quasi fremo nell'attesa che accada di nuovo.

Oltre a spiegare tutto il processo di crescita e sviluppo, il libro illustra anche vari metodi per avvicinarle. Per esempio, realizzare una mangiatoia per poterle osservare è molto più facile di quel che credessi.

Do un'occhiata all'orologio. Sono soltanto le sei e un quarto, tutti dormono ancora, Andrea compresa. Riesco a sentire il cinguettio degli uccelli fuori dalla finestra. Mi alzo per andare in bagno, mi lavo i denti e mi vesto, cercando di non far rumore. Sbadiglio davanti allo specchio mentre raccolgo i capelli color grano in una coda di cavallo e osservo le occhiaie appena accennate che sono comparse per via del poco sonno. Quando passo accanto al letto di Andrea resto a guardarla per qualche secondo. Sul volto ha un'espressione tutt'altro che tranquilla e un leggero strato di sudore le ricopre la fronte. Noto un certo movimento sotto le palpebre, di sicuro sta sognando e, a giudicare da come si agita, non deve trattarsi di qualcosa di bello. Mi sento quasi in colpa per il modo in cui ho reagito alla scoperta di ieri sera. Quasi.

Prima di scendere di sotto mi infilo di nuovo la felpa di Daniel, ma il suo odore ormai è quasi scomparso e già lo rimpiango.

Non appena entro in cucina Zus mi viene incontro, allegro e pimpante come al solito. Gli faccio qualche carezza dietro alle orecchie e quando mi compare davanti Filippo per poco non urlo dalla paura. Non l'avevo sentito arrivare. Indossa una tenuta da jogging e sembra già pieno di energie, pronto a uscire per conquistare il mondo.

«Ehi, Olivia, buongiorno» mi saluta con un sorriso sorpreso. «Non credevo ti piacesse svegliarti così presto» aggiunge.

«Credevo di essere la sola già sveglia a quest'ora» replico mentre lo osservo armeggiare con la caffettiera. Mi lascio sfuggire un altro sbadiglio. Il caffè è proprio quello di cui ho bisogno.

«Non riuscivo a dormire. E tu cosa stai facendo invece?» domando, curiosa. «Vai a correre?»

«Sì, dopo il caffè. Questo è il momento della giornata che preferisco.»

In attesa che il caffè esca dalla moka prendo una brioche dalla credenza accanto al lavabo e mi verso un bicchiere di acqua fresca. Zus mi osserva, lo sguardo implorante. Gli lancio un pezzetto di brioche e lo afferra al volo saltando per non fallire la presa.

«Non lasciarti ingannare da quello sguardo da accattone, ha appena mangiato.»

Il leggero fischio della moka inizia a farsi sentire e l'aroma del caffè riempie la stanza. Filippo spegne il fuoco, poi mette un paio di cucchiaini di zucchero direttamente nella caffettiera e dopo aver mescolato bene il tutto, versa il caffè in un paio di tazzine e me ne porge una, indugiando con lo sguardo sulla felpa di Daniel.

Mi chiedo se non sia il caso di inventare una scusa, ma alla fine preferisco tacere. In fondo è solo una felpa, non significa niente.

Ce ne restiamo a bere il caffè in silenzio, in piedi di fronte al fornello. Una volta finito mi metto a frugare nello scatolone degli oggetti da riciclare alla ricerca di qualcosa che faccia al caso mio. Prendo un barattolo di sugo e lo lavo con cura in acqua calda per rimuovere l'etichetta e i residui di pomodoro. «Che stai facendo?» mi chiede Filippo in tono un po' scettico.

«Una mangiatoia per farfalle» replico asciugando il barattolo con uno strofinaccio.

«Oh» mormora senza nascondere lo stupore. «Sei un'appassionata?»

Annuisco con un sorriso. Meglio non dirgli che sono soltanto una neofita e che tutto ciò che so l'ho letto in un libro che non dovrei nemmeno avere. «Sai dove posso trovare del cotone idrofilo?» domando. «Mi servirebbe anche un cacciavite, o qualcosa di simile per poter bucare il coperchio. E dello spago.»

Filippo decide di darmi una mano e mi procura tutto ciò di cui ho bisogno. Si offre di bucare lui stesso il coperchio del barattolo e poi mi osserva mentre intreccio lo spago per ricoprirlo, formando una sorta di retina.

Per completare l'opera, riempio il vasetto di zucchero e acqua tiepida e uso questa sorta di sciroppo per inumidire il cotone, che poi sistemo sopra al buco nel tappo. Infine richiudo il tutto e capovolgo il vasetto in modo che lo sciroppo continui a fuoriuscire e a bagnarlo pian piano.

«So io dove potresti metterla» dice. «C'è una specie di radura poco lontano da qui. Ci passo ogni tanto quando vado a correre e ci sono sempre diverse farfalle nei paraggi.»

«Sarebbe perfetto» replico rigirandomi tra le mani la mangiatoia finita.

«Ho un'idea, perché non vieni con me? Ti faccio vedere dov'è la radura, così puoi sistemarci la mangiatoia.»

Accetto di buon grado la sua proposta e lo seguo lungo il sentiero che ci ha mostrato con Francesca qualche giorno fa. Ripenso a quanto teso sia il rapporto tra lui e Daniel e all'improvviso il silenzio tra noi diventa talmente imbarazzante che preferirei quasi non avere accettato il suo aiuto. Deve sentire la tensione anche lui perché per stemperare inizia a farmi qualche domanda sulle farfalle e io cerco di dilungarmi più che posso.

«Ecco, la radura è di qua» mi dice una volta arrivati, facendomi cenno di seguirlo al di fuori del sentiero.

Per qualche istante mi chiedo se sia prudente deviare. Siamo pur sempre da soli in mezzo alla natura e non lo conosco al punto da fidarmi ciecamente di lui. Filippo nota la mia esitazione e mi fa un sorriso incoraggiante, un po' incerto. Forse ho letto qualche thriller di troppo.

Pochi passi oltre il fitto degli alberi c'è la radura che mi ha descritto. Sembra un piccolo angolo di paradiso: il prato è ricoperto da piccoli fiorellini colorati e al centro spicca un albero solitario.

Mi faccio strada in quella direzione e mi avvicino alla ricerca di un ramo sporgente che non sia troppo alto in cui sistemare la mangiatoia. Purtroppo, per via della mia statura, non riesco a raggiungerne nessuno.

«Serve una mano?» mi chiede Filippo non appena si accorge che sono in difficoltà. «Vuoi che ti aiuti a sistemarlo?»

Gli spiego come legare lo spago a uno dei rami e lui segue passo passo le mie istruzioni. Una volta finito ci allontaniamo, tornando verso il sentiero. Resto in disparte e mi guardo intorno, scrutando il paesaggio che ci circonda con attenzione, alla ricerca di qualche farfalla.

«Secondo me dovresti passare nel pomeriggio a vedere se ha funzionato» dice.

È evidente che lui non prova il mio stesso interesse nei confronti della situazione.

«Mi piacerebbe poter stare un po' qui adesso, se non ti dispiace» replico. «Posso tornare da sola allo chalet.»

«Pensi di ricordare la strada che abbiamo fatto quando siamo usciti dal sentiero? Non voglio che ti perda.»

Mi stringo nelle spalle e annuisco, cercando di metterci tutta la convinzione possibile. Sono una frana a orientarmi in realtà, ma non ho intenzione di dirglielo. Voglio soltanto restarmene un po' da sola e sono certa che, in un modo o nell'altro, riuscirò a trovare la strada.

Filippo indugia, il suo sguardo scruta l'orizzonte mentre pondera sul da farsi, quando noto l'espressione sul suo volto distendersi all'improvviso.

«Guarda.» Mi fa segno di osservare un punto sulla destra. «Non mi ero accorto che fosse anche lei qui» dice, ed è allora che anche io la vedo.

Chiara, al margine della radura, è seduta a gambe incrociate, rivolta verso il sole. Ha gli occhi chiusi e un paio di cuffie nelle orecchie, un'espressione stranamente quieta sul volto.

«Puoi tornare indietro insieme a lei. È quasi più brava di me, ormai, con questi sentieri» mi dice Filippo prima di andar via e io annuisco distrattamente, mentre continuo a osservarla.

Mi accomodo sul prato e per una decina di minuti lascio vagare lo sguardo tra Chiara e la mangiatoia. Lei non apre gli occhi nemmeno una volta e resta immobile. Mi convinco quasi che stia dormendo, finché non mi accorgo, complice il riflesso del sole, che il suo bel viso è cosparso di lacrime.

Con la pena nel cuore, decido di avvicinarmi. Non so come attirare la sua attenzione senza spaventarla. Quando sono soltanto a pochi passi da lei mi rendo conto che non sta ascoltando musica come pensavo, ma la voce di qualcuno. Decido di evitare di interromperla e mi volto per tornare alla mangiatoia, ma lei mi ferma: «Ciao» mormora, alzando un braccio per spazzare via ogni traccia di pianto.

«Scusami» farfuglio io. «Non volevo disturbarti.»

Osservo il cellulare tra le sue dita mentre si toglie gli auricolari e ripenso a cosa ha detto Veronica quel giorno quando hanno ritirato gli smartphone. Ricordo che aveva accennato al fatto che Chiara avrebbe restituito il suo a tempo debito, ma finora non l'avevo mai vista utilizzarlo.

Forse agli altri dà fastidio che a lei sia stato concesso un lusso a noi negato.

«Non è come pensi» mi dice.

Deve aver capito quello che mi passa per la testa.

Io mi stringo nelle spalle e cerco di sorriderle come meglio posso. «Non ha importanza» ammetto, sincera. «A me non dà fastidio, pensavo solo a come reagirebbero gli altri.»

«Molto male, è sicuro» ribatte lei, spegnendo il cellulare. Lo smonta e mi mostra lo scomparto in cui andrebbe inserita la sim. «Ma penso che farebbe stare tutti meglio sapere che qui dentro non c'è proprio nulla. Sono fuori dal mondo proprio come voi. Non ne sento la mancanza.»

«Non capisco» è tutto ciò che riesco ad affermare. «Credevo di aver sentito una voce, prima.» Lei mi sorride con amarezza e annuisce alla mia domanda implicita. «È per caso una specie di manuale di auto-aiuto?» le chiedo, tirando a indovinare.

Lei soffoca una risata. «No, niente affatto. Oppure, non so, qualcuno potrebbe dire di sì.»

Si alza in piedi e riassembla il telefono con un gesto rapido e familiare, ripetuto chissà quante volte. Viene verso di me e mi porge le cuffie, mentre io sto lì impalata a farmi mille domande su di lei. Le metto nelle orecchie e aspetto, mentre Chiara decide cosa farmi ascoltare.

La voce calda e assonnata di un ragazzo mi arriva dritta e decisa nelle orecchie. Mi disorienta. Lo ascolto parlare e nel frattempo studio il volto di Chiara, che emana un amore e una nostalgia tanto forti da farmi sentire la mancanza della terra sotto ai piedi.

«Buongiorno, sto andando a lavorare. Ho approfittato del cielo sereno per andare a piedi oggi.»

Di chi è questa voce? Osservo i suoi occhi verdi, nella speranza che possano darmi la risposta senza che io sia costretta a chiedere, ma a esaudire le mie richieste invece è proprio lui.

«Ti amo, lo sai, vero? Non vedo l'ora che arrivi il 16 giugno.»

«Il 16 giugno?» mi trovo a ripetere. Chiara annuisce.

«Io e Claudio dovevamo sposarci il 16 giugno» spiega lei prima di invitarmi, con un gesto, a restituirle le cuffie. «Forza, meglio tornare adesso» dice. «E ti prego, non dirlo a nessuno.»

Per tutta la mattina non faccio che rimuginare sulla mangiatoia. Quando io e Chiara ci siamo avviate per tornare allo chalet era ancora vuota. A quello che mi ha detto lei invece sto cercando di non pensare. Il suo strazio è talmente vasto che mi sconvolge e io proprio non ce la faccio a sopportare altro dolore al di fuori del mio.
Faccio piuttosto fatica a mantenere la concentrazione durante la seduta con Veronica dopo pranzo. Non voglio in alcun modo insospettirla riguardo al libro, ma decido comunque di parlarle del mio piccolo progetto, restando sul vago, e fingo che l'idea mi sia venuta per caso mentre guardavo tra le cose da riciclare. Cerco di mostrarmi un'esperta, comportandomi come se sapessi già tutto sull'argomento per via di una fantomatica ricerca fatta ai tempi del liceo. Al termine della chiacchierata le esprimo la mia volontà di tornare alla radura e lei mi dà il permesso senza fare storie a patto però che non ci torni da sola, così mi dà un vecchio cellulare in cui sono salvati soltanto pochi numeri per le emergenze dicendomi di restituirglielo al mio ritorno.
Ventiquattrore fa avrei chiesto ad Andrea di accompagnarmi, ma dopo quanto è successo ieri sera non sono sicura di volere la sua compagnia. Lo proporrei volentieri a Daniel, ma ho paura che si annoierebbe da morire. Forse mio malgrado dovrei rivolgermi di nuovo a Filippo, visto che mi ha dato la sua disponibilità.
Seguo il suono della musica e lo trovo nella solita stanza insieme agli altri che stanno facendo pratica. Daniel, le braccia conserte e lo sguardo spento, se ne sta in disparte innervosito. Andrea invece chiacchiera con Lorenzo. Sembra che non gli dispiaccia lasciare che lei sfoghi i suoi istinti repressi su di lui.
Il mio entusiasmo si sgonfia in fretta quando mi rendo conto che mi toccherà attendere che la lezione di musica sia finita

prima di poter parlare a Filippo. Non riesco a capacitarmi di dover aspettare ancora. Lui mi porge l'ukulele e l'accordatore, ma scuoto la testa: oggi non sono proprio in vena, riesco a pensare soltanto alle farfalle.

«Perché quell'aria afflitta?» mi chiede Daniel non appena vado a sedermi accanto a lui.

«Odio aspettare.»

«E cosa stai aspettando... un miracolo? La divina provvidenza? Un supereroe che arrivi dal cielo per portarti via di qua? O sei più il tipo da principe a cavallo?» domanda con scetticismo.

Non so se lasciargli o meno libero accesso ai miei pensieri. Ho timore che possa fare dell'ironia, ma poi mi basta scambiare uno sguardo con lui e i suoi occhi, dietro a quelle lenti perennemente sporche, riescono a mettere a tacere tutte le mie insicurezze.

«Questa mattina Filippo mi ha accompagnato in una radura qui vicino a sistemare una mangiatoia che ho creato per attirare le farfalle» replico.

«Cavolo. Quel libro ti ha proprio dato alla testa, eh?»

«*Shhh!*» sbotto assestandogli l'ennesima gomitata tra le costole. «Non vorrai farti sentire!»

«Ho creato un mostro» dice con un ghigno stampato sul volto. «Non riesci a tornarci da sola?»

«Sì, ma Veronica ha detto che sarebbe meglio se mi facessi accompagnare da qualcuno perché la radura è fuori dal sentiero.»

«Perché allora non chiedi all'ape regina laggiù?» dice facendo cenno ad Andrea che sembra talmente presa da Lorenzo da non riuscire a vedere altro. Se non la conoscessi, direi che sembra innamorata persa. «Non siete più grandi amiche?»

Immagino che questa sua frecciatina sia dovuta al fatto che ieri non ho preso le sue difese e l'idea che possa pensare che non tengo a lui mi fa agitare parecchio.

«Non credo che ne avrebbe voglia» mi limito a dire, senza accennare alla discussione che abbiamo avuto.

«Posso sempre accompagnarti io allora. A meno che tu non preferisca Filippo.»

«Perché dovrei?» ribatto, sulla difensiva.

«Non lo so. Non dico di essere esattamente un intenditore, ma mi sembra piuttosto attraente» sibila con sdegno, esaminandolo da lontano. «O sbaglio?»

È geloso? Non capisco se le sue allusioni siano rivolte alla madre o a me questa volta.

«Non dire idiozie. Avrà almeno dieci anni più di me» obietto, in preda all'imbarazzo.

«Non mi sembra che questa mattina sia stato un problema, no?» chiede indispettito senza riuscire a celare il fastidio. Ormai non ho dubbi riguardo al fatto che Filippo, Veronica o meno, non gli piaccia per nulla.

«In effetti ce la siamo spassata» replico con sarcasmo, provocandolo. Daniel si volta a osservarmi cercando di capire se faccia o meno sul serio e, quando intuisce che l'ho soltanto preso in giro, sembra rilassarsi. «Allora? Hai intenzione di accompagnarmi? O vuoi che ti parli di quanto sono profondi e intensi gli occhi di Filippo?» gli chiedo, nel tentativo di sdrammatizzare, ma lui mi lancia un'occhiata fiammeggiante, arrabbiato.

Sì, è proprio geloso. Ammetto che la cosa mi fa un piacere immenso.

* * *

Daniel e io riusciamo a tornare alla radura senza particolare difficoltà con Zus al seguito. Restiamo a osservare la mangiatoia in disparte, senza avvicinarci all'albero. Due farfalle dai colori accesi ci stanno volando intorno, agitandosi e cercando di prendere il sopravvento l'una sull'altra. Immagino che siano due maschi che lottano per il territorio. Dalla posizione in cui mi trovo non riesco a distinguerne abbastanza bene i colori da capire a che specie appartengano.

«Non ci avviciniamo?» mi chiede.

«No, volerebbero via nel giro di pochi istanti» spiego con senso pratico. «Mi piacerebbe da morire poter allevare un bruco» confesso in un sussurro mentre osservo una delle farfalle posarsi sulla mangiatoia. «Il processo di trasformazione che porta un bruco a diventare farfalla è terribilmente affascinante. È un vero miracolo della natura e poi, senza interventi umani, i bruchi hanno un'elevatissima percentuale di possibilità di non arrivare a diventare farfalle, mi piacerebbe poterli aiutare e tenerli al sicuro fin quando ne hanno bisogno.»

«Perché non lo fai allora?»

«Non credo sia facile trovarne.»

«Possiamo sempre provare a cercarli» dice Daniel con un sorriso promettente. «Tentare non costa nulla.»

Passiamo le ore seguenti a frugare tra le piante del sottobosco nei dintorni della radura, alla ricerca di quelle che secondo il libro sono le più frequentate dai bruchi. Cerco di spiegare a Daniel che aspetto dovrebbero avere e di dargli tutte le indicazioni che penso possano essere utili. Gli faccio presente che nei primi stadi dello sviluppo i bruchi non superano il centimetro di lunghezza e che le uova, in genere di un giallo tenue, sono piccole come una briciola di pane, purtroppo però non troviamo nulla e alla fine rinunciamo e torniamo allo chalet a mani vuote.

«Non scoraggiarti. Torneremo a cercare un altro giorno. Magari è soltanto questione di cambiare zona» dice dopo avermi dato una pacca sulla spalla.

Deve essersi accorto della mia delusione. Sono stata una sciocca a sperare di poter davvero trovare un bruco al primo tentativo e a illudermi che un semplice libro potesse farmi diventare competente in materia in così poco tempo.

Visto che non replico, Daniel cambia argomento e mi parla dei suoi progetti per la serata. A quanto pare lui e Matteo vogliono festeggiare il recupero del kit e giocare finalmente a *D&D*, così ci accordiamo per incontrarci in camera mia dopo la mezzanotte.

Non appena rimettiamo piede allo chalet, però, ci accorgiamo subito che le cose non sono tranquille come le abbiamo lasciate. Sono tutti riuniti nella hall e hanno delle strane espressioni sul viso, come se qualcosa li avesse turbati e fatti ammutolire. Daniel e io smettiamo all'istante di chiacchierare e nel giro di qualche attimo ci è chiaro il motivo di tanta tensione. Si riesce distintamente a sentire la voce alterata di Riccardo provenire dallo studio. All'ennesima imprecazione Veronica e Filippo si scambiano uno sguardo di intesa e lui si avvicina alla porta, senza tuttavia intervenire.

Daniel cerca lo sguardo di sua madre, preoccupato, ma l'attenzione di Veronica è altrove. Riccardo continua a insultare Francesca a gran voce, Filippo indugia, la mano sulla maniglia della porta. Anche Lorenzo si avvicina nonostante Veronica gli stia intimando di restare indietro. La situazione degenera quando si sente distintamente del vetro andare in frantumi. Filippo spalanca la porta con determinazione e trascina fuori Riccardo che continua a gridare contro Francesca.

«Siete soltanto una massa di stupidi idioti. Giocate a fare dio, ma non capite un cazzo. È questa la verità!» sbraita. «Levami le mani di dosso, coglione! Mi hai sentito? Oppure oltre a essere scemo sei anche sordo?» aggiunge cercando di liberarsi dalla stretta di Filippo.

«Ric, adesso basta. Stai esagerando» interviene Lorenzo nel tentativo di calmarlo. «Questa gente cerca soltanto di aiutarci.»

«Stronzate! Ti sei lasciato fare il lavaggio del cervello» gli urla contro in risposta, totalmente fuori controllo. «Va bene, amico, sono calmo, puoi lasciarmi» aggiunge qualche secondo dopo, rivolgendosi di nuovo a Filippo e smettendo di fare resistenza. Lui però non sembra molto convinto della sua arrendevolezza, esita abbastanza da farlo infuriare ancora di più. Il volto di Riccardo si tinge di rosso, le vene sul collo si gonfiano. Riesce a liberarsi dalla presa di Filippo strattonandolo via e si scaglia contro il fratello, mettendolo a tappeto.

«Sei uno stupido senza palle! Ti sei lasciato ammaestrare come una scimmia da quella stronza! Non gliene frega un cazzo di te. Quella non riesce a vedere a un palmo dal suo fottutissimo naso da snob!» urla Riccardo mentre colpisce Lorenzo sul viso. Pensavo si stesse riferendo a Veronica, ma ora mi è chiaro che parla di Andrea. Filippo si fa avanti e prova a separarli. Daniel decide di mettere da parte gli screzi e tenta di dargli una mano come meglio può.

Veronica sparisce in cucina e torna qualche attimo dopo con un secchio pieno d'acqua fredda che rovescia, senza tante cerimonie, in faccia a Riccardo. Colto alla sprovvista il ragazzo si ferma e lascia andare il fratello, poi inizia a ridere a più non posso, in preda all'isteria, il corpo scosso da fremiti. Restiamo tutti col fiato sospeso.

«Siete proprio degli stronzi» dice tra le risate. «Oh, ma vi sbagliate di grosso se pensate di potermi tenere a bada con le vostre cazzate. Io me ne vado. Non ci resto qui a farmi fare il lavaggio del cervello. Fanculo tutto.»

«Se è questo che vuoi, Filippo sarà contento di accompagnarti alla stazione dei treni più vicina» replica Veronica. «Non voglio che tu stia qui contro la tua volontà. Se vorrai andartene prima di avere la nostra autorizzazione, sarà compito del tribunale stabilire cosa fare con te.»

«Puoi dirlo forte» le risponde Riccardo rimettendosi in piedi e togliendosi la t-shirt inzuppata per strizzarla sul pavimento. Finalmente ha smesso di ridere. Daniel aiuta Lorenzo a rialzarsi e Francesca, con un'espressione scombussolata sul viso, gli porge una busta di piselli che è andata a recuperare dal freezer. Provo molta pena per lei, qualunque siano le ragioni di Riccardo, non penso che abbia fatto nulla per meritare tanta ira.

«Non credere che starai tanto meglio lì fuori» aggiunge Veronica, la voce carica di disprezzo. «Se ti illudi che tuo padre te la farà passare liscia anche questa volta sbagli di grosso, sarai soltanto nelle mani dei giudici.»

«Sta' zitta. Non sai un cazzo di mio padre tu» sbotta lui.

Daniel fa per mettersi in mezzo, riesco a vedere la preoccupazione e l'irritazione crescente farsi spazio nei suoi occhi, ma Veronica gli poggia una mano sulla spalla per tranquillizzarlo e per evitare che si creino altri conflitti. Ora come ora quel ragazzo è una mina vagante ed è meglio lasciarlo stare.

«Vai a prendere la tua roba. Filippo sarà pronto ad accompagnarti nel giro di pochi minuti» dice poi rivolta a Riccardo. «Mi dispiace, non doveva andare così.»

Di tutta risposta, lui le fa il dito medio, a viso aperto, incurante.

23

l resto della giornata passa in fretta. Filippo porta via Riccardo e lo chalet resta avvolto in una sorta di silenzio irreale. Ieri sera avevo esitato, indecisa sull'insistere o meno perché Andrea non leggesse il fascicolo di Lorenzo, adesso invece la curiosità mi divora. Perché Riccardo ha reagito in quel modo? Vorrei chiedere ad Andrea di dirmi cosa ha scoperto, ma non ne ho il coraggio. È tutto il giorno che ci evitiamo e sarebbe il colmo se ricominciassimo a parlare proprio per questo motivo. Persino adesso che siamo sole in camera cerchiamo di stare alla larga l'una dall'altra. Lei sta scrivendo dio solo sa cosa su un vecchio quadernino, io invece ho messo da parte il libro sulle farfalle per leggere il manuale del giocatore di *D&D* in modo da cercare di capirci qualcosa. I miei pensieri però sono alla deriva.

Per un attimo ho temuto che Daniel potesse farsi male oggi pomeriggio. L'ansia mi ha attorcigliato lo stomaco in modo dirompente e sono riuscita a calmarmi un po' soltanto quando ho visto Filippo allontanarsi con Riccardo.

Lorenzo, dal canto suo, non è stato fortunato come Daniel che ne è uscito illeso. Sotto all'occhio sinistro ha un livido gonfio, di un rosso a metà tra il borgogna e il vermiglio. Non mi è sembrato particolarmente scosso, comunque. Penso sia abituato ai colpi di testa del fratello.

Mi chiedo se i ragazzi verranno comunque a giocare dopo quello che è successo. A cena non abbiamo avuto modo di parlarne, ma immagino che salterà tutto quanto.

Proprio quando, passata la mezzanotte già da un po', mi decido a riporre il manuale sotto il materasso per mettermi a dormire, qualcuno bussa alla porta. Andrea si volta a guardarmi, poi senza dire una parola va ad aprire e lascia entrare Daniel, Matteo e Lorenzo.

«Abbiamo pensato di venire lo stesso» mormora Daniel, avvicinandosi per sedersi ai piedi del mio letto con il contenitore dei dadi tra le mani. «Lorenzo ha insistito» aggiunge giustificandosi.

«Non volevo che andasse tutto a quel paese solo perché mio fratello è un idiota» interviene lui.

«Come va l'occhio?» gli chiede Andrea avvicinandosi per osservarlo meglio. «Fa molto male?»

«Sono stato peggio» replica Lorenzo con un sorriso, abbracciandola affettuosamente come se fossero da soli nella stanza.

«Ragazzi, vi dispiace se io e Lori ce ne andiamo un po' di sotto?» ci domanda Andrea. «Magari giocherete tutti insieme un'altra volta, eh?»

Daniel si stringe nelle spalle e fa cenno a Matteo di venire a sedersi mentre i due piccioncini vanno via. Avrei preferito anche io passare del tempo da sola con Daniel piuttosto che giocare, ma lo tengo per me.

«Cerchiamo di vedere il lato positivo. La prossima volta possiamo incontrarci in camera di Matteo visto che adesso è da solo» dice Daniel per sdrammatizzare. L'altro annuisce, stringendosi al petto un quaderno.

Stanno per mettersi a spiegarmi i fondamenti del gioco, quando sentiamo di nuovo bussare alla porta e ci scambiamo degli sguardi allarmati. Faccio cenno ai ragazzi di andare a nascondersi in bagno e infilo i dadi e i manuali sotto le coperte, così da nasconderli alla buona.

Non ho modo di avvisare Andrea, ma magari posso fingere di essermi appena svegliata e di essere del tutto ignara dei suoi spostamenti. Soltanto la luce accesa mi tradisce, ma spegnerla sarebbe inutile, chiunque ci sia lì fuori se ne accorgerebbe.

Dopo essermi assicurata che è tutto a posto vado ad aprire e mi ritrovo davanti Giulia, che entra senza neanche chiedere il permesso. Tiro un sospiro di sollievo. In questo caso è il minore dei mali.

«Dove sono gli altri? Li ho visti entrare qui dentro. Fate una festa?»

Daniel e Matteo vengono fuori dal bagno non appena sentono la sua voce.

«Una festa?» le chiede Daniel, un'espressione piuttosto sconcertata sul volto.

«Perché vi sareste riuniti qui tutti insieme altrimenti?» ribatte lei esasperata lisciando con la mano il tessuto del buffo pigiama che indossa. Non ne sono sicura al cento per cento, ma giurerei che è identico a quello che porta la Swift in uno dei suoi video. Non mi stupirei se fosse proprio *quello*.

«Per giocare a *D&D*.»

«È un gioco a luci rosse?» chiede, in un tono a metà strada fra disgusto e curiosità.

«È un gioco di ruolo fantasy» spiega Matteo, un ghigno divertito sul volto.

«Dio, ma perché nessuno qui ha mai sentito parlare di *D&D*» borbotta Daniel tra sé e sé, portandosi il palmo della mano sul viso.

«Meglio così. Posso giocare?» domanda lei. «Dove sono andati Lorenzo e Andrea?»

«Volevano stare da soli» replico io cercando di non darle a vedere quanto mi infastidisca il suo atteggiamento. La sua curiosità è insaziabile. Non che la mia non lo sia, ma almeno io ho il buongusto di tenerle per me certe domande. Mi ricorda un po' Max da questo punto di vista e la mia antipatia viene un po' meno. Forse è solo ingenua e diretta: dovrei sforzarmi di concederle almeno il beneficio del dubbio, per quanto poco la sopporti.

Giulia fa una strana smorfia che immagino voglia stare a sottolineare il suo disappunto verso la voglia di isolamento di Andrea e Lorenzo. «Allora, posso giocare anch'io?» insiste.

Daniel e io ci scambiamo un'occhiata: nessuno dei due sembra entusiasta all'idea, ma magari potrebbe stupirci. Non ho proprio il cuore di cacciarla e visto che ci ha scoperti, non sarebbe la cosa più saggia da fare. Potrebbe offendersi e andare a svegliare Veronica, non si sa mai.

«Per me puoi restare» le dico. «Prendi la sedia e avvicinala al mio letto.»

«Fantastico» replica lei mentre io recupero da sotto le coperte i manuali e i dadi. «E il tabellone dov'è?» domanda allibita.

«Non c'è nessun tabellone. Bisogna soltanto usare la fantasia» le spiega Daniel.

Giulia alza una delle sue sopracciglia perfettamente depilate e ossigenate cercando di capire se lui faccia sul serio.

«Che razza di gioco da tavolo è se non c'è nemmeno un tabellone per segnare i punti?»

Matteo strappa dei fogli dal suo quaderno e ce ne porge un paio a testa, insieme a delle biro, poi fruga nel *Manuale del Dungeon Master* e tira fuori delle schede personaggio prestampate. «Ecco tutto ciò che serve.»

«Oh, e ovviamente i dadi li useremo a turno» aggiunge Daniel.

«Qualcuno ha intenzione di spiegarmi?» chiede Giulia sistemandosi i boccoli biondi, infastidita. Osserva la scheda del personaggio come se fosse scritta in arabo. «Perché se mi state prendendo in giro non è per niente divertente. Non tutte le bionde sono stupide» aggiunge ammiccando nella mia direzione, come a cercare solidarietà da parte mia.

La ignoro.

«Ma tu non sei davvero bionda» le fa notare Matteo.

«Qualcuno ha bisogno degli occhiali» replica lei scuotendo la testa, come se si trovasse di fronte a un caso disperato.

Matteo apre la bocca con l'intenzione di ribattere, ma Daniel gli fa un gesto svogliato per fargli capire che con Giulia è inutile discutere. Lei è così, pensa proprio di essere un'altra persona, nemmeno se ci mettessimo di buona volontà tutti insieme riusciremmo a cavare un ragno dal buco.

Daniel inizia a spiegarci cosa fare. Ci parla in breve di tutte le razze, delle classi dei personaggi e ci spiega come compilare la scheda. Visto che è la mia prima volta, mi consigliano di creare un personaggio soltanto. Decido per un'arciera umana, ispirandomi alla protagonista di un romanzo che ho adorato, poi inizio a tirare i dadi per stabilire i valori di base con cui inizierà. Quando chiedo a Daniel se sto facendo nel modo corretto, si ferma a leggere per qualche attimo e poi solleva lo sguardo dalla mia scheda e alza gli occhi al cielo, allo stesso tempo rassegnato e divertito.

So a cosa sta pensando, solo pochi minuti fa ci ha invitati a utilizzare al meglio la nostra fantasia per dare vita a qualcosa di nuovo e unico e io invece sto creando il mio personaggio attingendo a ciò che ha creato qualcun altro.

Giulia invece ha deciso di creare un'umana con dei poteri magici e di chiamarla Alison, ma quando viene il momento di tirare i dadi tutto il suo entusiasmo si spegne e dopo diversi sbadigli decide di rinunciare e andare a dormire.

I ragazzi restano ancora un po' e cercano di spiegarmi altre regole che ci serviranno per giocare a tutti gli effetti la prossima volta. Matteo avrebbe voluto iniziare già stasera, ma Daniel, che sarà il nostro Dungeon Master, ha insistito per aspettare Lorenzo, dicendo che si occuperà di spiegargli come compilare la scheda domani sera.

Daniel cerca di allontanare Matteo con la promessa di raggiungerlo subito, ma lui non coglie e si propone di aspettarlo, così non riusciamo a stare da soli nemmeno un momento.

Quando anche loro tornano nelle rispettive stanze, l'orologio segna le due e tre quarti e di Andrea non c'è ancora traccia. Per quanto vorrei riuscire a mostrarmi indifferente e per quanto sia consapevole che non ha alcun bisogno di me e delle mie premure, non riesco a fregarmene, non fa proprio parte della mia natura.

Afferro il pennarello dal comodino con slancio e scrivo i numeri, aggiornando il conto, e questa volta mi spingo oltre alla solita superficie del braccio, ricopro tutto il dorso della mano mentre cerco allo stesso momento di mettere a freno l'istinto di riempire con l'inchiostro ogni centimetro della mia pelle. Mi metto a dormire, senza però smettere di pensare nemmeno per un secondo. La mia mente è vigile e continua a lavorare come una piccola ape operaia. Quando però finalmente mi appisolo, sento qualcuno scuotermi la spalla con delicatezza. «Che succede?» borbotto rigirandomi verso l'ormai familiare parete e portandomi le coperte sopra alla testa.

Andrea ha acceso la luce e il bagliore mi infastidisce gli occhi. Vorrei che mi lasciasse a dormire però non riesco a fare a meno di preoccuparmi. Spero non sia successo niente di grave.

«Liv? Sei ancora arrabbiata con me?» chiede lei sottovoce.

Tutto qui? Mi volto nella sua direzione e mi sforzo di ridestarmi un tantino. Fuori è ancora buio pesto. Immagino che, qualunque cosa abbia da dirmi, potremmo anche discuterne in un altro momento. Vorrei davvero riuscire ad ascoltarla, ma sono proprio esausta.

«Non possiamo parlarne domani?» le chiedo con uno sbadiglio. E la mia voce viene fuori debole e impastata dal sonno, al punto che non sono neanche convinta che abbia sentito.

«Volevo solo dirti che mi dispiace. Non voglio perdere anche te» dice con un sospiro.

«A cosa ti riferisci?» mormoro.

I miei neuroni stanno andando in tilt, ma mi sforzo di seguirla.

«Oh, a niente. Nulla di cui valga la pena preoccuparsi» dice. «Scusa se ti ho svegliata.»

Si allontana per andare verso il suo letto così appoggio di nuovo la testa sul cuscino con gli occhi che quasi si chiudono da soli ma, dopo aver indossato la camicia da notte, viene di nuovo da me e si mette a sedere sul materasso con un balzo come le piace tanto fare.

«Sai cosa mi diceva sempre Amelia, la tata, quando ero piccola e combinavo qualche guaio? "È inutile piangere sul latte versato. Quel che fatto è fatto, Andrea. Non puoi fare come il coccodrillo, che prima mangia i figlioletti e poi piange."»

«Parli dei furti?» replico.

«I furti? No, no. Quelli non sono mai stati il vero problema, soltanto la conseguenza» risponde. Apro gli occhi di nuovo per osservarla, cercando di svegliarmi quanto basta per capire cosa le stia passando per la testa. Sta guardando fuori dalla finestra, ha l'aria assorta. Mi sembra troppo seria, più del solito, quindi cerco davvero di impegnarmi per ritrovare un po' di lucidità.

«È tutto ok?» le chiedo.

«Non è come credi.»

«Scusa?» borbotto.

Prende un lungo respiro. «Tra me e Lorenzo. Non è come credi.»

«Io non credo niente» replico. «E poi non sono fatti miei, ricordi?»

Forse sono stata un po' brusca, ma è stata lei a scegliere di non dirmi la verità e di tenermi a distanza. È stata una sua decisione e non può biasimarmi se adesso mi ritraggo.

«E dai, non fare la difficile.»

Ci penso un po' su e alla fine decido di dargliela vinta, mostrando una pazienza che non pensavo nemmeno di avere.

«E allora com'è, se non è come credo?» la invito a continuare. Non so perché lo faccio, ma ormai mi sono affezionata a lei e non riesco a serbarle rancore nonostante tutto. Mi odio, ma sono fatta così.

«Non penso sarebbe giusto che condividessi la cosa anche con te, sono cose abbastanza "private". Sai, no? Mi sembrerebbe di tradire la sua fiducia.»

Si sta riferendo a loro come a una coppia? Questa è una novità. Come lo è il fatto che Andrea si stia facendo degli scrupoli, per quanto rispetti la sua scelta di non rivelarmi nulla.

«Capisco, non devi dirmi niente. Ma dunque adesso state *insieme*? Si è confidato con te?» le domando.

Ora mi sento curiosa come Giulia. Non riesco a stare zitta e mi vengono così tante domande per la testa che non riesco a frenarmi.

«Insieme? Non direi no, non esagerare. Comunque sì, mi ha detto molto di sé, ma non è stato facile convincerlo.»

«In che senso?» chiedo. Dovrei mordermi la lingua.

Andrea si stringe nelle spalle con nonchalance, come se non fosse poi così importante.

«Gli ho soltanto detto quello che voleva sentirsi dire. Ho dovuto studiare a dovere la mia parte prima di entrare in scena e ho ottenuto esattamente quello che desideravo.»

È questo che mi fa più paura di lei: la sua ambiguità. Penso che, se solo volesse, sarebbe in grado di convincere chiunque di qualsiasi cosa.

«Sei proprio una bella stronza» è tutto quello che riesco a replicare.

Perché deve comportarsi in questo modo? Potrebbe avere il mondo intero con uno schiocco di dita e senza ricorrere a certi mezzi, ma a quanto pare non è capace di rendersene conto.

Non riesco a immaginare cosa le passi per la testa: da un lato sembra che di Lorenzo le importi, dall'altro invece ho l'impressione che non le importi di niente e nessuno al mondo. È sconcertante. Io non riuscirei a rimanere così indifferente e a mentire con tanta semplicità. Ha raccontato a Lorenzo un sacco di bugie ed è stata tanto meschina da sfruttare le sue debolezze contro di lui.

«Andiamo, non mi giudicare, piccola Liv. Volevo solo che si fidasse di me e volevo potermi fidare. Non potevo mica lasciare che mi trattasse come una delle ragazze che sono cadute nella sua trappola.»

«Sei incredibile» bofonchio. E non è un complimento. È inevitabile che io pensi il peggio. Manipolare le persone per insinuarsi nelle loro vite non fa di lei proprio il tipo ideale di cui fidarsi, ma evito di farglielo notare perché so che mi riderebbe in faccia. Ormai ho capito che, proprio quando dovrebbe sforzarsi di fare la persona seria, si tira indietro.

«Non voglio giocare con lui. Mi piace davvero» mi confida.

«Il modo che hai per dimostrare il tuo genuino interesse è parecchio discutibile» le rispondo, sperando che capisca.

Arrivo a chiedermi però perché mi stia prendendo troppo la pena di insistere quando è evidente che sto qui solo a sprecare fiato, a dare aria ai polmoni. Forse sono io quella che deve farsene una ragione: Andrea è così e basta, e proprio non riesce a comportarsi diversamente.

«Che ci vuoi fare. Non siamo tutti come te e il ragazzo dragoni e caverne. A quelli come voi basta poco: uno sguardo, una stretta di mano, un complimento e il gioco è fatto. Quelli come noi sono molto più complessi.»

Rido. Non è così, non è così per niente. La sua visione semplicistica della vita è agghiacciante. Tra me e Daniel le cose non sono come crede. Io e lui non ci siamo mai davvero aperti l'uno con l'altra, non ci siamo mai parlati con una confidenza tale da poter superare le barriere che ancora ci sono tra noi e *dentro* di noi. Ci capiamo al volo, è vero, siamo in sintonia, ma non c'è nulla di semplice nel nostro rapporto.

«Facile per te giudicare: non sai niente. Nemmeno tra me e Daniel è come pensi tu. Non che siano affari tuoi, comunque» sbotto, non riuscendo più a trattenermi.

«Oh, non ti ha ancora detto nulla, devo dedurre» risponde lei con un sorriso, per niente scossa dal mio piccolo sfogo. «Problemi in paradiso, immagino» aggiunge quindi, scuotendo la testa con leggerezza.

«Di cosa stai parlando?» faccio l'errore di chiederle, stando così al suo gioco.

Perché riesce sempre a fregarmi con tanta facilità? Mi sento come un bambino a cui sono state appena rubate le caramelle. Lei ride. «Non lo so, Liv. Forse dovresti chiedere a lui, non credi? Non penso che dovrei essere io a parlartene. Ti dico solo che forse il caro Daniel non è qui per le ragioni che credi. Ci hai mai pensato? O ti sei sempre fidata di quel bel faccino senza fermarti mai a riflettere?»

Nel vano tentativo di nascondere il fastidio e i pensieri che all'improvviso iniziano ad affollarmi la testa dopo questa sua insinuazione, me ne resto zitta, cercando di non rimanere impassibile, pur di non dargliela vinta.

Forse ha scoperto qualcosa di cui non sono al corrente. Certo, Daniel non mi hai parlato di sé nei dettagli, ma ho sempre pensato che fosse solo per riservatezza e che lo avrebbe fatto quando si sarebbe sentito pronto. Non riesco a credere che possa esserci dell'altro e mi piacerebbe parlarne con lui, ma l'unica volta che mi sono azzardata a fare una deduzione sbagliata l'ho ferito e non voglio che capiti di nuovo. Non voglio fargli del male, sarebbe come farne a me stessa.

«Pensaci un po' su, Liv. Magari ti accorgerai che dopotutto non sono l'unica manipolatrice qui dentro. Forse Daniel non è quello che pensi.»

24

urante la notte sogno di perdermi. Vado fuori con Daniel per tornare alla radura, ma una volta che ci siamo incamminati lungo il sentiero non riesco più a trovare punti di riferimento. Provo ad andare alla ricerca dei nastri, ma sono spariti tutti e il cielo si è dipinto di un grigio scurissimo. Tira un vento forte, che preannuncia l'arrivo di una tempesta. Mi volto per chiedere a Daniel se sia in grado di ritrovare la strada e di indicarmi la via per tornare a casa, ma di lui non c'è più traccia, sono rimasta sola. Completamente, inesorabilmente sola.

Mi sveglio in un bagno di sudore con l'angoscia che mi attanaglia lo stomaco. Sono soltanto le sei e tre quarti e Andrea ancora dorme. Resterei a letto per non rischiare di svegliarla, ma non riesco a reprimere il bisogno di fare una doccia per togliermi di dosso questa spiacevole sensazione. Il getto d'acqua bollente riesce subito a farmi sentire meglio e a farmi tornare con i piedi per terra così, per ingannare il tempo, mi vesto e torno a sedermi sul letto, col libro sulle farfalle tra le mani. Osservo con meticolosa attenzione le foto dei bruchi nei vari stadi di crescita, sperando di riuscire a capire meglio come trovarne uno.

La cosa più buffa di tutta questa faccenda è che in genere io odio gli insetti. Mi hanno sempre fatto una paura terribile. Papà mi prendeva sempre affettuosamente in giro quando andavo a chiamarlo terrorizzata ogni volta che nella mia camera trovavo un ragno o un grillo. L'ultima volta che è capitato è stato il giorno dell'incidente. In quel momento ero talmente sconvolta da non avere più paura di niente e nessuno, così me ne sono occupata io stessa. Del resto il mio disinfestatore di fiducia era andato via per sempre, partito per un lungo viaggio da cui sapevo per certo che non avrebbe potuto fare ritorno. Ricordo di aver pensato che da quel giorno avrei dovuto per forza fare da sola, che non avevo scelta, come se rivolgermi a qualcuno che non fosse lui per me non fosse nemmeno un'ipotesi contemplabile.

Ora, mentre analizzo queste immagini, provo sentimenti contrastanti. La meraviglia e l'ammirazione sono predominanti, ma del resto sono soltanto immagini su carta. Se mi fermo a pensare a come reagirei se avessi davvero uno di questi bruchi davanti, una vocina nella mia testa non si fa problemi a esprimere tutto il disgusto. Un'altra mi suggerisce che non sarei all'altezza e che con tutta probabilità, il bruco avrebbe più chance di sopravvivere senza di me. Eppure il mio desiderio di poter assistere a questa piccola magia resta immutato.

Quando sento bussare alla porta immagino sia Francesca che passa a svegliarci come tutte le mattine, perciò non mi prendo nemmeno il disturbo di controllare l'ora, ma dopo qualche istante sento bussare di nuovo, così tolgo il libro di mezzo e vado ad aprire. Sulla soglia c'è Daniel con uno dei sorrisi più ampi che gli abbia mai visto sul volto. Vederlo mi fa sentire subito un po' meglio e fa svanire in un baleno i brutti pensieri che mi ha trasmesso Andrea nella notte.

Forse sarò stupida e ingenua, ma di lui voglio provare a fidarmi davvero. Sono certa che si aprirà con me quando sentirà che è arrivato il momento di farlo.

«Immaginavo di trovarti già sveglia. Vieni, ho una cosa per te. Vedrai, ti piacerà tantissimo.»

Mi infilo le scarpe e lo seguo di sotto in cucina. Appoggiato sul tavolo c'è un mucchietto di verdura, sembra finocchio selvatico. Daniel mi spinge ad avvicinarmi, così mi faccio avanti un tantino e lo vedo. Quasi non riesco a credere ai miei occhi. Sopra al ramoscello c'è un piccolo bruco scuro. A occhio e croce deve essere lungo circa un centimetro o poco più. Penso abbia già fatto la prima muta.

«Mio dio, Daniel. Dove l'hai trovato?» gli domando senza nemmeno tentare di contenere l'entusiasmo.

«Non riuscivo a dormire questa mattina e quando sono venuto di sotto a prendere un po' d'acqua, Zus voleva uscire così l'ho portato fuori e ne ho approfittato per dare un'occhiata e cercare ancora un po'. Proprio quando avevo perso le speranze, eccolo spuntare fuori» mi spiega.

Sono talmente felice che ora ho ancora più voglia di baciarlo. È la cosa più carina che un ragazzo abbia mai fatto per me. Appena alzo lo sguardo dal tavolo e mi sollevo dalla posizione china grazie alla quale stavo esaminando il mio nuovo piccolo amico, lo guardo negli occhi e tutto il coraggio che sentivo di avere sparisce in fretta com'è arrivato. Impacciata e con le guance in fiamme, un po' per timore, un po' per paura che qualcuno ci scopra, finisco per abbracciarlo.

«Grazie, Daniel, sei il migliore» mormoro stringendomi contro di lui e sentendomi un po' in colpa per avere, anche se solo per un momento, pensato male di lui. Ricambia e mi stringe a sua volta. Lo sento poggiare il mento sulla mia spalla e il cuore mi batte più forte mentre percepisco di nuovo il suo profumo ormai familiare. Spero stia provando le stesse sensazioni ed emozioni che sento io in questo momento.

Ce ne restiamo così a lungo, Daniel indugia un tantino con le braccia sulla mia schiena e si mette a giocare con i miei capelli. Quando ci separiamo il suo sorriso è aperto e il suo volto raggiante, probabilmente uno specchio del mio. Francesca e Veronica entrano in cucina chiacchierando e senza accorgersene interrompono il nostro attimo di intimità. Decido di approfittarne per far vedere il bruco a Veronica, che si mostra entusiasta ed euforica almeno quanto me, e poi inizio a cercare un contenitore adatto per sistemarlo.

Cerco di ricordare tutto quello che ho letto nel libro e ne trovo uno di plastica largo a sufficienza da permettere alla futura farfalla di spiegare le ali quando sarà il momento. Decido di andare a sistemarlo di sopra sul mio comodino, accanto alla finestra, in modo che gli arrivi quanta più luce possibile e, prima di andare, ringrazio ancora Daniel con un casto bacio sulla guancia, in attesa di poter avere qualcosa di più.

«Cos'è quell'affare?» mi domanda Andrea con uno sbadiglio non appena esce dal bagno. Si avvicina e allunga il collo in direzione del bruco, la fronte aggrottata. «È una specie di verme?»

«È un bruco.»

«E qual è la differenza?» chiede, scettica. Sto per risponderle che sembra più il tipo di domanda che farebbe Giulia, quando fa un gesto con la mano per mettermi a tacere. «Non me lo dire, ho capito. Farfalle» mormora scuotendo la testa. «Diventerà una farfalla, non è così?»

«Già.»

«E hai intenzione di tenerlo qui in camera?» domanda facendo una smorfia.

«Sì» mi sforzo di dire, con il tono più impassibile di cui sono capace, per non farle capire quanto sia riuscita a turbarmi. «Non è bellissimo? Lo ha trovato *Daniel*.»

«Ma non mi dire!» esclama tutt'altro che sorpresa. «Secondo me vuole mandarti un chiaro avvertimento.»

«E di che genere?»

«Sai com'è, no? Bruchi che diventano farfalle, rospi che si trasformano in principi con un bacio e cose così.»

Questa volta è il mio turno di nascondermi dietro a un sorriso. A quanto pare, nonostante sembri avere occhi e orecchie ovunque, non è riuscita a scoprire per conto suo che io e Daniel ci siamo già baciati. E di sicuro non è mia intenzione condividere la cosa con lei.

* * *

Col passare dei giorni inizio a misurare il tempo che scorre in base alla crescita del nuovo inquilino dello chalet. Vorrei dargli un nome, ma non mi viene in mente niente di speciale. Andrea l'ha soprannominato Daniel pensando di essere spiritosa. Lui dal canto suo ha continuato a svilupparsi come se non avesse mai visto altro che quel piccolo contenitore dove l'ho sistemato e, quando Andrea ha provato a stuzzicarlo con una di quelle bacchettine di legno che usa di tanto in tanto per sistemare i capelli, lui le ha mostrato due piccoli corni arancio vivo che hanno emesso un odore terribilmente sgradevole. Inutile dire che è bastato a farla desistere dal disturbarlo di nuovo.

Qualche giorno dopo che Daniel l'ha trovato, ha mutato ancora, adesso è diventato piuttosto grosso, abbastanza da farmi controllare bene sempre due volte se ho richiuso a dovere il coperchio del contenitore dopo avergli dato da mangiare. Ritrovarmelo sul cuscino – oppure sotto ai piedi – mi farebbe venire un colpo oltre che spezzarmi il cuore.

A giudicare dai colori che ha assunto, una sorta di verde pallido intervallato da strisce nere con un tocco di arancio, dovrebbe essere un bruco di cavolaia.

«Dio, è diventato enorme. Cresce a vista d'occhio» mormora Andrea. «Liv, posso chiederti un favore?»

Vorrei dirle di no per partito preso e mi trattengo a stento. «Che tipo di favore?»

«Lo sai che l'altra notte io e Lorenzo siamo stati beccati di sotto da Filippo, no?» chiede con disinvoltura, come se quel piccolo inconveniente non ci fosse costato *D&D*. Proprio quando avevamo iniziato a divertirci, i cari tutori hanno iniziato a fare le ronde notturne per controllarci rendendo così impossibile a noi di incontrarci di nuovo per giocare e ad Andrea e a Lorenzo di starsene da soli tutta la notte. Inizio a temere che io e Daniel non avremo più momenti per stare soli indisturbati.

«Ecco, adesso cercano di evitare di farmi rimanere per conto mio, dunque questa mattina ho chiesto a Veronica se tu e io potevamo andare a fare una passeggiata nel pomeriggio e le ho chiesto se era un problema se anche Lorenzo e Daniel si univano a noi.»

«E?»

«E lei ha detto che andava bene, a patto che non ci allontaniamo troppo e che non stiamo via a lungo.»

«E che favore dovresti chiedermi? Sembri aver già deciso tutto quanto» le faccio notare. Lei trattiene a stento un sorriso compiaciuto.

«Non è un problema per voi, vero?» domanda facendomi gli occhi dolci. Dalla sera in cui ci siamo parlate non abbiamo più accennato a Lorenzo e alle bugie che gli ha raccontato. Mi auguro che nel frattempo abbia deciso di dirgli la verità, ma ho parecchi dubbi a riguardo.

«No, per noi è ok» le rispondo, nonostante mi faccia strano parlare anche per Daniel e riferirmi a me e lui come a *noi*. Mi domando cos'abbia in mente di preciso Andrea, ma quel che conta è anche io e Daniel potremo stare un po' per conto nostro. «Hai visto il walkie-talkie comunque?» le chiedo. È da qualche giorno che lo cerco senza riuscire a trovarlo.

«Uhm, cosa? Il walkie-talkie? No, non l'ho visto» mormora lisciandosi i capelli distrattamente. «Magari hanno fatto un'ispezione mentre eravamo impegnati e l'hanno trovato» suggerisce.

«Non lo so. Può darsi» replico, nonostante non sia proprio convinta. Il walkie-talkie che tiene Daniel in camera sua non è stato toccato e dubito che se avessero fatto un'ispezione non avrebbero trovato anche il libro sulle farfalle che invece è sempre al solito posto, sotto al materasso.

«Allora andiamo? A quest'ora i ragazzi dovrebbero aspettarci di sotto» dice. Sto per chiederle come abbia fatto ad averli già avvisati entrambi, ma in qualche modo la cosa non mi stupisce e mi risparmio lo spreco di energie.

Entrambi sono davanti all'ingresso. Stranamente Daniel ha preso con sé la chitarra. Chissà se gli ha chiesto Andrea di farlo per qualche ragione o se l'ha presa di sua iniziativa. Andrea va ad avvisare Veronica della nostra uscita e lei le dà il cellulare per le emergenze.

Ci avviamo tutti e quattro sul solito sentiero e, dopo qualche minuto di cammino e chiacchiere, non appena siamo abbastanza distanti dallo chalet, Andrea trascina via Lorenzo, cogliendolo alla sprovvista, e lascia da soli me e Daniel dandoci indicazione di ritrovarci in questo stesso punto di qui a mezz'ora. Io e Daniel li osserviamo scomparire al di fuori del sentiero senza dire una parola.
«A che gioco sta giocando con lui?» mi domanda Daniel, un'espressione turbata sul volto.
«Non lo so. Ho smesso di cercare di comprenderla.»
«Be' non mi piace per niente.»
«Nemmeno io sono entusiasta del modo in cui ha deciso di gestire le cose, ma è un cavallo pazzo. Tentare di domarla è un'impresa persa in partenza.»
Titubanti sul da farsi, decidiamo di tornare alla radura. Seguo Daniel finché non arriviamo sotto al solito albero e poi ci sediamo all'ombra, sotto alla mangiatoia, abbastanza vicini perché le nostre spalle si tocchino.
È incredibile, adesso che siamo finalmente di nuovo solo io e lui, ho quasi paura di avvicinarmi.
Daniel si sistema la chitarra tra le ginocchia.
«Veronica lo sa che l'hai presa?»
«Non credo, ma del resto è mia, non può mica impedirmi di portarla dove mi pare» risponde stringendosi nelle spalle. Credo che sua madre avrebbe da ridire, ma lo tengo per me.
«Pensi almeno di suonarla?» gli chiedo con aria di sfida. «O l'hai presa solo per fare colpo?»
«Vorresti che la suonassi?» mi domanda lui a sua volta, nella sua voce però non c'è traccia della solita strafottenza. La sua sembra una domanda semplice e genuina, non mi sta prendendo in giro come gli piace tanto fare.
«Mi piacerebbe, sì.»
I suoi occhi lasciano i miei e le sue mani si appoggiano sul legno blu scuro della chitarra mentre si posiziona meglio in modo da poterla accogliere tra le braccia.

Non ha ancora iniziato e ho già la pelle d'oca. Le dita della sua mano sinistra si appoggiano con innegabile confidenza e dimestichezza sulle corde, mentre quelle della destra iniziano a suonare con un ritmo dolce e sostenuto. Ho appena riconosciuto la canzone quando mi stupisce iniziando a cantare.

«Le bionde trecce, gli occhi azzurri e poi...» solleva lo sguardo dalla chitarra per farmi uno di quei suoi sorrisi, *«le tue calzette rosse»* continua ammiccando col capo nella mia direzione come a dire "ehi, la canzone parla di te".

«E dire che pensavo fossi serio, per una volta» mormoro io scuotendo la testa mentre lui continua a cantare.

«E l'innocenza sulle gote tue, due arance ancor più rosse.»

Mi appoggio contro il tronco e lascio che Daniel, con la musica, mi colori la giornata ancora una volta. Lui smette di fare l'idiota e procede con la sua piccola esibizione.

Mi fa venire in mente che ascoltavamo sempre Battisti in camper durante i viaggi di famiglia, era uno dei preferiti di papà e l'ho sempre trovato molto piacevole, sentirlo adesso però mi fa venire un groppo in gola. Il vuoto che ho nel petto sembra di colpo tornare, ancora più schiacciante e asfissiante dell'ultima volta, come a volermi ricordare che in realtà non se n'è mai andato e che non mi ha mai davvero lasciata. Pulsa come una vecchia ferita che si è appena riaperta per via di un movimento brusco che ha fatto saltare via i punti con cui era stata rattoppata alla buona. Uno squarcio che non sembra voler smettere di sanguinare.

Daniel deve accorgersi del mio turbamento perché si ferma e smette di suonare. «Ehi, tutto ok?» chiede avvicinandosi e prendendomi con delicatezza il mento con la mano per spingermi a guardarlo. «So di essere pessimo, ma non credevo di fare così schifo» aggiunge con un sorriso impacciato. Io mi limito a guardarlo senza dire nulla. La tristezza mi ha colto alla sprovvista ed è riuscita ad avere la meglio sul mio buonumore in pochi istanti, ma non è colpa sua. «Puoi parlarmene se vuoi» mormora, più serio. Scuoto la testa.

Daniel si volta e si mette a frugare tra l'erba come in cerca di qualcosa. Infine stacca una margherita e me la avvicina alla bocca, facendomi cenno di tenere lo stelo tra le labbra, che si schiudono remissive senza che io abbia il tempo di evitarlo, quando le sue dita le sfiorano timide.

Poi porta di nuovo le mani alla chitarra e ricomincia a suonare. «*Un fiore in bocca può servire sai, più allegro tutto sembra*» continua, cercando di farmi sorridere. Nel frattempo mi si avvicina ancora e ancora. Quella strana sensazione torna a farsi viva e tutto quello che riesco a percepire sono i suoi occhi color cioccolato che avanzano sempre più verso i miei, tanto decisi quanto incerti, come se fosse la prima volta. E in un certo qual senso lo è, perché non siamo mai stati così, faccia a faccia e col cuore in mano alla luce del sole. «*E d'improvviso quel silenzio tra noi, e quel tuo sguardo strano.*» Smette di arpeggiare e lascia andare la chitarra, allunga una mano per riprendersi la margherita e aggiunge quell'ultimo verso sottovoce, lasciandomi senza fiato. «*Ti cade il fiore dalla bocca e poi... oh no, ferma ti prego la mano.*»

È così vicino che sento il suo respiro sul viso e i suoi occhiali sulla guancia prima che colmi la distanza tra noi accarezzando le mie labbra con le sue che, morbide e discrete, si muovono piano, come a voler raccontare un segreto che nessun altro conosce.

Di baci ne ho ricevuti parecchi, ma una cosa è certa: è la prima volta che qualcuno mi bacia *così*, senza avidità e senza fretta, con una calma e una delicatezza innaturali, come se ci fosse tutto il tempo del mondo o come se addirittura il tempo non esistesse.

La chitarra è l'unica cosa che imperterrita si frappone fra noi, Daniel la sposta distrattamente con un braccio e riprende a baciarmi, questa volta in modo meno casto. Le mie labbra si schiudono ancora come se non aspettassero altro. Adesso sento il suo sapore e so di non aver bisogno di nient'altro. Mi stringo a lui, guidata dal desiderio e dalla necessità di sentirlo vicino. Mi sembra di essere tornata a casa dopo tanto tempo. Mi sento bene. Stranamente, meravigliosamente bene, come se quel vuoto che mi porto dentro fosse diventato solo un lontano ricordo e anche se so che si tratta di una mera illusione, una piccola parte di me si concede di avere speranza e di crederci.

Forse questa è la strada giusta che conduce alla guarigione e Daniel è la risposta a tutte le domande che ho evitato di pormi da quando i miei genitori sono morti. Magari è proprio lui tutto ciò di cui ho sempre avuto bisogno.

<h1 style="text-align:center">25</h1>

Smettere di lasciarmi trasportare dai baci di Daniel è una pena più dura di quanto avessi immaginato. Se non fossimo all'aperto non penso che sarei in grado di rispondere di me. Avrei dovuto dare retta ad Andrea quando mi ha suggerito di buttarmi tra le sue braccia senza pensare, ma ho il sospetto che se l'avessi fatto già allora non sarebbe stata la stessa cosa. Non mi avrebbe reso così felice e così *piena*.

Quando le nostre bocche alla fine si separano mi sento quasi ubriaca. Sono euforica e non riesco a smettere di sorridere. Lo guardo e mi accorgo di provare qualcosa che va oltre al semplice desiderio. Vorrei restare con Daniel qui, nella nostra radura, finché non arriva l'inverno. Io e lui, lontani da tutto e da tutti, senza pensieri, senza dolore, e soltanto la neve a farci compagnia.

Mi avvicino per baciarlo ancora, anche se so che è ora di tornare, e mi accorgo che le lenti dei suoi occhiali sono sporche come al solito. Così senza pensarci troppo glieli sfilo e li pulisco utilizzando un lembo della mia t-shirt, poi li rimetto al loro posto. «Ecco, così è molto meglio, non credi?» gli dico con un sorriso.

Lui annuisce e mi dà un casto e affettuoso bacio sulla fronte in segno di ringraziamento. Non appena le sue labbra mi sfiorano la pelle mi sembra quasi di vederlo sparire sotto ai miei occhi. Il sussurro di un ricordo lontano mi coglie alla sprovvista, come una timida pioggia d'estate. Mi ritrovo da tutt'altra parte e le labbra sulla mia fronte non sono di Daniel, ma della mamma. La mamma che quando ero bambina ogni sera veniva a darmi la buonanotte, mi rimboccava le coperte e rimaneva a raccontarmi una storia. Una volta cresciuta, l'ho pregata di smettere, e invece adesso non so cosa darei per farlo succedere ancora. Questo irrealizzabile desiderio mi colpisce, forte, con una violenta stretta al cuore.

Ripenso al suo sorriso, agli occhi perennemente stanchi, al modo speciale che aveva di guardare me e Max, come se fossimo il regalo più grande. Nella memoria affiora anche papà e il bicchiere di latte caldo che bevevamo ogni notte quando non riuscivo a dormire per via dello studio. Diceva che era il miglior rimedio per l'insonnia.

Cerco di mettere a fuoco i loro volti nei dettagli, ma non ci riesco. Non ne sono capace e mi sento morire dentro. Ho paura. Sono terrorizzata. Se non riesco più a ricordarli già adesso, finirò col dimenticarli. Non voglio dimenticare, perché non voglio lasciarli andare. Non sarò mai pronta a dir loro addio. Chissà se mio fratello invece ricorderà qualcosa di loro in futuro, probabilmente no, è troppo piccolo. Le foto saranno l'unico ricordo per noi, poi nient'altro che buio. Vuoto. Angoscia. Solitudine.

Ricordi come va a finire la favola? Se portiamo dentro la bambina dal cuore di ghiaccio si squaglierà col calore. Per vivere ha bisogno del freddo, non le dispiacerà stare qui fuori. Non preoccuparti, lei sa di non essere sola. Era la fiaba preferita della mamma e ricordarla porta a galla un'altra ondata di nostalgia. Se l'avessi di fronte in questo momento però, so che le direi che nelle favole ormai non credo più. Le direi che, adesso che sono rimasta sola, darei tutto pur di avere un cuore di ghiaccio per non sentire niente.

L'ansia che continua a schiacciarmi è indescrivibile. È quasi più grande e più forte della voragine che mi porto nel petto: mi strozza, mi toglie il respiro.

«Olivia?»

La voce di Daniel mi riporta bruscamente alla realtà. Sul suo volto c'è un'espressione triste e preoccupata. Mi passa una mano sulla guancia bagnata. Non mi ero nemmeno accorta di essere in lacrime.

«È tutto ok?» mi chiede, cercando il mio sguardo. Scuoto la testa. Non riesco a trattenere i singhiozzi che continuano a farmi sussultare. Tremo come una foglia.

Daniel è talmente in pena da farmi sentire ancora peggio. Mi allontano da lui di scatto, reggendomi in piedi a fatica, il cuore che batte all'impazzata, il desiderio di nascondermi. Non posso farlo soffrire, renderlo partecipe di questo: dovrei tenerlo a distanza, non merita il dolore che di sicuro gli trasmetterei.

Sento la disperazione divorarmi un piccolo pezzo alla volta, i denti affilati come la lama di un rasoio, finché di me non rimane altro che un guscio pieno di niente.

«Olivia, fermati!»

Inizio a correre senza meta: voglio allontanarmi da Daniel. Non riesco a controllare i sussulti. Cerco di mettere un piede davanti all'altro e di mantenere l'equilibrio, ma non ne sono in grado. Mi manca il fiato. Con la punta della scarpa tocco un sasso e non riesco a evitare di cadere. Metto le mani avanti mentre atterro sulle ginocchia e finisco contro il terreno.

Sento che Daniel mi ha raggiunta, i suoi passi si avvicinano sempre di più, ma non voglio che mi veda in queste condizioni. Mi porto le mani al viso per nascondermi.

«Olivia? Ti prego» mormora.

Appoggia le mani sulle mie e me le allontana dal volto. Lo vedo sussultare, il panico negli occhi. Gli sto facendo male, lo so, e mi odio per questo.

«Dio, sei tutta sporca di sangue. Vieni qui.»

Mi afferra con delicatezza il mento per osservarmi e io distolgo lo sguardo per non dover incontrare il suo, così pieno di preoccupazione da dilaniarmi l'anima. Sta cercando di capire dov'è che mi sono ferita, ma il peggio è qui dentro, dove i suoi occhi non possono arrivare. Si china sulle mani e vede che sono sbucciate. Con delicatezza ci soffia sopra, cerca di pulirle al meglio senza farmi male, e io mi ritrovo ad arrossire come una bambina: è affettuoso, anche in un momento come questo. In fondo sono appena scappata via da lui.

«Vieni qui» mi dice e io mi tendo verso di lui, alla ricerca della luce, come una falena nella notte.

Il suo abbraccio mi avvolge e riesce a calmarmi. Il suo profumo mi tranquillizza e mi fa di nuovo stare bene. Vorrei dirglielo, ma sto ancora singhiozzando e mi mancano le parole.

«Dobbiamo tornare allo chalet» mi dice in tono calmo, come se stesse parlando con un cucciolo smarrito. «Ce la fai?»

Annuisco e lascio che mi aiuti a rimettermi in piedi. Quando si accorge che anche le mie ginocchia sono sporche di terra e sangue trattiene il respiro. Mi attira a sé di nuovo e cerca le mie labbra, affamato. È troppo... troppo dolce. Mi lascio baciare come se non esistesse un domani. Ho bisogno che qualcuno mi protegga, mi consoli, e lui lo sta facendo, senza saperlo, lo sta facendo. Mentre ripercorriamo la strada per tornare indietro resta in silenzio, mi aiuta a camminare e vigila su di me per tutto il sentiero. Sembra aver capito che è inutile in questo momento cercare di parlare e io mi domando come riesca a leggermi dentro.

Una volta arrivati è Francesca a venirci incontro per prima. Mi fa sedere su uno dei divanetti all'ingresso e torna dopo qualche istante con la cassetta del pronto soccorso. La sento parlare con Daniel, ma non riesco a concentrami abbastanza da capire cosa si stanno dicendo. Lui se ne va e poi torna con Veronica al seguito.

«Ehi, Liv, è tutto ok» mormora lei cercando il mio sguardo. Riesco a guardarla solo per pochi attimi. «Attacco di panico» la sento sussurrare.

Veronica si allontana di nuovo insieme a Daniel e Francesca mi ripulisce meticolosamente le ferite, disinfettandole con accortezza. Mi applica due grossi cerotti sulle ginocchia e mi fascia entrambe le mani con delle garze. È come se stessi osservando la scena dall'esterno. Mi rendo conto di quello che sta succedendo, ma è tutto confuso.

Dov'è Daniel? Ne ho bisogno. Il dolore non mi lascia tregua quando è lontano. Mi scappa una risata isterica se penso che fino a poco tempo fa non lo conoscevo nemmeno e ora invece non riesco a fare a meno di lui. Sento Francesca sussultare. Cosa ne sarebbe di me se perdessi anche Daniel?

Veronica mi aiuta ad alzarmi e mi accompagna di sopra. Sta dicendo qualcosa riguardo alla mia faccia. Mi accorgo appena del tocco leggero della spugna sul viso mentre lo ripulisce. Dopo mi spoglia e mi riveste come si fa con le bambole e io mi limito ad assecondare i suoi gesti. Mi fa stendere sul letto e resta con me fin quando il mio cuore non torna a battere regolarmente e i tremori si affievoliscono fino a scomparire del tutto.

«Liv?»

«Sto bene adesso» dico in un sussurro.

«Cosa è successo?» chiede.

«Non lo so.»

«Hai voglia di parlarne?» mormora.

«No.»

Non saprei cosa dirle. Mi manca la mia famiglia ed è uno strazio insopportabile, ma questo lo sa già. Non riesco ancora a credere di essermi fatta sopraffare dalle emozioni.

«Sai che dovremo affrontare l'argomento prima o poi, non è vero?»

Mi giro su un fianco e mi volto verso la parete senza darle una risposta. Non ce la faccio e mi ritrovo a chiedermi se ne sarò mai capace.

«Ti lascio un po' da sola.»

«Grazie» mormoro.

«Se hai bisogno di me chiamami, ok?»

«Ok» replico. Mentre sta uscendo, però, la fermo con un sospiro: «Daniel?» sussurro.

Ho quasi la sensazione che si sia voltata a guardarmi, anche se non posso esserne certa, e che stia trattenendo il respiro.

«Lui... è qui fuori. Liv... Daniel è...» si blocca e poi riprende, «davvero preoccupato per te, credimi.»

So che non è quello che voleva dirmi, ma non sono dell'umore adatto per stare ad ascoltarla. Non appena se ne va faccio un respiro di sollievo. Lo sento molto più chiaramente adesso, il dolore alle mani e alle ginocchia. Sono stata proprio una stupida a cercare di correre via in quelle condizioni, ma non riuscivo a restare ferma, faceva davvero troppo male.

Mi chiedo a cosa stia pensando Daniel adesso. Forse si è finalmente accorto che sono senza speranze. La vecchia Olivia avrebbe potuto essere la persona giusta per lui, ma non sono sicura che questa Olivia lo sia, perché ho come l'impressione di non potere dargli ciò di cui ha bisogno. La triste realtà è che sono io ad aver un disperato bisogno di lui.

Cerco di reprimere i brutti pensieri e la nuova ondata di lacrime in arrivo. Ho paura che tutto quello che sta accadendo di bello nella mia vita possa svanire in un secondo. Mi rendo conto che sarebbe stato meglio continuare a non provare nulla e rimanere chiusa tra le pagine dei libri a vivere altre vite. Mi metto a sedere e bevo un po' d'acqua dalla bottiglietta che Veronica mi ha lasciato sul comodino: un gesto gentile. Lo sguardo mi cade sul contenitore dentro a cui c'è quello stupido bruco a cui mi sono affezionata tanto.

È alle prese con la sua foglia lui, del tutto ignaro del mondo che lo circonda all'interno della sua piccola bolla felice. Non sa cosa c'è ad aspettarlo. Presto avrà le ali e subirà una vera e propria metamorfosi che lo porterà a diventare un essere magnifico. Quanta invidia provo verso questo mio piccolo amico. Vorrei avere la sua stessa capacità e riuscire a scoprire il segreto, capire come sbarazzarmi della mia crisalide, come uscire da questo tunnel e liberare la farfalla che è in me.

Il piccolo e meraviglioso mondo che ho costruito su misura intorno a me nei giorni passati mi crolla addosso, come una casa di paglia sotto al soffio di una leggera brezza. Nascondo il viso in mezzo al cuscino e soffoco un urlo mentre chiudo gli occhi col desiderio che tutto finisca: piango, mi sfogo.

Ho paura. Le emozioni stanno prendendo il sopravvento e non so se sarò mai pronta a reggerne il peso.

26

Non appena fuori fa buio, Andrea viene a chiamarmi per scendere a cena. Quando però sento i suoi passi avvicinarsi, chiudo gli occhi e faccio finta di dormire per evitare il suo sguardo e le sue domande.

Daniel arriva qualche minuto più tardi e non si lascia ingannare dal mio forzato respiro regolare. Si avvicina, si stende accanto a me e resta lì ad aspettare che io sia pronta ad affrontarlo. La verità è che non aspettavo altro: sentirlo di nuovo vicino. Mi accosto meglio a lui, anelandone il calore, mentre le sue braccia mi avvolgono e il suo profumo torna a circondarmi.

«Olivia» bisbiglia al mio orecchio.

Sento un brivido percorrermi il corpo. Non vorrei reagire, ma sembra che io non riesca a resistergli.

«Voglio dormire» biascico, ma non è vero. Ho bisogno di lui.

Proprio quando a un certo punto decido che sì, voglio voltarmi e vedere di nuovo il suo viso, finisco per addormentarmi sul serio. Riapro gli occhi chissà quanto tempo dopo e sono di nuovo da sola. Senza Daniel a scaldarmi percepisco un tipo di freddo che poco ha a che fare con la temperatura dell'ambiente.

«Liv?» Andrea mi sta chiamando, sottovoce. La sua mano mi sfiora una spalla.

Mi giro e la osservo in silenzio, mentre ancora tento di riscuotermi dal torpore. «Pensi di riuscire ad alzarti? È da dieci minuti buoni che provo a svegliarti. Il ragazzo dragoni e caverne ti sta aspettando nell'antro oscuro.»

«Cosa?» borbotto. Non sono sicura di avere afferrato il messaggio, forse sto ancora sognando.

«Daniel! Ti aspetta di là, nello sgabuzzino. Vai da lui prima che decida di andare a letto.»

«Io non...»

«Va’» bisbiglia, con un sorriso divertito. «Su!»

Vorrei chiederle come mai adesso si stia sforzando di fare la buona amica, ma immagino che si noti quanto io sia a terra. Devo avere proprio una brutta cera.

Mi alzo a fatica, esausta. La pelle delle ginocchia tira e pizzica terribilmente appena mi metto in piedi e la tentazione di tornare a dormire è forte, ma Andrea mi fissa con determinazione, poi mi spinge a uscire prima che io possa cambiare idea.

«Tieni, regalino della casa» mi dice, prima di richiudermi la porta alle spalle. Mi porge una candela consumata per metà insieme a una nuova scatola di fiammiferi. «Cercate di non finirla subito. Non è stato facile procurarsela.» Annuisco, prendendola senza farmi domande. «E non fare troppo tardi, Filippo è passato a controllare le stanze circa mezz’ora fa.»

Quasi mi aspetto che adesso si metta a raccomandarmi di non prendere troppo freddo e di non accettare caramelle dagli estranei. Forse vedermi in questo stato ha fatto ammorbidire un po’ quel suo cuore di pietra, oppure, opzione che mi rendo conto essere la più plausibile, semplicemente ha aspettato il momento giusto per spingermi a uscire in modo da far entrare Lorenzo in camera. Fa parecchio freddo stasera, avrei dovuto infilarmi una felpa o un maglione. Sto iniziando a congelare.

Quando arrivo nello sgabuzzino vengo sopraffatta dall’oscurità per un interminabile momento.

«Ehi» mormora Daniel che mi ha sentita arrivare, mentre mi appresto ad accendere la candela. «Stai meglio?» chiede con un sorriso incerto, avvolgendomi con un morbido e caldo plaid. La luce non è molta, ma almeno ci consente di guardarci negli occhi.

«Non proprio» rispondo in tutta sincerità.

Lo seguo mentre mi fa strada tra gli scatoloni e le cianfrusaglie, fino al divano, vicino al quale sistemo la candela. Mi fa cenno di sedermi e io eseguo, poi con naturalezza mi guida per farmi appoggiare la testa sul suo petto. Inizia ad accarezzarmi i capelli, un gesto capace di trasmettermi un'incredibile pace.

«Cosa è successo prima, alla radura? Mamma dice che devi aver avuto un attacco di panico, ma io non riesco a capire perché. Ho fatto qualcosa di sbagliato?»

Vorrei potergli spiegare il motivo per cui ho reagito in quel modo, ma non riesco a trovare le parole, così resto in silenzio. Sono io a essere sbagliata, mi chiedo come faccia a non capirlo. Pensavo fosse evidente ormai.

«Lo so che non hai voglia di parlarne, ma forse se ti sforzassi almeno un po' sarebbe tutto più semplice dopo.»

Ci penso un po' su, però poi mi ritornano in mente le parole di Andrea sul fatto che Daniel non parla mai di sé, che vuole che mi apra, ma non sembra avere voglia di ricambiare.

«Dimmi prima qualcosa di te, allora. Il ragionamento è lo stesso» replico.

L'ho preso in contropiede, lo vedo. Si sistema meglio, fa una smorfia che in controluce lo fa apparire ancora più attraente ai miei occhi.

«Mi manca mio padre» mormora. «Da quando ci ha lasciati non è più lo stesso. Io non sono più lo stesso.»

Devo ammettere che mi sento un'egoista. Lui ha sempre rispettato il mio dolore e i miei spazi e io me li sono presi, praticamente con la forza, ignorandolo del tutto. C'è un motivo per cui Daniel è qui e capisco solo adesso di non avere la più pallida idea di quale sia. Qualcosa ho intuito, ma mi vedo costretta ad ammettere che in fondo non so proprio niente di lui.

«Cosa... cosa è successo?» deglutisco a fatica. Non voglio che mi creda un'impicciona.

«Olivia...» sospira e il suo petto si solleva sotto la maglietta leggera.

Lo guardo e arrossisco. Gli faccio segno di mettersi sotto alla coperta insieme a me. Lui non se lo fa ripetere e trascina il plaid su di sé finché non copre perfettamente entrambi. Adesso che siamo insieme sotto a questa cappa di calore mi concedo di godermi la sensazione di sentirlo addosso. È fantastico, ma sento che non mi basta più.

«Puoi parlarmene, lo sai» lo invito.

Voglio conoscerti, penso, *permettimelo*.

La sua mano scivola sulla mia pancia e risale fin sotto il seno. Mi sfiora come se fosse la cosa più naturale che abbia mai fatto e il mio battito subisce un'impennata incredibile, capace di farmi arrivare il cuore dritto in gola.

«Semplicemente si è trasferito e ci ha lasciati. Si è rifatto una vita con un'altra e addio figlio maggiore. Preferisce la nuova nata a me.»

Non dovrebbe toccarmi quando parla, non così. In questo modo mi uccide, perché rischio di non ascoltare neanche una parola, troppo concentrata sull'agitazione e sul desiderio che mi sta trasmettendo.

«Tu almeno un padre ce l'hai» sbotto, ma non era con questo tono che volevo dirlo.

È la sua vicinanza che mi confonde. Quando la sua mano mi circonda un seno, perdo il respiro. Vorrei scusarmi, ma non credo ce ne sia bisogno perché lui china la testa di lato e la nasconde nell'incavo del mio collo. «Sì, hai ragione» mormora. «Voglio farti stare bene, Olivia. Voglio essere io a farti stare bene.»

Daniel respira sulla mia nuca e io mi sento come se stessi per morire. Non capisco cosa desidero di più in questo momento, se le sue confidenze o lui.

«Ci riesci» bisbiglio, a fatica, ed entrambi sappiamo che non mi riferisco soltanto a questo momento.

«Lo so» replica, con un tono soddisfatto e divertito. «Chi l'avrebbe mai detto. Una come te, con uno come me.»

Stupido. All'inizio sembravamo non parlare la stessa lingua, ma ora ho imparato a capire che Daniel è uno che dà molto più credito ai fatti che alle parole, ed è per questo che mi piace così tanto.

«Mi stai facendo...»

«*Shhh*» mi interrompe.

Perdere la testa. Perché è proprio quello che succede mentre mi infila le dita sotto il reggiseno per chiudere la mano a coppa sul mio seno.

«Vuoi una confessione?» mi sussurra sulle labbra. «Mia madre mi nasconde qualcosa da tanto ed è stato proprio mio padre a farmene rendere conto. Proprio lui a cui non gliene è mai fregato un cazzo di me. Lo stesso "uomo" che, negli ultimi anni, ha persino fatto fatica a ricordarsi il giorno del mio compleanno.»

Vorrei chiedergli di dirmi di più, ma ormai non riesco più a ragionare lucidamente. Daniel mi bacia e io non posso fare a meno di rispondere. A primo impatto sembra quasi incerto, come se si stesse chiedendo se è la cosa giusta da fare, ma non appena le nostre lingue si incontrano cede e si lascia travolgere da quello stesso desiderio che adesso sento con nitidezza. Voglio solo la mia bocca sulla sua, il mio corpo contro il suo. So che se non lo sentirò addosso impazzirò. In questo esatto istante mi rendo conto che è la prima vera volta in cui siamo soli così, io e lui, al riparo dall'esterno e da occhi indiscreti.

Mi concedo di infilargli le mani sotto la t-shirt e di accarezzargli il torace, anche se le garze improvvisate mi impacciano un po' e mi impediscono di sentirlo come vorrei. Lui si blocca e si ferma a guardarmi quando oso scendere più in basso. Riesco a sentire il battito del suo cuore impazzito e di nuovo ho la sensazione che voglia accertarsi di come sto. Prima che possa anche solo aprire bocca per chiedermi qualcosa, scosto il plaid e mi alzo in piedi.

Daniel mi fissa e io non so bene quello che sto facendo, ma non ho intenzione di fermarmi.

«Se ti manca, cercalo» gli dico. «Cercalo.» Il fiato è corto e io sono disperata.

Annuisce e mi tende la mano, ma io scuoto la testa e decido di

spogliarmi. Lo faccio, rimango nuda davanti a questo ragazzo
che fin dall'inizio ha avuto la pazienza di starmi vicino.

Non voglio pensare, ma lasciarmi andare alla pienezza di ciò
che riesce a darmi.

Lui mi fissa sconcertato. Me ne resto così, inerme, vulnerabile,
di fronte a lui, col cuore in mano e la paura come un macigno
sulla bocca dello stomaco.

Quando alla fine i miei occhi si posano di nuovo sui suoi
l'imbarazzo mi assale e ringrazio il cielo che a illuminarci ci sia
soltanto la tenue luce della candela. Lui però non perde tempo,
mi attira a sé e mi bacia con fame e ardore, senza più
ripensamenti. Ci sdraiamo uno accanto all'altro, corpo contro
corpo, per via dello spazio angusto.

«Daniel...» bisbiglio.

Si toglie la t-shirt con un movimento veloce e la appoggia non
so dove. La sua bocca mi sta divorando.

«Sei speciale» mi dice e io tremo. «Meglio di *Dark Souls III* in
edizione limitata con dlc inclusi.»

Cosa? Mi viene da ridere. Non lo capisco quando mi parla così,
ma deve essere una cosa importante, perché vedo i suoi occhi
rapiti su di me.

Ci esploriamo a vicenda, alla cieca. Sento la sua erezione
contro di me mentre lascia scivolare le mani, morbide e gentili,
sulla mia schiena, poi sul mio ventre, disegnando piccoli cerchi
che mi fanno venire la pelle d'oca, finché non mi sfiora di
nuovo il seno, che riempie il suo palmo alla perfezione, e ci
gioca riuscendo a procurarmi piccoli brividi di piacere.

«Sai...» gemo, mentre continua a stuzzicarmi, passando ai
capezzoli. «Tu sei meglio di un libro di *Harry Potter*» lo prendo
in giro.

«Vorrei ben vedere» ride, ma io invece no, perché spinge le sue
dita più giù, tra le mie gambe che tanto aspettavano di
accoglierlo. Mi sento travolgere da un fremito e mi abbandono
a quella sensazione di appagamento.

«Daniel» sussurro per l'ennesima volta, lasciandomi sfuggire un gemito. I nostri sguardi si incontrano e tanto basta per fargli capire: sento di essere pronta. Voglio fare l'amore con lui, capisco di averne *bisogno* e mi sembra di leggere la stessa muta volontà sul suo volto.

Si solleva e si disfa dei pantaloncini dalla cui tasca, cogliendomi del tutto di sorpresa, tira fuori un piccolo involucro blu.

«Olivia, *Liv*» bisbiglia, guardandomi impacciato. «Ci credi se ti dico che è da più di una settimana che Lorenzo mi obbliga a portarmelo sempre dietro?»

Fisso il preservativo qualche secondo e poi scoppio a ridere. Non si può mai restare seri troppo a lungo con lui, ma il fatto che scherzi scioglie un po' la tensione.

«Giuro! Ho cercato di restituirglielo in tutti i modi, ma finivo sempre per trovarmelo in tasca! Alla fine, dopo quel suo "credimi, amico, ti servirà" ho ceduto, pur di farlo felice» spiega. Io ancora rido. È splendido, nudo ed eccitato, mentre mi guarda con quegli occhi profondi e maliziosi. Perfino quegli occhiali un po' fuori moda lo rendono sexy.

«Ma non volevo...» continua, senza più riuscire a trovare le parole, improvvisamente serio, «approfittarne, ecco. Non ti ho chiesto di venire qui per questo. Ti prego, credimi. Sto dicendo la verità.»

Si passa una mano tra i capelli, nervoso, e mi accorgo di quanto in realtà, nonostante le mie risate, sia preoccupato.

«Non che non ti desideri da morire, ma ...»

«Daniel!» esclamo, con un sorriso. «Non ho mai pensato che tu volessi approfittarne, nemmeno per un secondo» lo rassicuro. Mi allungo verso di lui e gli afferro la mano. «E adesso ti sarei molto grata se andassi fino in fondo» mormoro, attirandolo di nuovo a me per baciarlo e incoraggiarlo a liberarsi dell'insicurezza, come sto cercando di fare io stessa.

Quando si decide ad aprire il preservativo e a indossarlo, ha le mani che tremano. Vederlo così in apprensione me lo fa soltanto amare di più.

Poggio una mano sulla sua, nel tentativo di calmarlo. «È tutto ok» mormoro e sembra funzionare, perché riprende il controllo e si sdraia su di me.

I nostri corpi nudi sono di nuovo a contatto. Non riesco a percepire il freddo tanta è l'emozione di averlo addosso. Lo volevo fin dall'inizio, ma rendermene conto è stato difficile. Arrossisco. Spero non possa leggermi nella mente, anche se a volte ho l'impressione che ne sia capace. Il plaid è finito in disparte sul divano e lui lo afferra per coprirci.

Distendo un po' le gambe per fargli spazio e, senza farsi pregare ancora, Daniel ci si sistema in mezzo. Si aiuta con le mani per trovarmi e io sussulto: i suoi gesti sicuri mi fanno intuire che ha molta più esperienza di me, ma considerato che è un bel ragazzo e che negli ultimi anni i nerd sono stati rivalutati parecchio, è normale che sia così. Una punta di gelosia mi coglie alla sprovvista, facendomi sentire infantile.

«Faccio piano, promesso» sussurra, prima di spingersi dentro di me.

Non fa piano, ma non mi importa. Lo stringo forte e il mio seno a contatto col suo petto mi fa mugolare di piacere. Prima di iniziare a muoversi, Daniel preme le sue labbra contro le mie ancora una volta. Un tremito mi fa commuovere: questa è la cosa giusta, lui è in grado di completarmi. Non mi sono mai sentita tanto vicina a nessun altro essere umano al mondo.

«Farei di tutto per te» sussurra nel mio orecchio. «E non capisco nemmeno io come sia possibile. Ti prego, solo... lasciami entrare.»

Gliel'ho permesso, glielo sto concedendo. Perché non se ne accorge?

27

Quando è tutto finito mi sento triste e felice insieme. Triste, perché avrei voluto non finisse mai, felice, perché sono sempre più convinta che questo ragazzo sia la cosa più bella e speciale che mi sia capitata nella vita.

Daniel mi stringe a sé. Con movimenti distratti e istintivi, ha ripreso a passarmi le mani tra i capelli. Ce ne restiamo così, appagati e in silenzio, finché non lo sento irrigidirsi: mi accorgo che sta esaminando il mio braccio. Con la fronte aggrottata, vaglia il punto esatto in cui di solito tengo il conto dei giorni che sono passati da quando la mia vita è cambiata, ma non trova niente, così passa all'altro, ma anche su quello non c'è la minima traccia di inchiostro.

«Si è cancellato tutto e non ho riscritto» spiego, riuscendo a mantenere un tono calmo e pacato nonostante nel pomeriggio stessi per avere un'altra crisi proprio per questo motivo. Il sangue e il terriccio hanno fatto gran parte del lavoro, l'acqua e il sapone, quando Veronica mi ha ripulita, hanno fatto il resto. Probabilmente lei non deve nemmeno essersene accorta. La mia prima reazione è stata quella di ricominciare a contare da capo, ma non riuscivo a concentrarmi abbastanza, così mi sono fermata a pensare con lucidità e mi sono resa conto di quanto stupido fosse continuare con quella malsana e inutile abitudine. È stato come se un altro pezzo di me mi fosse scivolato dalle mani per sempre.

«Mi ero abituato a vedere quei numeri ormai, come se facessero parte di te» sussurra.

«Il fatto che non ci siano più non vuol dire niente» replico io, forse cercando di autoconvincermi. Erano l'unico legame che avevo ancora con loro, con i miei genitori. La sensazione di perdita che torna a fare capolino nel mio cuore mi fa sentire smarrita. Odio la paura che mi assale, mista al senso di nuovo. Nascondo il viso contro il suo torace, cercando rifugio. Lui mi abbraccia.

Sarebbe fantastico se tutto potesse risolversi con le parole, ma più tempo passa più mi rendo conto che le cose non possono essere messe a posto con facilità. Loro non ci sono più e non torneranno. La loro assenza sarà sempre concreta e dolorosa, per quanto io cerchi di reagire.

«Aiutami a capirti» mormora Daniel, facendomi emergere dalle riflessioni.

Intreccio le gambe alle sue e lo stringo forte tra le braccia. Percepire la sua nudità non è più imbarazzante. È un modo di aggrapparmi a lui e non so se lo capisce, ma vorrei soltanto nascondermi contro il suo petto e dimenticare il mondo fuori. Solo nei libri riesco a trovare la stessa pace.

«Non è così semplice» bisbiglio.

«Lo so» risponde. «Ma vorrei che ci provassi.»

Sollevo la testa per guardarlo negli occhi nella penombra. La candela si è quasi consumata del tutto.

«Forse *non voglio*» mi lascio sfuggire, e mi rendo subito conto di essere stata più brusca di quanto volessi. «Non ce la faccio ancora» ammetto.

L'espressione sul suo viso si rabbuia e io torno a sentirmi a disagio. Daniel mi sta donando se stesso e io non riesco neanche a sforzarmi di provare a fare quello che mi chiede. La verità è che non riesco a pensare di poter superare tutto questo senza in qualche modo dimenticare una parte di me. Non sono ancora pronta ad accantonare la mia famiglia come se fosse un ricordo, e forse non lo sarò mai. Non posso lasciarli andare.

«È assurdo» dice, con tono rattristato.

«Cosa?»

«Che tu abbia sesso con me» dice, facendomi correre un brivido di gelida consapevolezza lungo la schiena. «Ma non voglia condividere con me cose ben più importanti, non trovi?»

La sua affermazione mi spiazza. Ha ragione, è un comportamento lontano dalla persona che sono. Mi ostino a tenere stretta la mia anima, ma non è lui il problema, Daniel ormai è riuscito a far breccia dentro di me. La vera ragione è che non ho ancora il controllo su ciò che sento, mi sento persa, in balia degli eventi. Non so come spiegarglielo.

«Ti do quello che posso» rispondo, con un sussurro triste, nella speranza che ancora una volta possa intuire quello che ho dentro e capire cosa provo, senza bisogno di troppe spiegazioni. È incredibile come ci riesca sempre.

«Lo so, ma non mi basta» insiste, alzandosi bruscamente per rivestirsi.

Io mi avvolgo nel plaid, desiderando di poter scomparire pur di evitare questa conversazione. Lo guardo mentre si riveste, al lume di questa candela ormai quasi consumata, e lo trovo bello. Il ciuffo ribelle, gli occhi espressivi, le spalle larghe... il cuore riprende a battermi forte e mi scopro a desiderarlo di nuovo.

«Non puoi obbligarmi a parlare di qualcosa che nemmeno io sono in grado di comprendere» sbotto, in preda a una nuova ondata di agitazione.

Si sistema gli occhiali sul naso, mentre mi fissa con una desolazione che non gli avevo mai visto nello sguardo. Mi sfugge il motivo per cui se la stia prendendo tanto. È vero, la mia testa è un vero disastro, lo sappiamo entrambi, ma non posso farci niente, è così e basta. Cosa crede? Che mi diverta tutto questo? Ne farei volentieri a meno.

Finisce di vestirsi e io non trovo le parole per fermarlo: voglio averlo, ma ho come l'impressione che lui stia fuggendo da me e io da lui. Abbiamo entrambi paura che questa complicità possa farci star male.

«La chiave per risolvere i tuoi problemi è proprio qui» mi dice, picchiettandomi un dito su una tempia. «Sei tu che ti ostini a non vederla.»

«Cosa vuoi saperne?» lo attacco, senza riuscire più a controllarmi, e scosto via in malo modo la sua mano. Mi sento ferita. Le sue dita conservano ancora il mio profumo, il *nostro*, e questo suo distacco proprio ora mi fa ancora più male.

«Vorrei sapere tutto, ecco cosa» replica lui con determinazione. «Vorrei prendermi cura di te, sono qui praticamente solo per questo, ma ti ostini a non vederlo.»

«Non voglio la tua compassione, non voglio il tuo aiuto!» sbotto. *Non devo urlare, non devo urlare*, mi ripeto, ma la mia voce si è alzata di un tono. *Voglio te... soltanto te.* Continuo a fissarlo con questo pensiero sulle labbra, ma le parole non vogliono proprio uscire. «Io non sono più una bambina» continuo. «Non posso più esserlo.»

Tremo. Mi stringo nel plaid e vorrei sparire. Sono nuda di fronte a lui, e non solo fisicamente, la mia anima lo sta supplicando di avere pazienza con me, perché non so cosa succederà domani, ma so che non avevo mai desiderato stare tanto vicina a qualcuno.

È riuscito a farmi dimenticare ogni cosa mentre mi accarezzava e mi faceva sua. Perché adesso deve complicare tutto?

«Non puoi proteggermi» seguito. «Non puoi. *Game Over*, Daniel, capisci?»

«No» replica. «Capisco solo che non mi vuoi. Questo riesco a capire ora.»

La vita è decisamente migliore tra le pagine di un libro. Ha un inizio e una fine, delle regole, è più composta. Si ride, si piange, ci si emoziona, ma senza rischiare di farsi male. Mai. C'è tutto da guadagnare e niente da perdere.

Allungo una mano verso di lui e gli sfioro il polso, ma stavolta si ritrae, non sembra felice del contatto tra noi. È tutta colpa mia e della mia ingenuità. Se non lo avessi fatto avvicinare troppo, adesso staremmo meglio entrambi. Ho sbagliato.

«Non sei l'unica vittima» considera poi e il suo sguardo si ferma nel mio. «Hai perso la tua famiglia e questo è terribile, ma le persone che ti sono attorno soffrono, forse per motivi meno gravi, ma soffrono. E il loro dolore non ha meno valore del tuo.»

Mi alzo e mi rivesto senza incontrare il suo sguardo. Sono arrabbiata. Furiosa. Devo andarmene via di qui, perché le sue parole mi fanno male, scavano a fondo.

«Per te è facile parlare» sibilo, mentre mi infilo le scarpe. «I tuoi genitori sono vivi. Il divorzio fa male, è vero, ma la morte è un tantino più radicale.»

Mi allontano a passi svelti con le lacrime che quasi spingono per uscire dagli occhi. Daniel non dice più nulla, curva le spalle e rimane a fissare il pavimento. Speravo non facesse altre storie, ma il dolore che provo mi strazia. Ho ricominciato a provare emozioni ed era proprio quello che volevo evitare. E la colpa è di questo nerd, così diverso da me, eppure così simile.

Lo sento sospirare quando sono in procinto di chiudermi la porta alle spalle. «Io non mi arrendo» mi dice, poco prima che la sua immagine scompaia.

Socchiudo le palpebre, mentre tento di tornare in camera seguendo a tentoni la parete. Senza luce se non quella notturna, che serve a poco in questo frangente: sono sconvolta. Appena arrivo mi lascio cadere per terra, con la schiena contro la porta, e nascondo la testa tra le ginocchia. Piango.

Daniel mi è entrato dentro.

* * *

Il giorno dopo mi occorre tutta la buona volontà che ho per riuscire ad alzarmi dal letto. Andrea sta borbottando qualcosa riguardo a Lorenzo e a Veronica, ma non riesco a concentrami abbastanza da stare dietro ai suoi discorsi. Ancora mi stupisco che non mi abbia chiesto nulla riguardo a ieri notte, adesso che tra noi è sopraggiunta questa sorta di tregua.

Oggi è domenica, e come di consueto è stata organizzata un'uscita. Visto che non sono "ufficialmente" malata, a quanto pare non ho scuse per restare a letto tutto il giorno. Sembra fuori discussione che mi lascino restare qui da sola come avrei voluto. Andremo a Campigna, un posto non molto lontano da qui, a fare trekking e pranzare all'aperto. Emanuela ha preparato il pranzo al sacco.

Per tutta la mattina mi muovo come se avessi inserito il pilota automatico. Mi vesto, faccio colazione con svogliatezza, porto da mangiare al bruco, evito accuratamente Daniel e i suoi sguardi. Per quanto mi sforzi, ogni volta che incrocio i suoi occhi non faccio che pensare alla notte scorsa, alle sue mani sulla mia pelle, al suo corpo contro il mio e a come mi ha fatta sentire.

Quando arriva l'ora di prendere posto in una delle due auto che abbiamo a disposizione per arrivare a destinazione, riesco a ingegnarmi per salire su quella in cui lui non c'è.

Nonostante oggi ci sia il sole, qui fa ancora più freddo che allo chalet. Una volta arrivati, scendiamo tutti dalle macchine e ci fermiamo in una sorta di rifugio dove è possibile noleggiare scarponi e giacche a vento. Purtroppo siamo costretti ad andare a turni perché non c'è sufficiente attrezzatura, perciò io, Chiara, Daniel e Giulia iniziamo a incamminarci sul percorso con Filippo e Francesca. Veronica invece accompagna Andrea, Matteo e Lorenzo a recuperare altri scarponi in una struttura che è poco più in là, con la promessa di ritrovarci sul sentiero. A ognuno di noi viene dato uno zainetto con dei panini, una bottiglietta d'acqua, un piccolo kit di primo soccorso e un cellulare per le emergenze.

«Si parte, ragazzi! Seguitemi» annuncia Filippo facendoci strada. Invidio la sua allegria.

Superiamo il parcheggio prima di immetterci sul sentiero di montagna. Le strutture alberghiere con annesso ristorante disturbano un po' il paesaggio, e questo è un peccato, ma l'aria è frizzante, al contrario dell'atmosfera che si respira tra noi. Giulia, una volta visto il sentiero, si blocca, sconcertata, la bocca spalancata.

«È uno scherzo, vero?» chiede allibita.

«Perché pensi sempre che tutto sia uno scherzo?» le domanda

Daniel con ironia.

«Ma hai visto che razza di salita?» ribatte lei, la voce più acuta di prima. «È tutto così?» chiede poi rivolta a Filippo. «Mi verrà un attacco di cuore prima che la giornata sia finita.»

«Ho paura di sì» replica lui, bonario. «Vedrai che non è faticoso come sembra» aggiunge per rincuorarla.

Mi scappa la prima risata della giornata: Giulia è buffa con quell'espressione incredula stampata sul visino perfetto.

«Forse non ha proprio tutti i torti» commenta Chiara.

«Andiamo, ragazzi, è solo una camminata nel cuore della natura» ci incita Francesca con un sorriso incoraggiante. Zus oggi non è al guinzaglio, scodinzola contento e pieno di energia, riflettendo il buonumore della padrona. «Nessuno ci corre dietro, procederemo a piccoli passi. Vedrete che ci sarà da divertirsi.»

Giulia continua a dare voce al proprio scetticismo mentre cominciamo ad avanzare sulla salita. Se non fosse per la sua voce stridula riuscirei a godermi il paesaggio molto di più. Proprio come lo chalet, questo posto sembra un piccolo angolo di paradiso. Gli alberi, tanto alti che sembrano toccare il cielo, sono in ogni dove tutto intorno a noi e mi fanno sentire piccola. Daniel non si lascia scappare l'occasione e mi viene vicino. Mi fa un sorriso impacciato, ma non riesce a togliersi l'espressione seria e preoccupata dal viso. Cerco di ricambiare senza far trasparire troppo entusiasmo in modo da non dargli corda. La sua vicinanza mi rende felice, ma ho capito che devo tenere le distanze. Continuo a camminare guardando dritto di fronte a me, lui però non demorde e prova ad attaccare bottone. «Hai messo la mia felpa oggi» dice.

Mi stringo nelle spalle, cercando di non fargli pensare che per me abbia importanza, anche se in realtà è tutto il contrario. «Mi spiace. Te la restituirò questa sera non appena torniamo allo chalet. Non avevo niente di meglio, neppure mi piace.»

Non riesco a evitare di notare l'espressione delusa e sconfitta che mi rivolge prima di allontanarsi per raggiungere di nuovo il resto del gruppo. Mi si spezza il cuore a vedergli quello sguardo sul volto, ma almeno sono riuscita ad allontanarlo. Non faccio che ripetermi che è meglio così, eppure non riesco a provare sollievo. Sono innamorata.

Francesca e Filippo percorrono il sentiero come se lo conoscessero a memoria, seguiti da Chiara e Daniel e infine da me. Giulia, alle nostre spalle, è l'ultima a chiudere il gruppo ed è la più lenta a procedere. Camminiamo soltanto da una ventina di minuti, eppure lei sembra già stanca come se non avesse fatto neanche una sosta nelle ultime ventiquattro ore. Nonostante stia cercando di nasconderlo sto facendo fatica anche io. Da quando io e Max ci siamo trasferiti ho smesso di fare sport e i muscoli delle mie gambe non sono più abituati a sforzi di per sé normali. Al contrario di Giulia, però, non voglio essere un peso per nessuno. Risparmio fiato e continuo ad avanzare, evitando di far vedere a tutti quanto sono fragile anche dal punto di vista fisico.

«Non dovevamo fermarci ad aspettare gli altri?» domanda a un certo punto la nostra Taylor Swift in tono implorante.

«Tra poco dovrebbero esserci delle panchine» la rassicura Francesca. «Non appena ci arriveremo, ti potrai riposare.»

Giulia la guarda in cagnesco, ha l'aria di una che venderebbe l'anima al diavolo pur di poter tornare indietro ad aspettare in auto fino a sera. Io cerco di rilassarmi e di non pensare ai polpacci doloranti. Per lo sforzo, non riesco a concentrarmi sul cinguettio degli uccelli e sulla distesa infinita di alberi e di verde che mi trovo attorno.

Durante la sosta, di cui io stessa approfitto per riposarmi, Francesca decide di tirar fuori una ciotola per dare da bere a Zus. Il cane però sembra distratto, ha le orecchie tese e lo sguardo perso su un punto alla nostra sinistra, come se qualcosa avesse attirato la sua attenzione. Senza preavviso inizia ad abbaiare con insistenza e ad agitarsi. Lei cerca di calmarlo e di tenerlo vicino, ma lui scappa via correndo tra gli alberi. In un attimo sparisce dietro alla folta vegetazione, mentre

Francesca perde l'equilibrio e cade a terra.

Filippo si volta verso di lei, combattuto tra la voglia di andare a recuperare il cane e quella di fermarsi ad aiutarla. Quell'adorabile palla di pelo è totalmente fuori controllo.

Alla vista del ginocchio sbucciato di Francesca, Chiara appoggia il suo zaino per terra e tira fuori il kit di primo soccorso.

«Dobbiamo andare a prendere Zus» mormora Filippo accennando a me e a Daniel col capo. Vorrei tanto dirgli che sarei soltanto un peso, e che sarebbe meglio se restassi qui, ma inizia a correre nella direzione in cui è scappato il cane con Daniel alle calcagna.

Dopo qualche indugio cerco di raggiungerli ma, proprio come avevo previsto, nel giro di pochi metri resto senza fiato. Non riesco a tenere il passo. Vedendomi in difficoltà Daniel esita e si ferma ad aspettare, lasciando andare avanti Filippo, ma io gli dico di proseguire. Quando riesco a recuperare e ad annullare il distacco, mi ritrovo di fronte a una discesa piuttosto ripida che porta a una specie di cascata. L'acqua scende dall'alto, limpida e trasparente, e scorre sopra un insieme di piccoli sassi e rocce ricoperti di muschio. Filippo e Daniel sono scesi lì sotto e si sono fermati su uno dei massi più grandi vicino alla riva, dove l'acqua non arriva.

«Daniel?» lo chiamo per attirare la sua attenzione.

«Olivia, vieni giù» mi dice lui invitandomi a scendere. Dopo aver dato un'altra occhiata alla discesa, scuoto la testa. Non credo di esserne in grado. «Zus è ferito, non riusciamo a prenderlo e a riportarlo su da soli.»

Daniel si sposta lasciandomi intravedere anche il cane. Non sapendo bene cosa fare, mi metto a cercare un ramo abbastanza grosso e robusto da poter utilizzare per aiutarmi a scendere. Per fortuna, prima che mi decida a tentare il tutto per tutto, anche Chiara ci raggiunge e scendiamo insieme. Nonostante rischi di scivolare diverse volte, col suo aiuto si rivela tutto più semplice del previsto.

Zus è a terra, uggiolante e col pelo chiaro ricoperto di fango. Deve essersi fatto male, ma d'altronde è normale visto che ha fatto proprio una bella caduta.

Filippo prova a prenderlo in braccio, ma il cane deve sentire un gran dolore, perché ansima e per poco non lo morde. I ragazzi riescono a trovare una soluzione e si mettono d'accordo sul da farsi. Filippo si abbassa per tenergli il muso fermo in modo da evitare che provi ancora a mordere mentre Daniel lo prende in braccio e Chiara gli indica come procedere. Organizzano una sorta di catena umana, evitando di includere anche me, che sono troppo debole per sostenere il peso dell'animale.

Li osservo procedere e risalire pian piano: Chiara apre il gruppo per cercare di passare dove il terreno è più solido. Filippo e Daniel prendono Zus come concordato e avanzano a loro volta dietro di lei.

In attesa che uno di loro venga a darmi una mano, mi fermo a osservare lo spettacolo che mi trovo di fronte. Inspiro ed espiro lentamente e poi mi abbasso per immergere le dita nell'acqua, facendo attenzione a non bagnare la fasciatura già sporca.

«Olivia, ce la fai a risalire?» mi chiede Filippo dall'alto. «Devi solo seguire le impronte delle nostre scarpe» aggiunge.

Mi avvicino di nuovo alla salita e cerco di individuare i punti di riferimento lasciati dal loro passaggio. Provo a ripercorrerli, ma sono troppo lenta e i miei scarponi affondano inesorabilmente nel fango. Cerco di aiutarmi anche con le mani per non scivolare, nonostante il dolore che sento per via delle ferite di ieri, ma la situazione non migliora. Appena capisco di non potercela fare, cedo e alzo lo sguardo, decisa a chiedere aiuto a Filippo, ma lui non c'è più e non posso fare a meno di sentirmi persa, come se mi avessero abbandonata a me stessa, così stringo i denti e provo a cavarmela da sola ancora una volta.

Continuo a risalire con più decisione finché non arrivo quasi in cima. Col piede destro ben fermo su un sasso che sporge, faccio l'errore di guardarmi alle spalle e vengo colta dal panico al pensiero di ciò che succederebbe se dovessi cadere.

Mi manca talmente poco per arrivare che non è davvero il caso di lasciare che la paura abbia il sopravvento proprio in questo momento. Alzo il piede sinistro, alla ricerca di un punto fermo su cui appoggiarlo e una volta trovata una radice che esce dal terreno, sollevo il destro dal sasso, ma proprio come se l'avessi predetto, perdo l'equilibrio.

28

Cerco disperatamente un appiglio allungando le mani in avanti, ma non trovo nulla. Non immaginavo che la mia fine sarebbe arrivata tanto in fretta, eppure eccola qui. Mi è sempre piaciuto pensare di avere la testa dura, ma sono fin troppo consapevole che quando il mio corpo arriverà a contatto con quelle rocce muschiate tanto affascinanti e solenni quanto pericolose, l'impatto farà male, forse sarà fatale, e tutto quello che mi viene in mente è l'immagine di Chiara, Daniel e Filippo che portano il mio corpo inerme di sopra, proprio come hanno fatto col cane pochi minuti fa, dividendosi i compiti. Filippo che mi prende per le spalle, Daniel che lo aiuta issandomi per le gambe e Chiara che gli indica la strada. Mi viene da ridere.

All'improvviso mi sembra la cosa più inevitabile e naturale del mondo. A rifletterci bene, non sarebbe poi così male dopotutto, morire. Significherebbe smettere di soffrire, mettere a tacere il dolore, avere un po' della pace che ho tanto agognato da quando i miei genitori se ne sono andati.

Ho smesso di credere in Dio quel giorno, davanti alla gelateria, quando la nonna ha detto a me e a Max che mamma e papà non c'erano più e che l'aereo di ritorno, dopo la vacanza all'estero, aveva avuto un guasto. Nessuno dei passeggeri era sopravvissuto. Non credevo che fosse possibile che quel Dio amorevole e misericordioso, di cui avevo sempre sentito parlare con tanto ardore, mi avesse fatto una cosa del genere. Ricordo ancora le parole confortanti della nonna che, nel tentativo di indorarci la pillola, ci raccontò che mamma e papà erano morti all'impatto e che non avevano sofferto. «Sono volati in cielo come angeli, senza accorgersi di niente» aveva detto reprimendo a stento i singhiozzi. Sono sicura che pensava di darci sollievo, ma nessuno saprà mai come sono stati i loro ultimi momenti.

Mi sono chiesta spesso a cosa devono aver pensato. Si sono resi conto entrambi che la morte stava arrivando a prenderli per portarli via? Hanno pensato a me e a Max? O magari erano troppo impegnati a rivolgere i loro ultimi pensieri l'uno all'altra? Erano già morti quando sono arrivati i soccorsi? O hanno cercato di resistere più a lungo in modo da poter restare insieme a noi e non lasciarci soli? Chissà se hanno sentito il soffio della vita scivolare via come sta capitando a me in questo istante.

Magari dopo tutto mi sono sbagliata, forse Dio esiste e ha ascoltato le mie preghiere. Forse questo è il suo modo di porre fine alle mie sofferenze e tra qualche attimo riuscirò a riabbracciare i miei genitori come ho tanto sognato. Per Max probabilmente sarà meglio così. Lo osserveremo dall'alto mentre va avanti, mentre ci dimentica e si fa una nuova vita senza di noi. Magari sentirà la nostra mancanza i primi tempi, ma è ancora un bambino e troverà il modo di metterci da parte. Sono sicura che Veronica saprà come aiutarlo e come prendersene cura. Continuerà a dare una mano alla nonna come ha fatto nell'ultimo periodo e insieme riusciranno a indicargli la retta via.

Tuttavia, come un fulmine che rischiara il cielo in una notte senza luna, il pensiero di Daniel mi attraversa la testa, doloroso e accecante, come la più brutta delle emicranie. Sono davvero pronta a dire addio anche a lui? Lui che è riuscito a farmi tornare a sorridere e che è sempre capace di mettermi di buonumore, lui che ieri notte mi ha confessato che mi vuole per quella che sono. So bene di averlo ferito, col maldestro tentativo di allontanarlo da me, ma non credo di essere pronta a lasciarlo andare. E questo pensiero riesce a tirare fuori la mia mente dallo sconforto, riesce a farmi passare la voglia di lasciarmi andare nel vuoto.

Il mio istinto di sopravvivenza prende finalmente il sopravvento e cerco un appiglio, con una rinnovata disperazione nel cuore, allungando un braccio nel tentativo di afferrare una sporgenza, una zolla di terreno, qualsiasi cosa.

Quando il braccio di Daniel afferra il mio con determinazione non mi sembra vero. Mi stringo a lui con tutte le forze mentre lo sento chiedere aiuto.

«Sta' tranquilla, non ti lascio» mi dice, la voce contratta dallo sforzo di reggere tutto il mio peso.

Filippo interviene subito, con prontezza riesce ad afferrarmi per l'altro braccio e insieme mi trascinano in cima, al sicuro. Nonostante sia ricoperta di fango da capo a piedi, Daniel mi abbraccia e mi stringe forte a sé come se non volesse lasciarmi andare mai più. Riesco a sentire il battito del suo cuore impazzito contro il torace e per quella che sarà la milionesima volta in questi giorni, mi lascio andare e piango, ma queste lacrime hanno un sapore diverso. Sono come sale sulle mie ferite, mi bruciano dentro portando via tutto ciò che non è e non è mai stato necessario.

Daniel continua a sussurrarmi all'orecchio che andrà tutto bene e che sono al sicuro, ma io non riesco a frenare le lacrime. Mi vergogno come non ho fatto mai in vita mia. Non riesco a credere che per qualche istante ho davvero pensato di arrendermi. Stavo per lasciarmi scappare via tutto. Stavo per rinunciare a me stessa. Se Daniel non mi avesse presa in tempo con ogni probabilità la mia vita sarebbe *davvero* finita e forse è vero, non sentirei più dolore, ma non sentirei neanche più gioia né amore. Non sentirei il calore che solo lui è in grado di darmi.

Solo adesso mi rendo davvero conto per la prima volta dopo tanto, troppo tempo, di essere ancora viva. Mamma e papà sono morti e io all'improvviso mi sento come se stessi trattenendo il respiro da quando è successo, come se mi fossi fermata sul ciglio di un burrone, in attesa che una folata di vento mi spingesse di sotto. È quasi come se avessi inconsciamente messo da parte la mia vita, pensando che non ci fosse niente e nessuno per cui valesse la pena lottare e stringere i denti. Non avevo capito di essermi persa sul serio, non fino a pochi secondi fa.

Mi sembra quasi di riuscire a vedere le cose con occhi completamente nuovi adesso. Il cielo è più blu, le nuvole più leggere, soffici e spumose, il verde ha assunto ancora più sfumature. Sento più distintamente l'odore selvatico della natura incontaminata, il profumo del muschio, la fragranza che emana la terra bagnata. Sento l'inconfondibile calore del corpo di Daniel contro il mio e in questo momento è come se tutto il suo affetto, le sue paure e i suoi desideri si stessero lentamente riversando dentro di me, in modo da riempire la voragine che credevo sarebbe stato impossibile colmare.

I miei polmoni non hanno mai respirato un'aria così buona. Persino il dolore che provo per le ferite alle mani sembra ricordarmi piacevolmente che esisto e nel giro di questi pochi infiniti momenti, le mie lacrime prendono nuova forma, diventando risate e mi viene voglia di alzarmi e di correre, di urlare e ballare.

Adesso so di essere pronta ad accettare quell'aiuto che Veronica ha cercato di offrirmi così tante volte e che io pensavo di non volere. Voglio andare avanti, ma senza dimenticare, senza lasciare che i ricordi dei miei genitori svaniscano. Non credevo che fosse possibile riuscire a fare entrambe le cose, ma adesso ne sono convinta e ci credo con tutta me stessa. Voglio onorare ogni giorno la loro vita e tutto ciò che per me continueranno a significare.

Quando riesco a riprendermi abbastanza da camminare torniamo sul sentiero dove ci sono tutti gli altri. Chiara ha l'aria sconvolta, l'ho vista spesso in condizioni pietose, ma mai come in questo momento. Fissa il vuoto con gli occhi sgranati e io vorrei tanto chiederle cosa c'è che non va, ma stento già a badare a me stessa ora come ora.

Dato che Zus non riesce a camminare e che io sono ancora

stordita e ricoperta di fango, decidiamo di tornare indietro e di rimandare l'escursione. Nessuno bada a me a parte Daniel, che continua a tenermi stretta al suo fianco senza perdermi di vista. Durante il viaggio di ritorno allo chalet, ancora intontita, non riesco a dire una parola e, una volta arrivati, Daniel mi accompagna in camera. Mi aiuta a darmi una ripulita e mi fascia di nuovo le mani con delle garze pulite, senza che nessuno si sogni nemmeno di protestare per la nostra ormai fin troppo evidente intimità, e poi, dopo aver parlato con Andrea, mi dà un bacio sulla fronte prima di andare via per lasciarmi riposare, questa volta senza procurarmi quel panico accecante che mi ha tanto sconvolta soltanto ieri.

Quando mi sveglio, fuori è ancora buio. L'orologio segna le cinque e tre quarti. Mi alzo senza mettermi le scarpe e do un'occhiata al contenitore col bruco, ma non riesco a trovarlo. Temo sia scomparso e si sia perduto e invece poi riesco a vederla: nell'angolo in alto, nascosta sotto a una foglia di finocchio selvatico, è appesa la crisalide. Nel giro di qualche giorno il mio piccoletto riuscirà a spiegare le ali e a diventare una bellissima farfalla.

Senza riflettere a lungo su ciò che sto per fare, mi infilo un paio di calzini ed esco dalla mia camera. La porta della stanza di Daniel è aperta e sia lui che Lorenzo stanno dormendo profondamente. Mi avvicino al suo letto e gli accarezzo il volto con dolcezza. Lui si sveglia di soprassalto e mi guarda trasognato, strizzando gli occhi come se non riuscisse a mettermi a fuoco. Sta per dire qualcosa, ma gli faccio segno di tacere, poggiandogli un dito sulle labbra.

Cerco i suoi occhiali sul comodino e pulisco le lenti con la mia t-shirt extralarge prima di farglieli indossare. Gli sorrido e gli faccio segno di seguirmi fuori.

Mano nella mano, trascino Daniel sul prato che c'è di fronte all'ingresso principale dello chalet e, in attesa che il sole faccia la sua comparsa, appoggio le mie labbra sulle sue cercando di dare voce ai miei sentimenti per lui.

«Olivia» mormora allontanando il viso dal mio. «Non che tutto questo mi dispiaccia, ma mi stai seriamente spaventando. Fatico a connettere a quest'ora» dice.

«Non c'è niente di cui aver paura. Non più» replico io cercando di nuovo con avidità la sua bocca. Le nostre lingue si incontrano, si trovano, e lui mi stringe forte a sé, mentre cerchiamo di controllare il desiderio. Inutilmente. Non mi importa più di nulla. Che ci scoprano pure! Ho soltanto voglia di ridere e sentire fino in fondo ogni sensazione.

«Vuoi dire che hai deciso di lasciare che ti stia vicino?» mi chiede alzando una mano per togliermi i capelli dal viso e sistemarli dietro alle orecchie con una carezza.

Annuisco con un sorriso. «Voglio te» mormoro. «Viverti, perché domani potrei non esserci e io voglio vivere. Voglio stare con te.»

Quando il sole finalmente sorge sembra una palla di fuoco all'orizzonte. Colora tutto di un pallido arancio ed è così incantevole da togliere il fiato. Daniel mi prende il viso con entrambe le mani, sfrega il naso contro il mio e mi dà il bacio più bello di sempre. Come se fosse la cosa più semplice al mondo perché, in fondo, lo è. È tutto qui il mondo: in un sorriso, in un gesto, in una persona. Tutto qui.

29

Da una decina di giorni a questa parte, ho un nuovo rito, non più quello di scrivere numeri e segnarli sulla pelle. Quando mi sveglio al mattino e prima di addormentarmi alla sera, cerco di riportare alla memoria un ricordo dei miei genitori. A volte si rivela semplicissimo, altre è complicato cercare di pensare a qualcosa di nuovo, che magari credevo di aver perduto. Le cose che mi sono riaffiorate in mente sono talmente tante che, per evitare che un giorno possano svanire, ho iniziato ad annotarle. Passo ore intere di fronte al piccolo quaderno che mi ha regalato Veronica, una penna in mano e il cuore sul foglio.

Non pensavo che una cosa del genere potesse rivelarsi tanto liberatoria invece mi sento una persona nuova e anche Daniel percepisce la differenza. Andrea è tornata la solita di sempre e si diverte a prenderci in giro come non mai. Ogni volta che ci vede vicini o mano nella mano borbotta fandonie sul diabete e sull'eccesso di zuccheri.

Qui allo chalet le cose stanno iniziando a cambiare. Matteo è andato via l'altro ieri, dopo aver ricevuto il consenso di Veronica. Chiara andrà via oggi, ma per sua scelta. Ha deciso di tornare a casa, nonostante non stia bene. Non è riuscita più a riprendersi dopo che il cellulare le è scivolato giù dalla tasca, il giorno della gita a Campigna. È stato un incidente, le è caduto mentre portavano Zus al sicuro, ma ha fatto un brutto volo, lo schermo è andato in mille pezzi e non si è più acceso. Non oso nemmeno immaginare come possa sentirsi e se ripenso a quella luce che aveva negli occhi, quella mattina, quando mi ha fatto sentire la voce di quel ragazzo, mi vengono i brividi.

Oggi Veronica mi ha detto che ha intenzione di rispedirmi a casa, partirò nel fine settimana e il pensiero che potrò riabbracciare Max soltanto tra pochi giorni mi dà una carica pazzesca. Lui ancora non lo sa, ma ad aspettarlo c'è una sorella tutta nuova, una persona finalmente pronta a dargli il giusto spazio tra le proprie priorità.

Devo ancora dirlo a Daniel. Ho una voglia matta di condividere la cosa con lui, ma ho anche paura di cosa possa voler dire per me separarmi da lui proprio in questo momento. Chiudo il quaderno dei ricordi e mi avvicino al comodino per osservare la crisalide. Non ne sono proprio sicura, perché le tempistiche variano da specie a specie, ma penso che la mia piccola amica sia quasi pronta a venire fuori in tutto il suo delicato splendore. Devo tenerla d'occhio, perché potrebbe capitare da un momento all'altro e rischio di perdermelo.

Scendo di sotto col sorriso sulle labbra, felice di stare bene e di sentirmi un po' più *io*.

I ragazzi sono nella sala musica. Daniel sta strimpellando svogliatamente in un angolo con la sua Yamaha, senza particolare entusiasmo, mentre Filippo cerca di spiegare a Giulia come prendere un barré. Non appena si accorge che sono entrata nella stanza il viso di Daniel si illumina.

Cerco lo sguardo di Filippo, che ci concede silenziosamente di uscire, con rassegnazione. Ormai tutti si sono abituati a considerarci una coppia al cento per cento e ci concedono più di quanto non dovrebbero. Veronica sposta sempre lo sguardo altrove quando ci vede uscire insieme da soli, anche se solo per un'innocentissima passeggiata.

Daniel ripone la chitarra nella custodia e insieme ci avviamo verso il prato fiorito non lontano dallo chalet, che è ormai diventato il nostro posto preferito.

Lo prendo in giro. «Forse Andrea ha ragione, rischiamo di innalzare il livello di zuccheri nel sangue di tutti. Si ammaleranno.»

Daniel mi afferra dopo essersi seduto, facendomi avvicinare a lui di colpo, e i nostri corpi sono subito uno sull'altro.

«Allora è proprio una fortuna che adesso siamo da soli» mi sussurra, regalandomi poi un bacio che mi fa fremere da capo a piedi.

«Ci sono delle novità» annuncio io. «Tua madre mi ha dato il permesso di tornare a casa.»

E vorrei da morire che tu venissi insieme a me, penso, senza avere però il coraggio di esprimere il mio desiderio a voce alta.

«Vengo con te» risponde lui senza smettere di guardarmi.

Il mio cuore sta impazzendo.

«Davvero?» domando. Lui annuisce e io mi butto a capofitto tra le sue braccia.

«Non avrai problemi con tua madre, non è vero?» gli chiedo poi, mordicchiandomi un'unghia per il nervosismo. «Insomma, non dovrebbero essere loro a dirci quando possiamo andar via?»

Sul suo volto si dipinge una strana espressione. «Per me è diverso» dice soltanto, senza nemmeno cercare di darmi spiegazioni.

Da quando mi sono ripresa abbiamo passato a parlare ore e ore e adesso non c'è nulla di me che lui ignori, eppure le cose che non so io di lui sono ancora molte, forse troppe. Speravo che si aprisse di nuovo, riguardo a suo padre, invece non è successo.

«Daniel...»

«Sta' tranquilla» sussurra, baciandomi ancora, nel tentativo di distrarmi. «È soltanto diverso» mormora, e prima che possa pensare anche solo di fargli un'altra domanda, mi ritrovo sotto l'ombra del nostro albero, persa in quell'oceano di sensazioni che soltanto lui è in grado di procurarmi, e con le sue mani calde ovunque, sulla pelle.

Non abbiamo ancora parlato di come faremo, una volta finita l'estate. Non gli ho ancora confessato di avere intenzione di fare domanda per trasferirmi a studiare alla Sapienza, come avrei voluto fare anche prima dell'incidente di mamma e papà.

Torniamo indietro in tempo per vedere Chiara andar via. Prima di voltare le spalle allo chalet in via definitiva, ci saluta tutti con un cenno poco convinto e si lascia abbracciare da Veronica, senza riuscire a metterci nemmeno un po' di entusiasmo. Mentre lei le sussurra qualcosa a un orecchio, Chiara ci osserva, uno per uno. I suoi occhi si fermano su di me più a lungo e io cerco di sorriderle perché la sento anche io, l'ho sempre sentita, quell'affinità che, seppure mantenendoci a distanza, ci ha legate fin dal primo giorno qui. Avrei voluto avvicinarmi di più a lei e cercare di aiutarla. Avrei voluto condividere il mio dolore, ma sono stata troppo codarda per fare il primo passo nella sua direzione.

Se mi concedo di immaginare anche per un secondo a cosa farei di me se perdessi anche Daniel, i miei pensieri vanno alla deriva. Gli stringo la mano un po' più forte, in un gesto inconsapevole, e lui mi circonda la schiena con un braccio, dandomi un silenzioso bacio sui capelli per farmi capire che sa esattamente a cosa sto pensando e per dirmi di non avere paura.

Lui mi spinge a rientrare e io lo seguo di sopra senza battere ciglio. «Ehi» mormora dopo essersi richiuso la porta della mia stanza alle spalle. «Io sarò sempre qui» mi dice con un filo di voce, facendomi emozionare.

Mi domando cosa accadrebbe se lo facessi stendere sul letto e mi perdessi in lui ancora una volta. Ne sento il bisogno, ma è giorno e gli altri sono di sotto. Potrebbe entrare Andrea, o chiunque, non vedendoci in giro. Sospiro, rassegnata all'idea di non potere avere di più, per ora.

«Olivia!» esclama poi, all'improvviso. Seguo con lo sguardo la direzione in cui si sono fermati i suoi occhi. «Guarda» sussurra, avvicinandosi alla crisalide.

La esamino con cura e capisco subito che il momento è arrivato perché l'involucro della crisalide è diventato quasi trasparente e si riesce a intravedere la farfalla che sta per nascere.

La piccoletta ha deciso di venir fuori. Io e Daniel ci sediamo per terra, di fronte al contenitore, come davanti allo schermo di un cinema, mentre lei si impegna con tutte le forze per liberarsi dall'involucro, che viene percosso da cima a fondo, per via dei movimenti convulsi. Ormai per lei è diventato solo d'intralcio. Sono totalmente rapita. La prima cosa a venir fuori, dopo il capo e le antenne, che si distendono finalmente pronte, sono le zampe, si muovono svelte alla ricerca di un appiglio. A emergere per ultima, prima che riesca a liberarsi, è la parte posteriore del suo nuovo piccolo corpo.

A una prima occhiata le ali, quasi incollate al corpo, sembrano minuscole e del tutto prive di vigore, ma è proprio così che deve essere. Nessuno scommetterebbe mai sul fatto che, di qui a pochi minuti, sarà pronta a spiccare il volo, eppure io sono certa che sarà così, questo è soltanto uno dei tantissimi piccoli miracoli che contribuiscono alla nascita di queste meraviglie.

«Mio dio» borbotta Daniel. «È bellissima, è vero, ma penso di non aver mai niente visto niente di tanto... viscido.»

Gli rifilo una leggera gomitata tra le costole. «È meravigliosa» sussurro.

«Sì» afferma lui, con una nota di delusione nella voce. «Ma qualcosa deve essere andato storto, ha le ali tutte accartocciate.»

«*Shhh*» bisbiglio io. «Non vedi che si stanno pian piano espandendo? Sta pompando emolinfa lungo le nervature. Tra pochi minuti sarà pronta a distendere un paio d'ali da fare invidia a qualsiasi insetto nel raggio di chilometri.»

Percepisco lo sguardo meravigliato di Daniel addosso, ma non riesco a distogliere l'attenzione dalla farfalla. Ho letto quel libro dalla prima all'ultima pagina svariate volte e adesso voglio godere appieno di ogni più piccola parte di questa incredibile metamorfosi.

«Sei inquietante» dice lui.

«Lo sai che sei proprio un idiota?!» lo rimbecco.

«Già» ribatte lui divertito.

Saremo sempre questo io e lui, sempre.

Quando le ali sono pronte, la farfalla le distende con eleganza, in uno slancio innato di maestosità, e io non riesco nemmeno a trovare le parole per descrivere come mi sento.

Non ci vorrà ancora molto prima che si decida a spiccare il volo, dunque afferro il contenitore e mi appresto a portarla fuori dove, una volta rimosso il coperchio, vola via senza indugio, finalmente libera di andare.

30

Guardare il comodino, adesso privo del contenitore in cui ha vissuto il bruco in queste settimane, mi fa sentire stranamente triste, *vuota,* e non riesco a prendere sonno. Il Kindle mi è stato restituito oggi. Lo guardo e penso che potrei tornare a immergermi in quelle pagine per finire libri su libri senza sosta, ma non sento più il bisogno di rifugiarmi lontano dalla realtà, anche se ora mi piacerebbe staccare la mente per un po'. So che è diverso, però, perché la sofferenza che provo ora mi fa sentire più viva e decisamente ancorata al mondo reale.

Mi chiedo quale sia la soluzione per togliermi di dosso questa brutta sensazione e ovviamente i miei pensieri convogliano tutti su di lui. *Daniel.* Niente mi impedisce di andare a cercarlo. Lui mi farà stare bene, ne sono certa. Poco importa se è l'una passata.

Non vedo l'ora di potermi addormentare e svegliare di fianco a lui, di averlo sempre vicino, a un passo da me.

Lo chalet è avvolto nel silenzio. Mi avventuro con passo felpato sulla soglia della sua camera e apro la porta cercando di fare meno rumore possibile, ma mi accorgo subito che non è a letto, dunque vado a cercarlo di sotto. Forse è sceso a bere un bicchiere d'acqua.

Non appena arrivo sull'ultimo gradino però, sento delle voci che provengono dallo studio in cui si tengono le sedute individuali. Mi avvicino di qualche passo in quella direzione e capisco subito che Daniel e Veronica stanno discutendo. Faccio dietrofront, con l'intenzione di tornare a letto e lasciare loro un po' di privacy, ma quando sento pronunciare il mio nome tutte le mie nobili intenzioni vanno a farsi benedire. Mi chiedo se sia stato solo un caso o se stiano parlando di me.

La porta dello studio è socchiusa, dunque le loro parole mi arrivano chiare e forti.

«Non penso che dovresti andartene» sbotta Veronica. «Ho dato il permesso a Liv perché se l'è guadagnato, perché penso che sia pronta, ma da quel che dice Francesca, per te non è lo stesso.»

«Mamma, andiamo» borbotta lui. «Sappiamo entrambi che avrei potuto risparmiarmi di venire dal principio. Io sto benissimo, non ho proprio niente che non vada. Sto bene oggi come stavo bene un mese fa» constata, in tono esasperato. «Dunque non capisco perché fai tante storie se ti dico di voler andare con lei. Ha bisogno di me.»

Il mio cuore sussulta e alla sua affermazione persino Veronica tace per qualche momento. È vero: ho bisogno di lui e lei lo sa.

«E tu hai bisogno di aprirti con qualcuno» constata infine sua madre.

«Ma per favore!» esclama lui, infastidito. «Io ho bisogno di aprirmi con qualcuno? *Io*? E tu, mamma? Tu forse avresti bisogno di essere onesta per una volta nella vita.»

«Per una volta nella vita?» ribatte lei in tono grave. «E questo cosa vorrebbe dire?»

«Lo sai benissimo.»

Qualcosa mi dice che questo sarebbe il momento migliore per levare le tende, eppure i miei piedi restano solidamente attaccati al pavimento, come se avessero messo radici.

«Perché non parliamo senza filtri?» gli domanda lei, in tono accondiscendente.

«*Non* provare a psicanalizzarmi. Lo sai che lo odio! Non sono un altro dei casi clinici che tanto ti piace studiare. Sono tuo figlio.»

Non ho mai sentito Daniel tanto arrabbiato e con la mente torno alla conversazione che abbiamo avuto quella notte. Non dovrei essere qui.

«Pensi che io non ti rispetti, Dan?»

«No, proprio no. Altrimenti ti saresti presa la briga di dirmi la verità! Non credi anche tu?»

«La verità riguardo a cosa?» replica lei.

«Come stanno le cose fra te e Filippo?» continua lui con una risata isterica.

Il suono della risata di Veronica mi fa venire i brividi. «Mio dio!» esclama. «Mio dio! Pensi che io e papà abbiamo divorziato per via di *Filippo*? È per questo che hai deciso di venire qui, non è vero? Per tenerci d'occhio.»

Il suono degli applausi ironici di Daniel mi spezza il cuore. Ogni volta che i suoi palmi battono l'uno contro l'altro, mi sento tremare. Mi domando perché abbia deciso di escludermi in questo modo. Io gli ho affidato ogni più piccola parte di me e il pensiero che lui non abbia voluto condividere una cosa tanto importante mi schiaccia.

«Penso sempre di aver fatto un buon lavoro con te» mormora sua madre, la voce spezzata. «Ma non smetto mai di stupirmi quando noto quanto in realtà somigli a tuo padre.»

Non sento la risposta di Daniel stavolta, perché è solo sussurrata. Mi appoggio alla parete dietro di me, perché ho paura di perdere l'equilibrio. So quanto soffre perché il padre non lo cerca, per la sua indifferenza, e intuisco quanto lo abbia ferito Veronica dicendogli così.

«Android è migliore di iOS, eh, mamma?» ribatte lui con ironia.

«Daniel!» esclama Veronica.

«Ha almeno dodici anni meno di te!» continua.

«È vero, Daniel, ho tradito tuo padre» interviene lei, la voce calma e rilassata. Il silenzio irrompe nella stanza fin quando non si decide a parlare di nuovo. «L'ho tradito, dopo aver scoperto che lui aveva fatto lo stesso con me dal primo giorno del nostro matrimonio. Tuo padre mi ha tradita per vent'anni, Daniel. *Vent'anni.* Ed era bravo, era bravissimo a far sì che io non lo sospettassi neanche. Un fenomeno! E se quel giorno non mi fossi presentata per caso nel suo studio, probabilmente non l'avrei mai scoperto. Tu questo però non lo sai. Sapevo che se ti avessi parlato di queste cose, avresti finito per odiarlo. Eppure eccoci qui, ma sai qual è la cosa più triste?» chiede, sconfitta. «Sei tu, Daniel. Sei tu. Qui. Adesso. Pronto a puntare il dito, pronto a giudicarmi come se non mi conoscessi neanche.»

«Dovevi dirmelo subito» ribatte lui, inflessibile.

«Dovevo dirtelo subito? Come tu hai detto a Olivia la vera ragione per cui hai deciso di venire qui?»

«Non provarci neanche. Tra me e Olivia è diverso.»

«Lo è? Lei ti ha aperto il suo cuore, ma scommetto che tu non hai fatto lo stesso.»

Daniel resta in silenzio mentre io mi sforzo di soffocare le lacrime, di piangere in silenzio per non farmi sentire. Vorrei restare indifferente, ma fa maledettamente male.

«Non sai di cosa stai parlando. Io sono qui solo per lei» si giustifica. «Merda! Appena l'ho vista mi sono sentito un ragazzino buono a nulla, un bambinetto del cazzo che perde solo il suo tempo.»

«Daniel!» sbotta Veronica.

Lui esce dalla stanza come una furia. Non mi ero preparata alla possibilità che la loro conversazione potesse finire in modo tanto repentino e adesso eccomi qui, con le spalle contro il muro, la testa tra le mani, il volto ricoperto di lacrime, incapace di mettermi al riparo ormai, in ogni senso. Quando accende la luce, è finita.

«Olivia!» esclama lui, spalancando gli occhi non appena mi vede. Scuoto la testa, rifiutandomi di parlare. Se aprissi la bocca adesso rischierei di essere ingiusta con lui.

Mi rendo conto che probabilmente era questione di tempo, che stava cercando il momento giusto per aprirsi con me, e in altre circostanze lo avrei accettato, ma il fatto che io abbia bisogno di sincerità, di tornare a potermi fidare di qualcuno, mi fa vedere le cose con un'altra prospettiva. Trovo inaccettabile che lui abbia preteso così tanto da me, senza darmi in cambio il suo dolore. Veronica ci raggiunge quasi subito e nel suo sguardo riesco a scorgere una pena infinita: deve aver capito al volo perché ho l'aria tanto sconvolta.

«Liv» mormora, in apprensione. «Da quanto tempo sei qui fuori?»

Daniel si passa ansiosamente le mani tra i capelli. «Merda! Non doveva andare così.»

«Non riuscivo a dormire» mi limito a dire, reprimendo i singhiozzi e cercando di tenere salda la voce. «Sono venuta di sotto a cercare Daniel, poi ho sentito che facevate il mio nome...»

Mi rendo conto che non è comunque una giustificazione, ma in questo momento non mi interessa.

Veronica si piega sulle ginocchia per avvicinarsi a me. «È tutto ok» mi rassicura. «Non è niente che tu non sia in grado di affrontare» aggiunge, facendomi un tenero sorriso di incoraggiamento. «Credo che dobbiate parlare» dice, infine, prima di allontanarsi. Daniel la segue con lo sguardo affilato come un rasoio, neanche fosse colpa sua.

Mi asciugo il volto e mi rimetto in piedi, cercando di ricompormi un po', per quanto possibile.

«Io volevo parlartene ma...» inizia.

«Era solo questione di tempo?» ribatto io.

Lui, suo malgrado, annuisce.

«Daniel, ti sei tanto incazzato perché non mi aprivo con te e tu mi hai tenuta fuori per tutto il tempo. Come mi dovrei sentire?!» sbraito, incapace di trattenermi ancora. «Come?» insisto. Lui resta in silenzio senza dire nulla, sul volto la più affranta delle espressioni.

Continua a osservarmi in silenzio, con quello sguardo cupo, e io vorrei tanto abbracciarlo, picchiarlo, fare l'amore con lui e poi lasciarmi stringere tra le sue braccia ancora una volta, ma adesso dentro di me c'è soltanto spazio per la rabbia e per la delusione.

31

La luce del sole è l'unica cosa che mi spinge ad alzarmi dal letto. Mi accorgo subito che Andrea non c'è e capisco di essere rimasta a dormire fino a tardi, complice la notte infernale appena passata. Non sono riuscita a chiudere occhio per ore, ho continuato a rimuginare per tutto il tempo e oggi mi sento, se possibile, ancora peggio.

Mi vesto svogliatamente, alla buona, afferrando le prime cose che mi capitano sottomano, e subito una nuova ondata di angoscia mi assale. Fantastico. Proprio quando pensavo di essere vicinissima a uscirne, la parte più cupa di me è tornata a prendere il sopravvento, spazzando via tutto ciò di buono che tanto mi ero impegnata a costruire.

Non riesco a capacitarmi del fatto che proprio Daniel, a cui avevo affidato le mie paure, la mia voglia di riscatto, sia stato capace di ferirmi. E dire che è cominciato tutto perché sono andata a cercarlo, nella speranza che potesse farmi stare meglio. La vita ha proprio un senso dell'umorismo straordinario, ma non posso permettermi di cedere: alla fine ho capito che devo concentrarmi su me stessa con le mie sole forze.

Con mano incerta, afferro la maniglia della porta e la abbasso, lasciandomi sfuggire un sospiro sommesso. Mi auguro che lui sia in giro. Non ho voglia di vederlo e non sono proprio in vena di affrontarlo.

A pochi passi dalla soglia della mia camera, trovo un sassolino a cui è avvolto un filo di lana rosso. Sotto c'è un pezzo di carta su cui è stato scritto solo: "seguimi." Deve essere opera sua, ma non lo trovo divertente. Ora come ora, l'unica cosa che vorrei è scagliarglielo contro questo dannato sasso.

Seguo il filo per inerzia, perché avevo già intenzione di andare in cucina, ed è proprio lì che conduce. Alzo lo sguardo sull'orologio, le lancette segnano le undici e un quarto, motivo per cui in giro non c'è nessuno.

Mi verso un po' di caffè e lo bevo, anche se è ormai è freddo e ha un saporaccio. Mi siedo al piccolo tavolo per mettere qualcosa sotto i denti, ed è lì che noto il secondo sassolino. Possibile che glieli abbiano lasciati piazzare senza obiezioni? Neanche fosse il padrone di questo stupido posto. Mentre addento una brioche al cioccolato, nel vano tentativo di soffocare il dispiacere con una piccola montagna di zuccheri, lo sollevo per recuperare il biglietto, ma la mia attenzione viene subito attratta dal libricino che c'è sotto, dunque lo metto da parte.

È una sorta di catalogo di un particolare sito web che... si occupa di *farfalle*. Resto senza fiato e lo sfoglio con frenesia. Vendono crisalidi, uova, bruchi e piccoli kit per allevarli. Mio dio. Possibile che...? Quando arrivo alla pagina in cui viene mostrato il kit per i bruchi di cavolaia mi sento mancare.

Il biglietto dice:

OLIVIA, NON SAI CHE FATICACCIA È STATA TROVARE UN COMPUTER CON LA CONNESSIONE PER ORDINARE UNO DI QUESTI KIT. QUI A SILENT HILL SONO UN TESORO RARO! CI CREDI SE TI DICO CHE HO FATTO L ORDINE ANCORA PRIMA DI DARTI IL LIBRO? PENSAVO SAREBBE STATO PERFETTO PER TE. QUANDO HO FATTO FINTA DI TROVARE IL BRUCO PER CASO, NON SAI CHE PAURA AVEVO CHE SCOPRISSI TUTTO. È VERO, NON TE L HO DETTO, MA NON VOLEVO ROVINARE LA MAGIA.

Rileggo quello che ha scritto Daniel, con la sua grafia sgraziata e disordinata, almeno tre volte, un po' per decifrare un po' per assimilare le sue parole, e poi mi pizzico un braccio, per essere sicura che non si tratti di un sogno. Fa male. Il mio cuore sta rischiando di impazzire, adesso ancora più in conflitto tra amore e rabbia che mi avvolgono e sono capaci di accecarmi con la stessa intensità.

Mi chiedo come sia possibile che, per tutto questo tempo, io non sia riuscita a capirlo fino in fondo. Da una parte sono meravigliata, perché un gesto come questo non me l'aspettavo e mi riempie di gioia, dall'altro mi sento stupida perché questa è un'altra delle cose che non immaginavo.

Riprendo a seguire il filo. Voglio scoprire dove porta, voglio sapere cos'altro nasconde.

Il percorso prosegue fuori, passando dalla porta di servizio della cucina e arriva fin sotto un albero. Recupero il sassolino e il biglietto.

Questa è soltanto un'altra conferma di quello che ha detto ieri a Veronica. Cerco di immaginare come deve essersi sentito quando li ha visti. Avrei voluto esserci per lui, ma forse sarebbe stato troppo presto, non avrei saputo stargli accanto come avrei dovuto.

Continuo sul percorso in una sorta di trance. Mi ripeto che deve essere un sogno, la mia mente si sta prendendo gioco di me di sicuro. Nessuno mi ha mai dato così tanta importanza. Mi chiedo perché io e proprio non capisco cos'è che mi rende tanto speciale ai suoi occhi. Lui è intelligente, estroso, divertente. Io in queste settimane sono stata perlopiù triste, tormentata dai fantasmi del passato, concentrata solo su me stessa. Cosa ho fatto per meritarmelo?

Quando il filo esce dal sentiero capisco dove conduce e in men che non si dica mi ritrovo alla radura. Sul prato, vicino al nostro albero, c'è la sua Yamaha blu, un altro sassolino lì accanto.

QUESTO È STATO IL POSTO IN CUI, PER LA PRIMA VOLTA DOPO TANTI ANNI, HO DECISO DI RIPORTARE LE DITA SULLE CORDE DELLA MIA CHITARRA. TU MI HAI CHIESTO DI SUONARE E, ORMAI L'AVRAI CAPITO, NON RIESCO PROPRIO A NEGARTI NULLA. IO MI STAVO IMPEGNANDO CON TUTTE LE FORZE NEL MALDESTRO TENTATIVO DI FARTI STARE BENE, TU INVECE SEI SEMPRE STATA CAPACE DI FAR STARE BENE ME SENZA SFORZO: TI VIENE NATURALE. QUEL GIORNO HO CAPITO CHE RESTARE ERA STATA LA COSA GIUSTA.

Il filo prosegue e arriva fino all'albero, dietro al quale, seduto con la schiena contro la corteccia, trovo proprio Daniel, con una scatola di plastica trasparente fra le mani.

Lo vedo sussultare; non deve avermi sentita arrivare.

«Daniel...» dico, senza avere idea di quali parole usare per descrivergli il modo in cui mi sento adesso.

Lui si alza in piedi con rapidità e si sistema gli occhiali, spingendoseli sul naso con il gesto che ormai ho imparato a conoscere così bene. «*Shhh*» sussurra.

Annuisco, il cuore che batte all'impazzata, trattenendo la voglia di appropriarmi delle sue lenti per pulirle: come sempre sono un disastro e mi chiedo come faccia a vedere qualcosa. Poi lo sguardo mi cade di nuovo sulla scatola.

«Daniel!» esclamo, senza riuscire a tacere. «Sono...?»

«Sono le altre crisalidi, sì» conferma. «Il kit comprendeva cinque bruchi» spiega. «Ma non potevo *fingere* di averne trovati così tanti tutti insieme.»

Scuoto la testa, ridendo fra e me e me. «Li hai allevati da solo? Io di crisalidi ne vedo soltanto tre però.»

«Sì, a un certo punto pensavo di averli fatti morire e sono quasi venuto allo scoperto, ma invece è andata bene. Una farfalla è stata più veloce delle altre e l'ho persa. Queste tre però sono in ritardo.» Sto per parlare ancora, ma Daniel poggia la scatola per terra e mi posa un dito sulle labbra. «Lasciami finire» sussurra. «Mi dispiace» dice. «Mi dispiace per come sono andate le cose. Anzi, no. Non è vero, è una bugia, sono felice. Penso che non potessero andare meglio, sai?»

Resto senza parole. Ancora una volta mi ritrovo interdetta, a metà strada tra la voglia di assestargli un meritatissimo ceffone e quella di baciarlo.

«Lo so, avrei potuto parlartene prima, di mia madre e Filippo, dei bruchi per corrispondenza, di tutto quanto. Avrei *dovuto*, magari. E hai ragione a essere arrabbiata, ma ti prego, credimi, io sono rimasto per te. Mi hai fatto perdere la testa, Olivia.»

Rifletto a lungo su cosa sia più opportuno dire o non dire. La mia mente si arrovella, andando su strade tortuose, per poi tornare indietro, in un tunnel senza fine. Immagino almeno cinque o sei discorsi diversi, ma nessuno mi sembra quello giusto.

Vorrei dirgli che è vero, che è un idiota, che è stato un disastro su tutta la linea, ma sarebbe la più grande delle bugie. Mi rendo conto che ha ragione lui, se le cose fossero andate in modo diverso, forse non saremmo entrambi qui oggi. Veronica me l'ha suggerito spesso e mai come ora è stato vero: devo imparare a focalizzare le mie energie sul *qui* e *ora*, devo smettere di indugiare sui *se* e sui *forse* e godermi il momento.

«Continua...» sibilo.

«Scusami» mormora e mi abbraccia, attirandomi a sé.

Mi alzo sulla punta dei piedi e lo bacio sulle labbra. «Nessuno ha mai fatto niente di simile per me. Grazie» concludo, prima di trovare ancora una volta rifugio tra le sue braccia dove, come per magia, le mie insicurezze svaniscono e i tutti i miei dubbi diventano certezze.

Le nostre fronti sono una contro l'altra e io respiro il suo respiro. Vorrei potergli dire che tutto andrà bene, ma non posso. Le sue braccia mi proteggono, in questo momento ogni cosa è al posto giusto e, a prescindere da cosa mi riserva il futuro, sono certa che troverò la forza per custodire dentro di me la bellezza che si nasconde dentro a ogni attimo. Non sarà sempre facile, a volte mi sembrerà impossibile, ma io voglio vivere. Io voglio vivere davvero.

EPILOGO

Inserisco con decisione la chiave nella serratura e l'imponente porta di ingresso si apre su un ambiente buio, solitario, senza luce. L'odore di chiuso mi colpisce, facendomi indietreggiare di un passo.

Sospiro. Daniel mi tiene la mano in silenzio, cercando di rispettare i miei tempi. Max non sembra dello stesso avviso, però.

«Liv? Allora? Entriamo?» mi chiede con voce supplicante, tirandomi piano per la manica della giacca.

Da quando, qualche giorno fa, gli ho parlato della mia intenzione di tornare a casa, non ha smesso di tormentarmi neanche per un attimo. Questa mattina era talmente agitato che ci ha buttati giù dal letto alle sei e mezzo.

Le nuvole lasciano lo spazio al sole, e un timido raggio si fa spazio nel nostro salotto con prepotenza, illuminando un poco la stanza.

Prendo un respiro profondo e cerco di trasformare questa morsa che mi stringe il cuore in qualcosa di positivo. *Non c'è niente che possa farmi male qui. Non c'è niente che possa farmi male,* continuo a ripetermi.

Mi sembra di rivedermi, quando il primo giorno di scuola mi sono aggrappata con tutte le forze a questo stipite, piangendo come una disperata, mentre la mamma cercava di convincermi a uscire di casa con le buone. E sempre davanti a questa porta ho dato il mio primo bacio, accorgendomi soltanto in un secondo momento che papà stava sbirciando da dietro alla tenda della finestra accanto con un'espressione corrucciata sul volto. Mi sembra ieri.

Sorrido a Max, che nonostante tutto non ha il coraggio di entrare per primo. Gli porgo la mano libera, che si affretta a stringere senza indugio, ed entriamo tutti insieme.

Istintivamente spingo l'interruttore sulla sinistra, come ho fatto in passato chissà quante migliaia di volte. Max si ferma per qualche istante. Si guarda attorno come se in questa casa non ci fosse cresciuto, come se non conoscesse a memoria ogni più piccolo spazio, ogni mobile, ogni oggetto, ognuna delle fotografie che stanno appese alle pareti. Immagino che Daniel stia osservando la stessa espressione sul mio volto.
«Eccoci qui» mormoro, per rompere il ghiaccio.
Io e Max non siamo più tornati da quando è successo. I nonni hanno continuato a passare di qua almeno una volta a mese, per prendere vestiti e altre cose, ritirare la posta e controllare che fosse tutto a posto.
I mobili sono stati coperti con delle lenzuola, neanche la casa fosse diventata un museo e in un certo senso è così. Max sembra aver perso all'improvviso tutto quel vigore che l'ha tenuto sulle spine per giorni.
Daniel si fa avanti e inizia a togliere le lenzuola. Scopre il divano, la libreria, gli scaffali, e poi passa alla cucina, aprendo le finestre e le persiane, per lasciare entrare la luce e far cambiare aria.
Io e Max siamo ancora sulla porta quando mi ritrovo le sue braccia strette sulla vita e la sua testolina contro la spalla. Ancora qualche anno, e diventerà più alto di me, me lo sento. Gli passo una mano tra i riccioli, scombinandoli, e lui mi sorride. Poi, senza una parola, mi lascia e corre ad aiutare Daniel.
Io mi muovo per il salotto con passo incerto, esaminando ogni più piccolo dettaglio con attenzione, per assicurarmi che non mi sfugga niente.
Non c'è nulla che non mi riporti alla memoria un'ondata di ricordi. A sinistra, sull'immensa libreria che ricopre tutta una parete, mi fermo a osservare i libri della mamma. Non li ho mai guardati con tanta attenzione. Ho sempre saputo quali erano i suoi autori preferiti, perché le piaceva parlarne e chiacchierare, ma non mi sono soffermata neanche una volta a

capire se anche io potessi provare le stesse emozioni che quelle pagine avevano suscitato in lei; lo sto facendo adesso. Oltre ai libri non posso che ammirare anche la sua collezione di animali di legno. Ci sono elefanti, giraffe, leoni, stambecchi e persino un ippopotamo. Da piccola ho desiderato spesso poterci giocare, ma non ho mai avuto il permesso, al contrario di Max, che invece non l'hai mai neanche chiesto.

Sullo scaffale più in alto, invece, ci sono le coppe dei tornei di tennis di papà. Ne andava molto fiero anche se non trovava più il tempo di giocare da anni ormai.

Una volta oltrepassata la libreria, mi trovo di fronte al divano, sopra una parete con le foto di famiglia più belle. Al centro c'è un ingrandimento di uno scatto fatto da un fotografo in studio per il sesto compleanno di Max. Mamma e papà sorridono all'obbiettivo e anche noi, incredibilmente, sorridiamo. Sembra quasi uno di quegli scatti da pubblicità del Mulino Bianco, ma mi viene da ridere se penso a quanto tempo ci è voluto e a cosa non hanno dovuto prometterci, pur di farci fare un sorriso. In un solo colpo, io mi sono guadagnata un buono da spendere in libreria e Max un altro gioco per la Play. All'epoca non pensavo che farci fotografare tutti insieme fosse questa gran cosa, ma oggi capisco quanto in realtà sia importante conservare un'immagine, custodire un ricordo, fare in modo che diventi indelebile.

«Ehi» sussurra Daniel, appoggiando il petto contro la mia schiena e circondandomi con le braccia. Mi poggia la testa sulla spalla e mi dà un bacio sul collo. «Tutto ok?» mi chiede. «È tutto come lo ricordavi?»

«Sì e no» rispondo, ancora sovrappensiero, incapace di fargli capire come mi sento, mentre continuo a guardare le altre fotografie.

«Guarda quella!» esclama Daniel indicandone una in particolare. È una foto di me con la tartaruga Dolly, che al tempo era una cosa minuscola, sul palmo di una mano. Avevo circa otto anni, un paio di lunghissime trecce color grano e un'espressione entusiasta.

«Dolly è diventata così grande che abbiamo dovuto portarla in una riserva. Il nostro giardino era diventato troppo piccolo per lei» gli racconto.

«E quella invece?»

Adesso si riferisce a una foto in cui ci siamo tutti. È stata scattata da una delle infermiere di ginecologia, il giorno in cui è nato Max. Mamma e papà hanno sempre tenuto a questo scatto in modo particolare. In primo piano c'è lei con Max in braccio e un'espressione stanca, ma oltremodo felice. Accanto a loro c'è papà, che invece proprio non riusciva a contenersi dalla felicità. Sullo sfondo, su una di quelle scomodissime sedie dell'ospedale, ci sto io, con il broncio e l'aria annoiata, che osservo la scena con un'espressione afflitta.

«Eri gelosa?» mi prende in giro Daniel. «Adorabile!»

«Gelosa? È un eufemismo! Guardalo» rispondo ridacchiando, facendo cenno a Max e a quella sua piccola testa già piena di capelli. «Era appena venuto al mondo e già mi aveva completamente rubato la scena!»

Anche Daniel ride. Subito accanto, c'è invece la foto del giorno in cui sono nata io. Mamma e papà erano più giovani e più spaventati, e io ero terribilmente bruttina, eppure le espressioni sui loro visi erano altrettanto gioiose. Non riesco a fare a meno di commuovermi. Le sensazioni che mi pervadono sono talmente forti che non riesco a contenere l'emozione. È qualcosa di speciale, che porterò con me per sempre. Daniel mi stringe un po' di più, per farmi sentire che c'è.

Max arriva in salotto come una furia e io mi asciugo il volto in fretta, per non farlo preoccupare.

«Mi ero dimenticato di avere così tanti giocattoli!» esclama, contento.

«Non credere che te li lascerò portare tutti dalla nonna» ribatto io, in tono secco, ma sorridendogli. Per un momento mi sembra di rivedere la mamma.

Max fa una di quelle sue espressioni furbe ed entrambi

sappiamo che probabilmente alla fine avrà la meglio lui.

Da quando sono tornata a casa, non c'è stato giorno in cui io e Daniel, approfittando di queste ultime settimane d'estate, non gli abbiamo dedicato buona parte del nostro tempo. Max è sempre stato molto attaccato a me e un paio d'anni fa si era rifiutato di fare amicizia con Marco, il ragazzo con cui stavo all'epoca, quando lo avevo portato a casa per farlo conoscere a mamma e papà. Con Daniel è stato diverso, forse perché avevano già avuto modo di legare e l'aveva già conquistato.

Il giorno dopo il nostro arrivo, però, lo ha preso da parte e gli ha fatto il discorsetto che aveva sentito fare a papà ai tempi. Quasi soffocavo nelle mie stesse risate, mentre si raccomandava di trattarmi bene, perché altrimenti se la sarebbe vista con lui e non sarebbero stati più amici. Non gli ho ancora detto che ho intenzione di andare a Roma, che io e Daniel abbiamo iniziato a cercare un appartamento, e che ho fatto richiesta di trasferimento all'università, ma il mio scopo è lasciare che passi sempre le vacanze con noi e anche qualche fine settimana. Ho il sospetto però che a lui non sembrerà abbastanza.

Sono felice, comunque, che se la stia cavando bene. Avevo paura che crollasse una volta messo piede qui, invece mi sembra stia reagendo molto meglio di me e non potrei essere più orgogliosa del mio piccolo ometto.

Ogni tanto viene ancora nel mio letto, di notte. Non si fa troppi problemi a infilarsi tra me e Daniel, mentre lui continua sempre, imperterrito, a dormire. Ho approfittato di questi rendez-vous notturni per parlargli e ci siamo detti un sacco di cose.

Nonostante gli abbia più volte ripetuto che può farmi domande su mamma e papà ogni volta che lo desidera, riesce a parlarne soltanto sotto alle lenzuola, quando siamo da soli e si sente più al sicuro. Mi è capitato anche di leggergli qualcosa dal mio quaderno dei ricordi e lui mi ha sempre ascoltata in silenzio, senza piangere mai. Qualche volta mi ha anche raccontato alcuni dei suoi momenti speciali con loro, che mi sono affrettata a trascrivere per lui.

Penso stia cercando, in qualche modo, di assimilare quanto più possibile di quel che i nostri genitori si sono lasciati alle spalle. Ne ho parlato con Veronica, che continuo a sentire regolarmente, e anche lei pensa che, considerato tutto, stia andando alla grande.

«Liv, sai cosa ho trovato in soffitta?» mi chiede. Soltanto adesso mi accorgo che sta nascondendo qualcosa dietro alla schiena.

«In soffitta? Sai che non hai il permesso di andare su da solo!» lo rimprovero. Lui mi ignora, sottolineando il fatto che ai suoi occhi sono del tutto priva di autorità – su questo devo ancora lavorarci – e tira fuori Freddie, che è ridotto ancora peggio di quanto non ricordassi.

«E quello cos'è?» domanda Daniel con ironia.

«Freddie!» esclamiamo noi all'unisono.

«Questo peluche un tempo era mio» spiego, avvicinandomi a Max per accarezzare il coniglietto bianco, parecchio impolverato. È ancora morbido e soffice. «Non me ne separavo mai. E per Max è stato lo stesso qualche anno più tardi.»

«Ma è...» comincia Daniel, bloccandosi nel tentativo di trovare le parole adatte.

«Praticamente distrutto?» concludo io.

«Sì! Gli manca persino un occhio!»

Mi stringo nelle spalle. «Mamma lo metteva sempre in lavatrice.»

Max ride, e si mette a rincorrere Daniel per la casa, puntandogli contro il peluche come se fosse un'arma di distruzione di massa. Lui scappa via fingendo terrore e facendolo divertire un mondo.

Io mi guardo attorno, incapace di liberarmi di questa incredibile nostalgia. Mi trovo a pensare che mi piacerebbe un mondo se anche i miei figli potessero crescere in questa casa e ora come non mai riesco a percepire quanto la vita in realtà non sia che un cerchio, splendido e infinito.

Non so più quanti mesi, settimane, giorni e ore siano trascorsi da quando ho parlato con i miei genitori per l'ultima volta, ma ricordo con esattezza ogni più piccola ruga e imperfezione del loro volto, il suono delle loro voci, come anche il profumo particolare che avevano e so che continuerò a portarli con me per sempre.

Daniel corre verso di me e finge di nascondersi alle mie spalle. Quando Max arriva con Freddie ancora tra le mani, Daniel mi usa come scudo umano e tutti ridiamo, ridiamo come se non ci fosse un domani e ridere ci fa stare bene, ci fa sentire più leggeri.

Non credevo che il mio amore per Daniel potesse crescere ancora e invece non fa che stupirmi, giorno dopo giorno.

RINGRAZIAMENTI

Ho talmente tante persone a cui dire grazie che proprio non so da dove iniziare.

Grazie a Margherita, conosciuta ai più come Bianca Marconero, che mi sostiene da sempre e che in me ci ha sempre, sempre, sempre creduto. Ti voglio proprio un mondo di bene, amica mia. Sono fortunata ad averti. Se sono qui è merito tuo, tu sai perché.

Grazie a Pamela, che non solo riesce a fare magie, ma è una persona splendida e un'amica sincera, più unica che rara.

Grazie a tutte le persone che puntualmente si sorbiscono i miei deliri e che mi sostengono con grande affetto: Sara, Alessia, Valy, Veronica, Leda e Francesca. Vi voglio bene, ragazze!

Ringrazio ovviamente anche il mio Francesco, che è un po' la ragione per cui decido di mettermi in piedi e di affrontare il mondo ogni mattina: sei la mia forza e finché ci sei tu con me, so che in un modo o nell'altro tutto andrà bene.

E infine, grazie ai lettori di *Reading is believing*, che mi supportano sempre con tanto affetto.

Grazie a chi con me, in questo viaggio, c'era da prima e a chi ha scelto di esserci anche adesso. Grazie, in modo particolare, a chi è appena arrivato.